두
생애

정찬은 1953년 부산에서 태어나 서울대학교 사범대학 국어교육과와 중앙대학교 예술대학원 문예창작학과를 졸업하였다. 1983년 무크지『언어의 세계』에 중편소설 「말의 탑」을 발표하며 문단에 나왔다. 소설집으로『기억의 강』『완전한 영혼』『아늑한 길』『베니스에서 죽다』『희고 둥근 달』등이, 장편소설로『세상의 저녁』『황금 사다리』『로렘나무 아래서』『그림자 영혼』『광야』『빌라도의 예수』등이 있다. 동인문학상, 동서문학상, 올해의 예술상 등을 수상했으며, 현재 동의대학교 문예창작학과에서 소설을 가르치고 있다.

정찬 소설집
두 생애

펴낸날 2009년 8월 14일
지은이 정찬
펴낸이 홍정선 김수영
펴낸곳 (주)**문학과지성사**
등록번호 제10-918호(1993. 12. 16)
주소 121-840 서울 마포구 서교동 395-2
전화 02) 338-7224
팩스 02) 323-4180(편집). 02) 338-7221(영업)
전자우편 moonji@moonji.com
홈페이지 www.moonji.com

ⓒ 정찬, 2009. Printed in Seoul, Korea
ISBN 978-89-320-1983-3

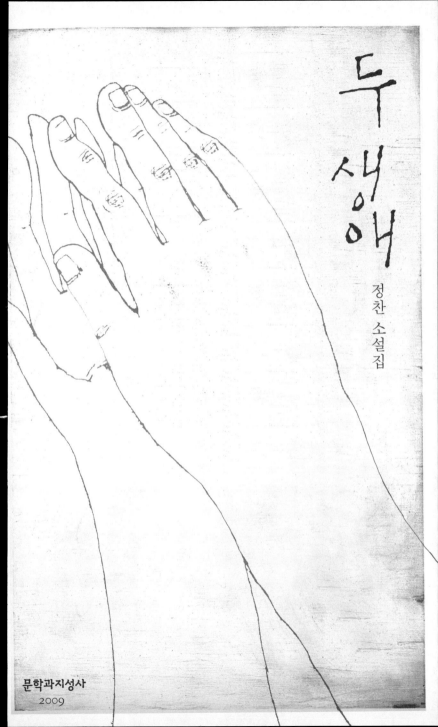

두
생
애

정찬 소설집

문학과지성사
2009

차례

두 생애

1

　내가 만들고 싶었던 프로그램은 한 생애가 아니었다. 두 생애였다. 너무나 다른 두 생애를 하나의 공간 속에 융화시키고 싶었다. 하지만 한 생애만이 만들어졌고, 나머지 한 생애는 지워졌다. 그것은 불가피한 결과였다. 그럼에도 나는 두 생애의 융화를 꿈꾸었다. 그랬다. 단지 꿈을 꾸었을 뿐이었다.

　브라운관에 나타난 그의 생애는 숭엄하고 장려했다. 그것은 선택된 인간의 생애였다. 생전의 그는 공식적으로 아홉 개의 직함을 갖고 있었다. 그리스도의 대리자, 성 베드로 후계자, 로마 주교, 세계 교회의 폰티펙스, 서유럽 총대주교, 이탈리아 수석 대주교, 로마 관구 수석 대주교, 바티칸 시국 국가 원수, 하느님의 종들의 종. 이 직함들 외에도 위대한 휴머니스트, 평화의 사도, 20세기의 거인, 영원한 순례자 등의 존칭들이 그에게 부여되었다.

프로그램이 방영된 것은 2005년 4월 1일 저녁이었다. 제목은 「요한 바오로 2세, 그 위대한 순례」였다. 다음 날 오전 3시 25분 교황이 숨을 거두었다. 방영 시간을 4월 첫번째 일요일로 정한 것이었는데, 절묘한 우연이었다.

또 한 생애는 교황의 생애와는 너무 달랐다. 교황은 여든다섯에 죽었으나 그는 열다섯에 죽었다. 그의 짧은 생애는 고통으로 점철되었다. 그가 스스로 목숨을 끊은 것은 고통의 무게를 지탱할 수 없었기 때문이었다. 열다섯 살 소년의 무릎은 강철이 아니었다.

프로그램 제작이 결정된 것은 2003년 10월이었다. 교황의 죽음을 대비한 프로그램이었다. 그해 5월 19일, 83회 생일 다음 날 교황은 신 앞으로 나아갈 때가 점점 가까워져 오고 있음을 느낀다고 말했다. 10월 2일에는 오스트리아 대주교 쇤보른 추기경이 오스트리아 국영 라디오 방송에 출연, 교황의 죽음이 임박했다고 밝혀 세계 언론계를 긴장시켰다. 내가 몸담고 있는 방송국의 움직임도 빨라졌다. 나는 미리 준비해 둔 기획안을 제출했다. 국장은 전혀 놀라지 않았다. 교황 서거를 대비한 특집 프로그램의 필요성을 그전부터 나에게 자주 들었기 때문이었다. 나는 교황을 보고 싶었다. 죽음의 그림자가 드리운 그의 육신을 내 눈으로 직접 보고 싶었다. 올해를 넘기면 그를 영영 볼 수 없을지 모른다는 불안감이 가슴 한구석에 늘 자리하고 있었다.

소년을 만난 것은 교황 자료 속에 파묻혀 있었던 10월 중순이었다. 금요일 오후 2시 무렵이었을 것이다. 구성작가 R이 전화를 했다. 기막힌 이야깃거리를 찾았다는 그녀의 목소리에 지난번 술자리가 떠올랐다. 경제 양극화 그늘에서 고통 받는 아이들에 관한 프로그램을 논의한 자리였다. 나는 그녀에게 여러 아이들을 등장시키는 것보다 한 아이의 어두운 삶을 정밀히 들여다보고 싶다고 말했다. 하지만 교황 프로그램에 정신을 빼앗겨 그것을 잊고 있었다. 아니, 잊지는 않았다. 생각을 미루어두었을 뿐이었다. 그녀는 사회복지사로부터 어렵게 얻은 약속이라고 하면서 지금 당장 나오라고 했다. 교황 프로그램을 거론하기에는 그녀의 목소리가 너무 진지했다. 약간의 흥분도 감지되었다. 냉정한 그녀의 성격에 어울리지 않는 목소리였다. 어쩌면 좋은 후속 프로그램이 될지도 모른다는 느낌이 들었다.

그녀가 나오라고 한 곳은 상계동의 한 야외 공원이었다. 가을 햇살 속에서 검은색의 헐렁한 재킷과 청바지를 입은 R이 누군가와 이야기하고 있었다. 그녀의 이야기 상대는 사회복지사였다. 아이는? R과 비슷한 연령의 사회복지사와 인사를 나눈 후 나는 눈으로 물었다. 저기. 그녀가 손으로 가리킨 곳에 한 소년이 있었다. 벤치에 앉아 있는 소년은 고개를 약간

들고 무언가를 골똘히 보고 있었다. 하늘을 보는 것인지 하늘에 걸린 나뭇가지를 보는 것인지 알 수가 없었다. 이상했다. 시간이 꽤 흘렀음에도 소년은 꼼짝도 하지 않았다. 성장기 아이의 몸은 정신에 묶이지 않는다. 그들의 몸은 팔랑거리는 나비처럼 가볍고 투명하다. 앉아 있을 때도 손과 발은 끊임없이 움직인다. 얼굴 표정은 또 얼마나 다양하게 변하는가. 그런데 소년의 몸에서는 움직임이 전혀 없었다. 내 눈에는 보이지 않는 어떤 견고한 손이 소년의 몸을 꽉 붙들고 있는 듯했다. 소년의 얼굴을 가만히 보았다. 피부가 종잇장처럼 희었다. 아니, 희다기보다는 잿빛에 가까웠다. 잿빛 속에는 소년의 나이와 맞지 않는 어떤 흔적 같은 것이 있었다. 시간에 말라버린 생명의 흔적 같은 것. 물론 막연한 느낌이었다. 소년의 몸이 움직인 것은 사회복지사가 그를 불렀을 때였다.

그날 밤 상계동의 허름한 주막에서 R로부터 들은 소년의 삶은 드라마틱했다. 그것은 가혹한 드라마였다. 삶과 죽음이 혼란스럽게 뒤엉킨 그 가혹한 드라마 속에는 나에게 낯익은 무엇이 있었다. 비밀스러운 허기 같은 것, 날카로운 갈증 같은 것, 가차 없는 공포 같은 것이.

2

교황의 존재가 나의 삶 속으로 파고든 것은 1981년 5월 13일 오후 성 베드로 광장에서 일어난 저격 사건 때문이었다. 교황을 태운 무개 지프가 순례자들 사이로 천천히 지나가고 있을 때 귀를 찢는 듯한 소리가 났다. 광장의 비둘기들이 하늘로 치솟아 올랐고, 교황의 몸이 비틀거렸다. 벨기에제 갈색 브라우닝 총구에서 발사된 총알은 복부와 오른쪽 팔꿈치, 왼손 검지를 관통했다. 12분 후 교황은 병원에 도착했으나 의식을 잃은 상태였다. 복부를 절개했을 때는 배 속이 피로 가득 차 있었다. 혈압은 70으로 떨어져 있었고, 심장 박동이 점점 약해져갔다. 세계는 충격에 빠졌다.

현장에서 체포된 암살범은 23세의 터키 청년 마흐메트 알리 아흐자였다. 세계의 시선은 아흐자의 정체와 암살 동기에 집중되었다. 터키 극우 조직의 행동대원, 교황을 십자군 사령관으로 간주하는 광신적 이슬람교도, 공산 정부에 대한 폴란드의 저항 운동을 무력화하려는 소비에트의 하수인이라는 주장들이 제기되는가 하면, 미국 CIA가 폴란드 국민의 저항을 촉발하기 위한 목적으로 아흐자를 고용해 소비에트의 하수인처럼 보이도록 했다는 주장도 흘러나왔다. 문제는 아흐자의 진술이었다. 그는 자신의 정체에 대해 자주 말을 바꾸었다. 심지어 "나는 예수 그리스도다. 전능한 신의 이름으로 세계의 종말을 선언한다. 어떤 사람도 구원을 받지 못할 것이다"
라는 묵시적 발언까지 했다. 그는 어느덧 폭력과 환상의 상징
이 되어 있었다. 그의 묵시에 매혹된 나는 스스로 아흐자가
되어 환상 속으로 빠져들곤 했다. 1980년대 초반의 한국 사
회는 암흑이었다. 학살의 핏물은 지워지지 않았고, 진실은 은
폐되었다. 나의 환상은 은폐된 진실 앞에서 홀로 행하는 일종
의 그림자놀이였다.

　나는 교황이라는 존재 자체를 수상쩍게 보고 있었다. 예수
는 평생 남루한 옷을 입고 다녔다. 하지만 교황은 화려한 금
실로 수놓인 옷을 입는다. 예수의 머리에는 가시 면류관이 씌
워졌다. 하지만 교황의 머리에 씌워지는 것은 금관이다. 예수
가 십자가에 매달린 것은 예루살렘 권력의 심장부인 성전을
무너뜨리고자 했기 때문이다. 성전의 우두머리인 대사제는
신의 대리자로서 공동체를 속죄할 수 있는 권능을 지닌다. 그
런 그가 예수를 십자가에 매다는 데 앞장섰다. 나는 바티칸
궁이 예루살렘 성전의 재현이 아닐까, 의심했다. 그 의심이
환상 속으로 흘러들어오면서 아흐자의 저격 행위를 미묘하게
변형시켰다. 신의 대리자를 살해한다는 것. 그 살해의 내면에
서 두 개의 풍경이 흘러나왔다. 첫번째 풍경은 거짓 대리자로
서의 교황의 모습이었다. 거기에서의 교황은 예루살렘의 대
사제처럼 신의 거룩함을 훼손하는 존재였다. 두번째 풍경은
고통에 가득 찬 세계를 외면하는 신을 향해 총구를 겨누는 인

간의 모습이었다. 그림자놀이의 뿌리는 절망이었다.

그러나 교황은 죽지 않았다. 복부로 파고든 총알이 소장과 대장을 훑으면서 천골 정맥을 뚫고 나갔는데도 생명의 조건에 필수적인 중앙 대동맥과 장골 동맥, 수뇨관과 신경 중추는 전혀 건드리지 않았다. 또 있었다. 처음에 아흐자는 교황의 머리를 겨냥하고 방아쇠를 당겼다. 그 순간 교황이 머리를 숙인 것은 한 소녀가 축복을 받기 위해 파티마의 성모 마리아 사진을 교황에게 내밀었기 때문이었다. 이 모든 것은 우연이었다. 또한 필연이기도 했다. 어떤 사람에게는 우연이었고, 어떤 사람에게는 필연이었다. 그것이 필연임을 누구보다도 깊이 믿은 이가 교황이었다.

나흘이 지나서야 간신히 앉을 수 있게 된 교황은 의사로부터 총알이 기적적으로 급소들을 피해 갔다는 말을 들었다. 그는 무언가를 골똘히 생각하더니 비서를 불러 파티마에 관한 자료를 갖다 달라고 했다. 전해오는 이야기에 따르면, 1917년 5월 13일 포르투갈 시골 마을 파티마에서 성모 마리아가 나타나 인류의 운명과 직결된 세 가지 계시를 내렸다고 한다. 그 후에도 성모를 보았다는 사람들이 자주 나타났는데, 1930년 포르투갈 주교들이 성모 발현을 공식 인정함으로써 파티마는 가톨릭의 성소가 되었다. 그날 교황은 다음과 같은 공식 메시지를 발표했다.

"저는 저에게 상처를 입힌 형제를 진심으로 용서했습니다.

여러분들도 그 형제를 위해 기도해주십시오."

4개월 후, 교황은 성 베드로 광장의 순례자들에게 이렇게 말했다.

"암살 기도가 하느님의 시험이었기에 저는 하느님께 감사드립니다. 지난 몇 달 동안 하느님께서는 저에게 제 생명에 대한 위험을 체험하도록 허락해주셨습니다. 그것이 특별한 은총 가운데 하나임을 그분께서는 저에게 분명히 알려주셨습니다."

1983년 5월 12일 파티마 성지를 방문한 교황은 "총을 맞고 쓰러지던 그 순간, 죽지 않을 것이라는 강한 예감에 사로잡혔다. 한 손은 총을 쏘았지만, 또 다른 거룩한 한 손이 총알을 다른 곳으로 인도해주셨다"라고 고백했다. 그 거룩한 손이 파티마의 성모 마리아임을 교황은 굳게 믿었다. 그는 신에게 선택된 인간이었다. 아흐자는 선택된 인간에게 신의 계시를 전달하는 도구였다. 교황이 아흐자를 용서하지 않는다는 것은 불가능했다. 그가 아흐자의 배후 세력을 알려고 하지 않았던 것은 지극히 당연한 일이었다. 그는 이미 알고 있었다. 오직 그만이 알고 있었다.

교황의 일련의 고백은 나로 하여금 그를 더욱 수상쩍은 시선으로 보게 했다. 나는 그에게 묻고 싶었다. 당신의 고통이 은총의 결과라면 선택받지 못한 대다수 사람들의 고통은 무엇의 결과인지. 고통을 당하는 자에게 고통은 악의 실체다.

악을 통해 고통을 느끼는 것이 아니라 고통을 통해 악을 느낀다. 고통을 통해 신을 느끼는 자는 선택된 인간뿐이다. 선택받지 못한 인간은 오히려 신을 잃어버린다. 나의 그림자놀이는 교황이 한국을 방문한 1984년 5월에도 계속되고 있었다. 그가 학살의 현장인 광주에서 "여러분의 마음과 영혼에 새겨진 깊은 상처는 극복되기 어려운 것임을 잘 알고 있다. 그렇기 때문에 여러분에게 화해의 은혜가 내려진 것"이라고 말했을 때 눈앞에 떠오른 것은 아흐자의 갈색 총구였다. 아흐자의 총구는 학살을 섭리의 일부로 받아들이는 신의 대리자를 향하고 있었다.

3

소년이 처음으로 집을 나간 것은 아홉 살 때였다. 아버지는 떠돌이 노동자였고, 심장이 약한 어머니는 핏기 없는 얼굴로 어두침침한 방 안에서 인형 꿰매기, 조화 만들기 등의 잡일을 했다. 아버지는 술에 취해 들어오면 지팡이로 소년을 때렸다. 소년의 할아버지가 생전에 썼던 지팡이였다. 때리는 데에는 특별한 이유가 없었다. 그냥 때렸다. 어머니는 보고만 있었다. 말릴 힘도 없거니와 말리면 오히려 폭력의 강도가 높아졌다.

아버지가 폭음을 시작한 것은 소년의 여동생이 죽고부터였다. 여동생이 살아 있었을 때 아버지는 트럭을 몰았다. 그때는 술을 마시지 않았다. 상계동의 지하 단칸방에 살지도 않았다. 면목동의 연립주택에 살았다. 소년이 일곱 살 되던 해 여름, 아버지는 연립주택 앞 골목에 세워둔 트럭을 후진시켰다. 딸의 짧은 비명 소리를 들은 것은 몇 초 후였다. 트럭 뒤에서 놀고 있던 세 살배기 딸이 즉사했다. 골목 화단가에 앉아 동생을 내려다보고 있던 소년의 눈에 그 장면이 고스란히 각인되었다. 아버지가 소년에게 왜 보고만 있었느냐고 울부짖었을 때, 소년은 두 손을 허우적거리기만 했을 뿐 한마디 말도 못했다.

소년은 아버지의 매를 견뎠다. 울지도 않았다. 처음부터 그랬던 것은 아니었다. 처음에는 아팠다. 너무 아파 무릎 꿇고 빌었다. 그런데 언젠가부터 자신의 몸이 보이기 시작했다. 일부만 보이는 것이 아니었다. 전체가 보였다. 이해가 되지 않았다. 눈이 몸에서 떨어지지 않으면 불가능한 현상이었다. 하지만 그런 현상이 자주 되풀이되었다. 그러던 어느 날, 몸 안에서 작은 움직임이 느껴졌다. 움직임이 너무 작아 그전에는 몰랐던 것 같았다. 몸에서 무언가가 떠나고 있었다. 소년은 눈이 떠나는 것이라고 생각했다. 하지만 시간이 지나자 그게 아니라는 자각이 왔다. 눈이 떠나는 것으로 생각하기에는 형태에 대한 감각이 너무 미묘했다. 그것이 또 다른 '나'임을 알았을 때 소년은 전혀 놀라지 않았다. '나'의 눈에 비친 소년의 몸은 비루했다. 더러운 천으로 뭉쳐진 인형 같았다. 아버지가 할아버지의 지팡이로 때리는 것은 더러운 인형이었다. 지팡이가 살 속으로 파고들 때 제어하기 힘든 분노가 솟구치곤 했는데, 아버지에 대한 분노가 아니었다. 분노의 대상은 더러운 인형이었다.

한파가 몰아치던 초겨울 어느 날, 술에 절어 들어온 아버지가 지팡이로 소년을 때리기 시작했다. 등을 웅크리고 매를 맞던 소년이 갑자기 비명을 질렀다. 더러운 인형이 매를 맞는 것이 아니었다. 여동생이 매를 맞고 있었다. 여동생은 얼굴이 새파랗게 질린 채 울고 있었다. 소년은 여동생을 안고 황급히 집을 뛰쳐나갔다. 그날 밤 소년은 집에 들어오지 않았다. 다음 날도, 그다음 날도 들어오지 않았다. 소년이 대구에 사는 이모 집에 나타난 것은 열흘 후였다. 거지와 다름없는 몰골이었다. 소년의 몸을 씻기려 옷을 벗긴 이모는 깜짝 놀랐다. 온몸이 불에 탄 나무토막처럼 꺼멓게 멍들어 있었다. 그뿐만이 아니었다. 발가락은 동상에 걸려 썩고 있었다. 소년을 데리고 서울로 온 이모는 경찰서에 아버지를 고발했다. 그날 아버지는 집에 들어오지 않았다. 엿새 후, 아버지의 시체가 서울 근교 야산에서 발견되었다. 나무에 목을 매고 죽어 있는 것을 등산객이 보았다.

소년이 어머니와 함께 산 기간은 3년이었다. 아버지의 자살 이후 어머니의 건강이 급격히 나빠졌다. 집 안에서 하는 잡일마저 끊겼다. 생활보호대상자로 지정되어 매달 받는 10만 2천 원이 생활비의 전부였다. 끼니를 거르는 날이 예사였고, 겨울에는 불기 없는 방에서 오들오들 떨면서 지냈다. 어머니가 심하게 아파도 병원 가는 일은 꿈도 못 꾸었다. 학교에서 소년은 이상한 아이로 소문나 있었다. 말을 할 때 간혹 여자 아이 목소리가 튀어나오는가 하면, 남자 화장실에서 여자 아이 우는 소리가 나서 문을 열어보면 소년이었다. 소년은 따돌림을 받았다. 따돌림이 심해지자 결석이 잦았다. 어느 날 소년은 담임 선생에게 어머니가 아파서 당분간 학교를 못 나올 것 같다고 말했다. 많이 아프시냐는 선생의 물음에 소년은 고개를 숙인 채 대답이 없었다. 그날 이후 소년은 학교에 나오지 않았다. 한 달이 넘자 담임 선생은 소년의 집을 찾아 나섰다. 주소가 잘못 적혔는지 산동네를 헤매기만 했다. 그로부터 3개월 후, 대구에 사는 이모가 서울에 볼일이 있어 올라왔다가 소년의 집을 들렀다. 기척이 없어 문을 열었다. 어두컴컴한 방에서 이상한 냄새가 났다. 불을 켜니 누군가가 누워 있었다. 소년이었다. 처음에는 소년이 아닌 줄 알았다. 오랫동안 이발을 하지 않았는지 머리가 긴 데다 해골처럼 말라 있었다. 소년은 이모를 멀거니 올려다보고만 있었다. 얼굴에 아무런 표정이 없었다. 소년 옆에는 어머니가 누워 있었다. 산 사람이 아니었다. 경찰의 설명에 따르면 소년의 어머니가 죽은 것은 4개월 전이었고, 소년은 발견 당시 아사 직전의 상태에 있었다.

4

아흐자의 저격 사건에서 시작된 나의 그림자놀이가 언제 멈추었는지 명확하지 않다. 아니다. 멈추었다는 것은 정확한 표현이 아니다. 그림자놀이의 형태가 사라져갔다는 것이 정확한 표현이다. 내가 아흐자가 된다는 것, 그리하여 신의 대리자를 살해한다는 것. 그것은 일종의 정신적 유희였다. 정신적 자위행위라고나 할까. 그때 나는 나와 세계와의 간극, 괴물의 아가리처럼 기괴하게 벌어져 있는 그 까마득한 심연을 견디기 힘들었다. 심연을 견디기 위해서는 변신이 필요했다. 내가 아닌 다른 존재, 눈앞에 또렷이 보이는 세계의 악을 바라보기만 하는 무력한 존재가 아닌 다른 존재가 되지 않으면 안 되었다. 유희의 세계 속에서 아흐자는 끊임없이 방아쇠를 당겼고, 신의 대리자는 끊임없이 쓰러졌다. 끊임없이 쓰러진 신의 대리자는 동시에 끊임없이 일어났다. 그가 일어나지 않으면, 그가 죽어버리면, 아흐자의 존재는 의미가 없다. 나의 유희가 개미 쳇바퀴처럼 되어가고 있었다. 아흐자의 얼굴에서 표정이 사라지면서 우아하고 아름다웠던 그의 움직임이 로봇처럼 딱딱해져갔다. 신의 대리자도 마찬가지였다. 충격과 고통에 가득 찼던 그의 얼굴이 자동인형 같은 모습으로 변하고 있었다. 나의 유희적 세계가 그렇게 시들어가고 있을 때

현실의 세계는 오히려 역동적인 생명력을 내뿜고 있었다.

내 유희적 세계의 바깥에서는 절망 속에서, 절망에 사로잡
히거나 짓눌리지 않고, 절망을 껴안고, 절망을 정화하는 동시
에 절망을 넘어서서 세계의 악과 치열하게 싸우는 사람들이
있었다. 학살의 핏물을 딛고 일어선 그들은 로봇처럼 되어가
는 아흐자가 아니었다. 피가 흐르고, 살이 찢기고, 넋이 물결
치는 구체적인 생명체들이었다. 그 구체적 생명체들이 한국
사회의 암흑을 벗겨내고 있었다. 나를 놀라게 한 것은 그들만
이 아니었다. 아흐자가 로마의 형무소에 유폐되어 겨우 숨을
쉬고 있을 때, 신의 대리자는 동유럽 역사의 격랑 속을 바람
처럼 가로지르고 있었다.

1978년 10월 16일 오후 6시 44분, 어둠이 깔린 성 베드로
광장에는 20만 명의 시선이 대성당 중앙 발코니에 집중되어
있었다. 발코니에 선 펠리치 추기경은 낭랑한 라틴어로 외쳤
다. 여러분에게 우리가 새로운 교황 성하를 모시게 되었음을
기쁜 마음으로 알려드립니다. 거룩한 로마 가톨릭교회의 추
기경 카롤 보이티와 요한 바오로 2세입니다. 성 베드로 광장
은 정적에 잠겼다. 잠시 후 여기저기서 수군거리는 소리가 났
다. 보이티와가 누구지? 아프리카 출신인가? 아니에요, 그분
은 폴란드인이에요. 그분의 고향은 폴란드 바도비체예요. 바
도비체? 아우슈비츠와 가까운 곳에 있는 작은 마을이죠.

요한 바오로 2세의 등장은 극적이었다. 전임 교황이 선출된

지 33일 만에 사망할 줄은 아무도 몰랐다. 추기경들이 456년 만에 처음으로 이탈리아인이 아닌 사람을 교황으로 선출하리라는 것 역시 아무도 몰랐다. 그것은 폴란드의 홀연한 부활이었다.

천여 년 전 민족국가로서 폴란드가 역사에 등장한 이래 가톨릭교회는 신비적이고 메시아적인 정신을 보존해왔다. 음영시가들은 폴란드가 인류의 구원을 위하여 고통을 짊어진 모든 민족의 그리스도임을 노래했다. 그들에게 폴란드의 독립은 그리스도의 부활이었다. 그런데 놀랍게도 10억 가톨릭 신자의 수장이자 그리스도의 대리자로 폴란드인 카롤 보이티와가 선택된 것이었다.

폴란드에 대한 교황의 애정은 집요했다. 취임 다음 날 '나의 사랑하는 동포들에게'라는 제목의 메시지에서 교황은 인간의 존엄성을 침해하는 모든 것에 반대할 것을 폴란드 국민에게 호소했다. 폴란드 공산 정권을 향한 교황의 첫 포문은 그렇게 열렸다. 바웬사가 이끄는 반체제 자유노조가 그토록 끈질기게 싸울 수 있었던 데에는 교황의 역할이 결정적이었다. 1979년 6월 2일 오전 10시 7분, 교황이 바르샤바의 땅을 밟은 그 순간부터 9일 동안 폴란드 전국은 열기에 휩싸였다. 바르샤바 승리의 광장에서 열린 미사에서 그는 "하느님을 거부하는 것은 인류의 역사에 빗장을 지르는 행위다. 공산주의가 인류의 역사에 지른 빗장은 영원할 수가 없다"고 선언했다.

1980년 8월 14일, 그다니스크의 레닌조선소 종업원 1만 7천 명이 바웬사의 지휘로 스트라이크를 일으켰고, 삽시간에 8백만 명이 넘는 사람들이 자유노조에 가입했다. 동독의 서기장 호네커는 소련 공산당 서기장 브레즈네프에게 사회주의 국가 폴란드가 사라질지 모른다는 우려의 편지를 보냈다. 11월 말, 소련군 기갑사단이 폴란드 국경으로 이동하는 모습이 미국의 위성사진에 포착되었다. 나토는 최고비상사태 경계령을 내렸고, 미국과 서유럽 정부는 소련 정부에게 우려와 경고를 전했다. 교황은 브레즈네프에게 소비에트 군대를 폴란드를 침공한 나치 독일군으로 비유하는 내용의 편지를 보냈다. 결국 폴란드 침공 계획은 백지화되었다. 그렇다고 위기가 끝난 것이 아니었다. 이듬해 5월에 교황 저격 사건이 일어났고, 그해 12월 13일에는 폴란드 정부가 계엄령을 선포하고 5천 명 이상의 저항 세력 지도자와 지식인들을 체포했다. 교황의 반응은 즉각적이었다. 그는 "폴란드와 연대하는 것은 인류가 지켜야 할 가치와 원칙들을 확고히 하는 길"이라고 세계를 향해 호소했다. 그러면서도 폴란드에 대한 미국의 경제 제재에는 반대했다. 경제 제재가 폴란드 국민에게 고통을 가중시킬 것이라고 판단했기 때문이었다.

1982년 11월 10일, 브레즈네프가 사망했다. 바웬사가 가택연금에서 풀려났고, 12월 31일에는 폴란드 정부가 계엄령을 해제했다. 브레즈네프의 자리를 이어받은 안드로포프가 재임

18개월 만에 사망했다. 그 뒤를 이은 체르넨코는 1984년 12월 13일, 폴란드의 권력자 야루젤스키에게 "폴란드 교회는 사회주의 국가에 직접 도전하고 있다. 교회는 반혁명 군대를 준비하고 있다. 교회는 사회 전복을 위한 정치적이고 종교적인 근거를 마련하고 있다"는 내용의 편지를 보냈다. 긴장이 높아지고 있었다. 그러한 긴장 속에서 세계사는 급격하게 방향을 틀었다. 1985년 2월, 체르넨코가 돌연 사망했다. 한 달 후, 소련 공산당 중앙위원회는 후임자로 고르바초프를 선출했다. 페레스트로이카로 불리는 그의 새로운 정책은 동유럽의 정치 상황을 돌변시켰다. 1987년에 프라하를 방문한 그는 "사회주의 국가들 간의 정치 관계는 철저히 자주성에 바탕을 두어야 한다"고 선언했다. 동유럽의 정세가 급변했다. 1989년 8월, 폴란드의 공산당 독재 체제가 종식되었다. 두 달 후, 헝가리 역시 공산당 지배의 종식을 선언했다. 11월에는 냉전의 상징 베를린 장벽이 붕괴되었다. 그 붕괴에 신의 대리자가 깊숙이 개입되어 있었다. 격변의 1980년대는 그렇게 저물어갔다. 그 사이 아흐자의 총구는 녹슬어 있었다. 총알은 더 이상 발사되지 않았고, 신의 대리자는 결코 쓰러지지 않았다.

　소년을 두번째 만났을 때는 R과 함께하지 않았다. 소년이 살고 있는 성당 복지관을 혼자서 찾았다. 날씨가 흐린 11월 초 오후 4시 무렵이었다. 소년은 복지관에 없었다. 부엌에서 나온 아주머니가 성당에 있을 거라고 말했다. 성당으로 가는 길은 경사가 완만한 비탈길이었다. 십자가가 흐린 하늘 아래 고요히 서 있었다. 성모상 앞에서 걸음을 멈추었다. 성모상 주위에 피어 있는 꽃들이 바람에 하늘거렸다. 성모는 홀로 있었다. 피를 흘리며 죽어가는 아들이 없었다. 성모의 고통도, 아들의 고통도 보이지 않았다. 보이지 않는다고 해서 고통이 없는 것은 아니다. 어쩌면 보이지 않는 고통이 더 무서울지 모른다.

　성당 안은 어둡고 싸늘했다. 구석 자리에 앉아 있는 소년의 뒷모습이 어슴푸레 보였다. 회색빛 햇살이 들창으로 희미하게 새어 들어오고 있었다.

　아이가 떠올랐다. 눈부신 흰옷을 입은 아이였다. 눈부신 흰옷을 입은 아이를 한 여인이 보고 있었다. 어머니였다. 어머니는 복사(服事)가 된 아들을 사랑에 가득 찬 눈으로 바라보았다. 고개를 흔들었다. 아이가 사라졌다. 어머니도 사라졌다. 허공뿐이었다. 견딜 수 없는 허공이었다. 입술을 깨물었다. 주먹을 그러쥐었다. 소년의 뒷모습이 눈에 들어왔다. 어두운 형체였다. 죽은 어머니와 한방에서 4개월이나 같이 지낸 소년의 내부를 들여다보고 싶었다. 엄마를 지켜주려고 했다. 엄마의 추한 모습을 남들에게 보여주기 싫었다. 엄마의 죽음을 아무에게도 말하고 싶지 않았다. 소년이 경찰에게 한 말은 가슴 아픈 내용이었다. 사회복지사와 정신과 의사에게도 똑같은 말이 반복되었다. 사회복지사는 그렇다 쳐도 정신과 의사만은 소년에게서 더 많은 말들을 이끌어냈어야 했다. 차갑고 단단한 껍질로 자신을 감싸고 있는 것 같다는 게 정신과 의사의 진단이었다. 그것은 자폐증에서 흔히 나타나는 모습이다. 하지만 자폐증 환자로 간주할 만큼 지각 능력에 큰 결함이 발견되지는 않는다고 했다. 자신과 사물을 동일시하는 경향이 없지는 않으나 심하지 않고, 자신의 신체가 만드는 감각에 과도하게 집중하여 외부의 감각에는 제대로 반응하지 못하는 증상도 미미하다고 했다. 소년은 정신과 의사에게도 알 수 없는 존재였다. 그럼에도 나는 알고 싶었다. 소년의 고통을. 상처투성이 소년이 홀로 행하고 있을 그림자놀이를.

아이가 보였다. 아이는 기도하고 있었다. 어머니를 살려달라는 아이의 기도는 간절했다. 어머니를 살릴 수 있는 이는 그분뿐이었다. 아이가 복사가 된 첫날, 어머니는 성당 앞에서 아들과 사진을 찍었다. 가을 햇살에 비친 어머니의 미소는 눈부셨다. 아이는 어머니의 기쁨을 가슴으로 느꼈다. 기쁨 속에서 택시를 탔다. 얼마나 갔을까. 차가 기우뚱하면서 날카로운 소리가 났다. 어머니는 아이를 안았다. 아이의 기억에 어머니가 그토록 깊숙이 자신을 안았던 적이 없었다. 어머니 몸 안으로 들어가는 느낌이었다. 어머니의 몸 안은 깊었다. 깊은 몸 안에서 아이는 정신을 잃었다. 눈을 뜨니 병원이었다. 상처는 크지 않았다. 어깨뼈가 약간 상했고, 옆구리와 다리에 찰과상을 입었을 뿐이었다. 머리와 얼굴은 멀쩡했다. 어머니는 달랐다. 머리를 크게 다친 어머니는 사경을 헤매고 있었다. 아이는 기도했다. 진심으로 기도하면 이루어지지 않는 것이 없다는 신부님의 말씀을 아이는 의심하지 않았다. 싸늘한 마룻바닥에서, 눈물을 흘리며, 하늘에 계신 우리 아버지를 되뇌며, 어머니를 살려달라고 기도했다.

소년의 어두운 형체를 향해 발소리를 죽이며 다가갔다. 소년이 무엇을 하는지 궁금했다. 어디선가 가냘픈 새소리가 들려왔다. 주님의 손으로 일으켜주시고, 주님의 팔로 감싸주시며…… 아이의 작은 목소리가 새소리와 함께 어둑한 허공을 맴돌았다. 눈을 감았다. 어머니의 차가운 얼굴이 보였다. 입술을 깨물었다. 소년은 기도를 하고 있지 않았다. 그냥 멍하니 앉아 있었다.

"안녕."

나는 소년 앞에 서서 밝게 웃었다. 소년이 나를 올려다보았다.

"날 몰라? 전에……"

마르고 창백하고 윤기 없는 소년의 얼굴에는 아무런 표정이 없었다. 마치 내가 안 보이는 듯했다.

6

어머니의 죽음은 나를 고통 속으로 빠뜨렸다. 나의 흰옷은
신을 위한 옷이었다. 어머니는 흰옷을 어루만지며 기뻐했다.
그 흰옷을 어머니의 피로 물들게 한 신을 나는 이해할 수 없
었다. 어머니의 죽음이 신의 섭리였다면, 나의 고통 역시 신
의 섭리였을 것이다. 어머니의 죽음이 죄에 대한 벌이었다면,
나의 고통 역시 죄에 대한 벌이었을 것이다. 어머니의 죽음이
신에게 뜻밖이었다면, 나의 고통 역시 신에게 뜻밖이었을 것
이다. 누가 나에게 어머니의 죽음을 신의 섭리라고 말했다면,
누가 나에게 어머니의 죽음을 죄에 대한 벌이었다고 말했다
면, 나는 그를 저주하고 그의 신을 저주했을 것이다. 누가 나
에게 어머니의 죽음은 신과 아무런 관련이 없다고 말했다면,
나는 그런 무력한 신을 조소했을 것이다. 나의 고통에는 의미
가 없었다. 철저하게 무의미했다. 철저하게 무의미한 고통은
무서운 악이었다. 너무나 무서워 눈을 감지 않으면 안 되었
다. 그 암흑 속에서 나는 나를 끊임없이 죽였다. 내 안에 있
는 신을 죽이기 위함이었다. 나의 첫 그림자놀이는 그렇게 시
작되었다. 아흐자의 총구는 두번째 그림자놀이였다. 두번째

그림자놀이는 아흐자의 총구가 녹이 슬면서 사라졌지만, 그렇다고 해서 교황을 잊은 것은 아니었다. 교황은 잊힐 수 없는 존재였다. 신의 선택을 받은 유일한 인간을 잊는다는 것은 불가능했다.

1999년 11월 5일, 교황의 89번째 해외 순방이 시작되었다. 인류가 직면한 삶과 직접 부딪치는 것이 성직자의 진정한 의무임을 믿는 그는 자신의 여행을 '순례'라고 불렀다. 그의 순례는 지칠 줄 모르고 계속되었다. 교황 전용기가 착륙한 곳은 인도 뉴델리 공항이었다. 그곳에서 열리는 아시아 대륙 주교 대의원회의에 교황의 참석이 예정되어 있었다. 뉴델리에 머무는 동안 교황은 더위를 무척 힘들어했다. 시차도 교황을 많이 지치게 했다. 이틀 후 뉴델리 공항을 떠난 비행기는 11월 8일 오후 2시 15분에 그루지야의 티플리스 공항에 착륙했다. 방문 목적은 정교회와의 화해였다. 1995년 5월 2일, 교황은 회칙 「하나 되게 하소서」를 공포하여 분열된 그리스도교회가 화해를 통해 다시 하나가 되어야 한다는 소망을 나타냈다. 가톨릭교회를 통하지 않으면 구원을 받을 수 없다는 오랜 믿음을 뒤집는 행위였다.

비행기에서 내린 교황은 유난히 피로해 보였다. 근래에 와서 그런 모습이 자주 나타났지만 티플리스에서는 뭔가 달랐다. 교황의 차는 티플리스의 궁전을 들른 후 북서쪽으로 26킬

로미터 떨어진 그루지야의 옛 수도 츠헤타의 대성당으로 향
했다. 당시 교황의 모습을 독일의 한 기자는 다음과 같이 기
록했다.

날씨가 너무 추웠다. 특히 인도에서 방금 도착한 사람에게
는 참기 힘든 추위였다. 대성당 안에서 나는 덜덜 떨었다. 얼
마 후 교회 안으로 교황이 들어왔는데, 나는 깜짝 놀랐다. 그
는 늙고 혹사당한 자신의 몸을 추스르지 못하고 있었다. 얼마
나 몸을 떠는지 금방이라도 쓰러질 것 같았다. 그 많은 성직자
가운데 누구 하나 달려가 그를 의사에게 데려가지 않는 게 참
으로 이상했다. 옆에 서 있는 동료가 나직이 말했다. 당장 죽
을 것처럼 보이는데. 우리 모두 똑같은 생각을 하고 있었다.
교황은 말 한마디도 제대로 할 수 있는 상황이 아니었다. 돌처
럼 굳은 수족이 제각각 떨어져 있는 것처럼 보였다. 헐떡이는
숨소리는 듣기가 괴로울 지경이었다. 예수의 투니카가 보존되
어 있는 숭엄한 교회 안에서, 수많은 사람들이 지켜보는 가운
데, 교황은 육신의 감옥에 갇혀 바들바들 떨고 있는 늙은 노인
에 불과했다. 그는 목에 걸린 십자가를 움켜쥐려고 애썼다. 십
자가를 움켜쥐면 새로운 힘이 생길 것이라고 믿는 듯했다. 우
리들은 그의 고통을, 교황이라는 신분에 묶여 의자에 꼼짝없
이 앉아 있어야만 하는 그의 혹독한 고통을, 무서운 연극을 감
상하듯 입을 벌린 채 바라보고 있었다.

교황의 고통이 눈에 보이는 듯했다. 손을 뻗으면 만져질 것 같은 느낌까지 들었다. 그것은 이상한 경험이었다. 교황의 고통이 내 눈에 보일 수 있으리라고는, 내 손에 만져질 수 있으리라고는 한 번도 생각지 않았다. 선택된 인간의 고통이 선택받지 못한 인간의 눈에 보인다는 것은 불가능했다. 신과 분리된 존재가 어떻게 신적 존재의 내면을 볼 수가 있는가. 나는 그렇게 믿었다. 가슴 깊은 곳에서 울고 있는 아이도 그렇게 믿었다. 그 믿음에 미묘한 균열이 생기고 있었다.

1992년 7월, 교황은 생명을 잃을 수도 있는 위험한 수술을 받았다. 결장에 생긴 종양이 악성으로 변하고 있었다. 1993년 11월에는 계단에서 넘어져 오른쪽 어깨가 골절되었고, 이듬해 4월에는 욕조에서 미끄러져 고관절에 보철을 이식하는 수술을 받았다. 그해 늦가을, 교황은 지팡이를 짚고 공식 석상에 나타났다. 걸음을 옮길 때마다 고통스러워했다. 파킨슨병도 그를 지속적으로 괴롭혔다. 그럼에도 그는 쉬려고 하지 않았다. 병든 육신을 질질 끌면서 세계를 돌아다녔다. 바티칸의 해외여행조직위원들은 교황을 조금이라도 덜 걷게 하려고 신경을 곤두세웠다. 그런 그들이 경악한 것은 1999년 1월, 교황의 미국 방문 때였다.

바티칸 측이 미리 배포한 교황의 연설문은 미국에 대한 날카로운 공격으로 가득 차 있었다. 교황은 미국이 내세운 국가 정책의 원칙 자체를 비판했다. 미국은 '돈이라는 이름의 신'에 사로잡혀 자신의 부를 나눌 생각이 전혀 없는 나라라고 했다. 교황 방문 5주 전에 미국 전투기들이 이라크의 군사 기지를 폭격, 수백 명의 사상자를 냈다. 이라크 비행기가 비행 금지 구역으로 들어갔다는 것이 폭격의 이유였다. 교황은 미국을 '죽음의 문화'에 휩쓸린 나라로 규정했다.

사회주의 국가의 붕괴 이후, 교황의 관심은 자본주의의 병폐에 집중되었다. 그는 자본주의 사회가 '죽음의 문화'에 침식되고 있음을 기회가 있을 때마다 경고했다. 죽음의 문화는 합법적인 사회제도적 형태를 갖추고 전 세계 도처에서 인간의 존엄성을 파괴하는 불의, 차별, 착취, 허위와 폭력을 행사하고 있으며, 그 중심에 미국이 있다고 했다. 그가 미국이 주도한 이라크 전쟁을 마지막까지, 가장 집요하게 반대한 이유는 여기에 있었다.

세인트루이스 공항에는 환영 나온 사람이 없었다. 착륙장 바닥에 폭이 좁은 붉은 카펫만이 깔려 있을 뿐이었다. 교황은 구부정한 자세로 한 발자국 한 발자국 안간힘을 쓰며 미국 대통령의 임시 막사까지 걸어갔다. 교황이 고통에 일그러진 얼굴로 다가오는데도 미국 대통령은 연단 뒤편에서 꼼짝도 않고 서 있었다. 교황은 대통령 옆으로 겨우 걸어가 섰다. 초강대국 대통령이 늙고 병든 노인에게 보여주고자 한 것은 가톨릭교회가 미국의 정책에 어떤 영향력도 갖고 있지 않다는 메시지였다.

방송 카메라는 늘 교황을 따라다녔다. 바티칸은 교황의 쇠약한 모습을 의식해 텔레비전 촬영 횟수를 축소하려고 했다. 하지만 교황이 제지했다. 그는 고통에 시달리는 자신의 육신을 결코 숨기려 하지 않았다. 일부 추기경들은 육체적 쇠약이 교황의 위엄을 훼손시킨다면서 우려를 나타냈다. 그런 그들에게 교황은 이렇게 말했다. 고문당하고, 사람들의 침으로 더럽혀지고, 피까지 철철 흘리며 십자가에 못 박힌 그리스도가 과연 위엄 있게 보였을까요?

나는 교황의 내면을 조심스럽게 들여다보기 시작했다. 내가 가장 보고 싶었던 것은 그의 가슴 깊은 곳에서 울고 있는 아이였다. 그가 어머니를 잃은 것은 아홉 살 때였다. 내가 어머니를 잃었을 때보다 두 살 어렸다. 아홉 살 아이가 어머니 대신에 찾은 존재가 성모 마리아였다. 그가 교황 문장(紋章)에 새긴 것은 마리아의 첫 글자 'M'이었다. 그의 좌우명 '온전히 당신의 것' 역시 성모 마리아를 향한 것이었다. 아흐자의 총에 맞았을 때 그의 입에서 흘러나온 말은 "성모님, 저의 어머님……"이었다. 내 가슴속 아이는 그런 그를 경멸했다. 질투하고, 증오했다. 경멸과 질투와 증오의 원천은 고통의 차이였다. 그의 고통은 은총의 한 형태였다. 하지만 나의 고통은 무의미한 것이었다. 그의 고통과 나의 고통은 전혀 다른 세계에 속해 있었다. 두 세계는 어떤 연관도 없었다. 내가 그의 내면을 조심스럽게 들여다보기 시작한 것은 어쩌면 그의 고통과 나의 고통을 잇는 끈이 있을지도 모른다는 생각 때문이었다.

7

교황 프로그램 현지 취재는 2003년 12월 14일에 시작되어 이듬해 1월 4일까지 계속되었다. 12월 14일부터 23일까지는 교황의 고향 바도비체, 그가 청년 시절부터 살았던 크라쿠프, 대학 강의를 했던 루블린, 자유노조의 진원지 그다니스크, 교황으로서 처음 방문한 아우슈비츠 수용소 등을 취재했고, 12월 24일부터 1월 4일까지는 바티칸 궁을 중심으로 로마 일대를 취재했다. 카메라 기사와 음향 기사가 출장에 동행했고, 크라쿠프와 로마의 현지 유학생들이 우리들을 도왔다.

폴란드에서는 끊임없이 눈이 내렸다. 눈 내리는 바도비체는 쓸쓸하면서도 아늑했다. 쓸쓸한 아늑함 속에서 그를 기억하는 사람들을 만났고, 그가 살았던 집과 그가 기도했던 성당과 그가 걸었던 길들을 찾았다. 사람들은 그를 경외하고 그리워하고 안타까워했다. 그들의 기억 속에서, 집과 성당과 거리에서, 낡은 사진 속에서 내가 가장 보고 싶었던 것은 눈물에 젖은 한 아이였다.

바도비체에서 승용차로 30여 분 거리에 있는 아우슈비츠는 눈보라에 휩싸여 있었다. 교황이 아우슈비츠를 찾은 것은 1979년 6월 7일이었다. 그는 아우슈비츠 앞에 선 최초의 교황이었다.

"이곳은 대단히 특별한 성소입니다. 그리스도의 대리자인 제가 아우슈비츠에 오지 않는다는 것은 있을 수 없는 일입니다."

눈보라에 휩싸인 아우슈비츠를 보았을 때 한 아이가 떠올랐다. 열두 살이라고 했다. 아이는 맨발로 몇 시간 동안 눈 위에 차려 자세로 서 있거나 옥외 노동을 했다. 수용소에는 아이의 발에 맞는 신발이 없었다. 아이는 동상에 걸렸고, 수용소의 의사는 시커멓게 썩은 발가락들을 족집게로 하나하나 뽑아냈다.

가야 할 길이 막혀 있으면 걸음을 멈춘다. 걸음을 멈추고 주위를 살핀다. 그리고 뒤를 돌아본다. 아우슈비츠는 인류의 길을 막아선 낯선 벽이었다. 그 낯선 벽 앞에서 헤아릴 수 없이 많은 사람들이 걸음을 멈추고 뒤를 돌아보았다. 그들은 무엇을 보았을까?

8

교황의 죽음을 안 것은 2005년 4월 2일 아침 9시 반경이었다. 전날 저녁에 방영된 교황 프로그램을 본 후 과음했다. 집에는 새벽 3시쯤 들어왔다. 눈을 뜨니 9시가 넘어 있었다. 머리가 아팠다. 찬물을 들이켜고 거실 소파에 누워 텔레비전을 켰다. 꿈에서 본 소년이 어렴풋이 떠올랐다. 나는 어디에서 소년을 보고 있었을까? 내 몸은 보이지 않고 소년의 몸만 보였다. 소년의 몸은 새처럼 가벼웠다. 보고만 있는데도 그렇게 느껴졌다. 소년이 15층 아파트 옥상에서 몸을 던진 것은 2003년 12월 20일이었다. 내가 바도비체에서 눈물에 젖은 한 아이를 찾고 있을 때였다. 나흘 후 바르샤바 공항에서 소년의 죽음을 알았다. 로마행 비행기를 타기 전 R에게 전화를 했는데, R이 그 소식을 전했다. 그날 밤 성 베드로 성당에서 성탄 자정 미사를 집전하는 교황을 직접 보았다. 그는 겨우 숨을 쉬었다. 겨우 움직였고, 겨우 말했다. 그의 육신은 무거웠다. 그는 무거운 육신을 고통스러워하고 있었다. 그의 고통이 느껴졌다. 소년은 뛰어내렸으나 그는 뛰어내릴 수 없었다. 그에게 유일하게 허용된 행위는 기다리는 것이었다. 신이 그를 부를 때까지 그는 기다릴 수밖에 없었다.

나는 생각했다. 의미가 없는 고통과 의미로 충만한 고통에 대해. 소년의 고통은 소년에게 아무런 의미가 없었다. 의미

없는 고통은 악이며, 악은 소년을 마침내 죽음 속으로 밀어넣었다. 하지만 나에게는 소년의 고통이 전혀 의미가 없었던 것은 아니었다. 소년의 고통은 나에게 의미가 있었다. 내가 소년을 느낀 것은 소년의 고통을 통해서였다. 소년의 몸에서 흘러나온 고통이 내 몸속으로 스며듦으로써 분리된 두 존재가 연결되었다. 소년의 죽음을 알았을 때 나는 고통스러웠다. 나의 일부가 상실된 듯한 고통이었다. 나는 당황했다. 내가 소년을 사랑하고 있었음을 까마득히 몰랐다. 그것은 돌연한 사랑이었다. 전혀 예기치 않은, 도적처럼 찾아온 사랑이었다. 사랑을 불러일으킨 것은 고통이었다. 소년의 고통 속에서 나의 고통을 발견하지 않았다면 사랑의 감정이 생길 수 있었을까. 나는 소스라치게 놀랐다. 나에게 아무런 의미가 없었던, 오직 악이었을 뿐인 나의 고통이 소년을 사랑하는 데 있어서 중요한 역할을 한 것이었다. 눈을 감았다. 어머니가 보였다. 피투성이가 된 어머니의 모습이 아니었다. 죽음의 그림자에 싸여 간신히 숨을 쉬고 있는 어머니의 모습도 아니었다. 어머니는 봄 햇살 같은 미소를 짓고 있었다. 미소가 너무 눈부셔 눈을 감지 않을 수 없었다. 눈을 감은 채 나는 스스로에게 물었다. 내 가슴속 아이의 고통은 누구에게 흘러갔을까, 누구의 가슴속으로 흘러들어가 내가 모르는 또 다른 사랑을 불러일으켰을까, 하고.

신의 실체가 사랑이라면, 그리고 사랑의 근원이 고통이라면, 인간의 모든 고통은 신에게로 흘러들어갈 것이다. 교황은 신의 대리자다. 신의 대리자는 신의 고통을 가장 예민하게 느낀다. 나의 고통이 신에게로 흘러갔다면, 교황의 고통 속에 나의 고통이 고여 있을 것이다. 그가 진정한 신의 대리자라면.

무언가가 소파에 누운 나를 벌떡 일어나게 했다. 나는 그것이 무엇인지도 모른 채 벌떡 일어났다. 내가 몸을 일으킨 게 아니라 보이지 않는 어떤 손이 내 몸을 일으킨 것 같았다. 주위를 두리번거렸다. 눈앞에 어른거리는 것이 있었다. 텔레비전 화면이었다. 흐릿한 사각의 화면에서 교황의 죽음을 알리는 목소리가 흘러나오고 있었다. 나를 씻기소서. 나 곧 눈보다 희게 되리니. 먼 곳에서 들려오는 듯한 나지막한 목소리가 귓전을 맴돌았다. 머릿속에서 나는 것인지 텔레비전에서 나는 것인지 알 수가 없었다. 그는 참으로 오래 살았다. 겨우 숨을 쉬고, 겨우 움직이고, 겨우 말을 하는 그를 보며 이제 그만 짐을 내려놓으시라고 나직이 중얼거렸다. 하지만 그의 생명은 참으로 질겼다. 금방 죽을 것 같았던 그가 2004년 성탄 미사와 이듬해 신년 미사를 집전했다. 교황 프로그램 방영 시기에 대해 여러 차례 회의를 했다. '서거 특집'이라는 말을 붙이려면 그가 죽어야 한다. '서거'라는 말을 빼고 방영하자는 의견이 시간이 지남에 따라 우세해져갔다.

그가 공식 석상에 마지막으로 나타난 것은 2005년 3월 27일 부활절 정오였다. 그날 교황은 성 베드로 광장에 모인 순례자들에게 힘든 모습으로 침묵의 축복을 보냈다. 목소리를 낼 수가 없어 소다노 추기경이 교황의 부활 메시지를 낭독했다.

주님께 간청드립니다. 부디 저희들과 함께하셔서 저희들에게 평화의 언행을 가르쳐주시옵소서. 당신이 피 흘려 성별(聖別)한 지상에 평화를 주시옵소서. 골육상잔의 전쟁 위험이 끊임없이 휘몰아치는 인류에게 평화를 주시옵소서. 밥상에 함께 앉은 사람들의 조각조각 찢긴 빵이여! 오늘도 비참함과 굶주림으로 죽어가는 저 수많은 사람들과 나눔을 간직할 힘을 저희들에게 주시옵소서.

그가 인류에게 남긴 마지막 말은 간절했다. 그의 간절함을, 나는 믿었다. 간절함은 고통 속에서 나온다. 그에 관한 기록을 뒤지고, 그가 태어나고 자란 땅과 사람들을 찾아다니고, 그가 기도한 곳을 서성거리면서 내가 늘 생각한 것은 그의 고통이었다. 사도의 성당에서 마침내 늙고 쇠약한 그의 육신을 보았을 때 내 눈이 젖어든 것은, 그의 고통 속에서 나의 고통을 어렴풋이 느꼈기 때문이었다. 그것을 어떻게 설명할 수 있을까. 그의 고통 속에서 나의 고통을 어렴풋이 느끼고 있을 때 내 몸에 닿은 시선에 대해. 그것은 아이의 시선이었다. 따뜻한 빛에 싸인 아이가 나를 내려다보고 있었다. 아이의 얼굴은 한 얼굴이 아니었다. 내 가슴속 아이의 얼굴이기도 했고,

바도비체의 골목길을 걷고 있는 아이의 얼굴이기도 했다. 허공을 새의 형상으로 걷고 있는 소년의 얼굴이기도 했고, 아우슈비츠의 눈보라에 휩싸여 떨고 있는 아이의 얼굴이기도 했다.

그가 숨을 거두면서 응시한 곳은 창문이었다. 나는 궁금했다. 창문 너머에 무엇이 있었는지.

그 남자는 왜 거기에 서 있었을까

1

그가 집에서 나온 시각은 새벽 5시였다. 30여 분 후 S호텔 헬스클럽에 도착한 그는 운동하면서 CNBC를 들었다. 주식, 외환, 채권 시장, 원유 등 미국과 유럽의 상품 시장에 밤새 어떤 변화가 있었는지 궁금했다. 헬스클럽에서 나와 승용차를 탔을 때가 6시 14분이었다. 15분 후, 사무실에 들어오자마자 블룸버그 단말기를 켰다. 간밤에 일어난 세계의 주요 뉴스가 일목요연하게 펼쳐졌다. 그를 가장 긴장시킨 뉴스는 미국 증시의 급락이었다. 뉴욕 시장에서 다우 지수는 1.2퍼센트, 나스닥은 2.1퍼센트 떨어졌다. 다우 지수는 지난 3개월 이래 최고의 낙폭이었다. 국제 원자재 가격 급등이 인플레이션의 우려를 낳았고, 금리 인상에 대한 불안감이 높아지면서

매물이 쏟아졌다. 그는 눈을 가늘게 뜨며 이 정보를 어떻게 해석할 것인지, 골똘히 생각했다.

똑같은 정보라도 애널리스트의 해석에 따라 고객들에게 제공하는 투자 정보가 달라진다. 주식은 위험한 자산이다. 위험하기 때문에 수익의 가능성이 생긴다. 문제는 위험을 예민하게 느끼는 감각이다. 감각의 깊이와 정보의 깊이는 비례한다.

6시 40분에 시작된 정보통신기술 미팅에서는 반도체 등 정보통신기술과 관련된 뉴스를 교환했다. 모닝 미팅이 열린 것은 7시 15분이었다. 주요 애널리스트들과 투자전략가들이 참석, 전날의 기업 방문 결과를 분석하고, 오늘의 방문 스케줄과 주가 수익 전망치 변경 등에 관해 의견을 나누었다. 미국 증시의 급락에 모두가 신경이 곤두서 있었다. 모닝 미팅이 끝나자 뉴욕과 홍콩의 현지 법인과 전화 통화를 했다. 그곳의 투자 분위기가 궁금했다.

아내에게 전화가 온 것은 펀드매니저에게 보낼 투자 분석 자료를 검토하고 있을 때였다. 조금 전 외숙모의 전화를 받았는데, 오늘 외삼촌의 장례식이 시작된다고 아내가 말했다. 그는 알았다고 짤막하게 대꾸하고는 전화를 끊었다. 미국 증시 폭락에 대한 해석이 계속 마음에 걸렸다. 시장의 해석을 조심스럽게 따라가는 어조가 장황하게 느껴졌다. 투자 분석 자료는 간결하고 명확해야 한다. 설명이 장황해지는 것은 해석자가 스스로 원하는 해답을 얻지 못했기 때문이다. 어느덧 10시가 다 되어가고 있었다. 『파이낸셜 타임스』를 다시 들추었다.

주식은 시간과의 싸움이다. 아무리 정확한 예측도 시간을 넘기면 쓸모가 없다. 신문 기사를 볼 때도 행 단위로 읽지 않는다. 면 단위로 읽는다. 그러면서 중요한 단어는 놓치지 않아야 한다. 외삼촌이 떠오른 것은 글로벌 유동성이란 단어가 시선에 자꾸 걸리고 있을 때였다. 처음에는 누구인지 몰랐다. 윤곽이 너무 흐려 사람이기보다는 사람의 그림자 같았다. 외삼촌임을 깨달은 것은 바람에 흩날리는 잿빛 옷이 바싹 마른 나뭇잎처럼 느껴졌을 때였다. 손에 닿기만 해도 바스라질 것 같았다. 고개를 흔들자 스르르 사라졌다. 그는 모니터에 떠 있는 분석 자료를 조심스럽게 고쳐나갔다. 초점이 결정되자 장황하던 문장들이 간결한 모습으로 바뀌었다. 초점은 글로벌 유동성이었다. 해외 증시가 국내 주가 변동 요인의 중요한 축이라는 점을 염두에 두면, 미국 증시의 하락은 외면하기 힘든 변수다. 금리 인상, 환율 하락, 원자재 가격 상승 등이 경제와 증시의 발목을 잡을 것이라는 우려 때문에 세계 증시가 조정을 받을 것이다. 여기에서 주목해야 할 것은 글로벌 유동성이다. 글로벌 유동성은 주가 변동에서 대단히 중요한 축이다. 미국 증시의 폭락에도 불구하고 글로벌 유동성이 괜찮다면 긍정적인 관점을 가질 필요가 있다는 것이 그가 담고자 한 정보의 핵심이었다.

외삼촌이 다시 나타난 것은 11시 30분경 완성된 분석 자료를 펀드매니저들에게 보내고 있을 때였다. 모습이 처음보다 선명했다. 얼굴 표정과 함께 희끗희끗한 머리카락도 보였다.

이 시계 아주 좋은 거다.

외삼촌의 목소리가 귓전을 맴돌았다. 서랍을 열었다. 시계는 그대로 있었다. 그동안 한 번도 꺼낸 적이 없었으니 있는 게 당연했다. 그럼에도 서랍을 열면서 시계가 사라져버렸거나 두 개가 있을지도 모른다는 생각이 얼핏 들었다.

작년 초여름이었다. 점심 식사를 하고 회사에 들어오니 외삼촌이 기다리고 있었다. 허름한 양복 차림이었다.

나 점심 먹고 왔다.

그가 묻기도 전에 외삼촌이 말했다. 그러면서 안주머니에서 무엇을 꺼내더니 탁자 위에 조심스럽게 놓았다. 무척 오래되어 보이는 태엽 손목시계였다.

이 시계 소중한 거다.

외삼촌은 진지한 표정으로 말했다.

네 외할아버지의 유품이거든. 이 소중한 걸……

외삼촌은 잠시 말을 멈추고는 그를 물끄러미 보았다.

너한테 팔겠다.

왜 저한테 팔려고 하세요?

시계가 필요 없어졌다.

왜 시계가 필요 없어졌어요?

외삼촌은 입가에 엷은 미소를 지을 뿐 대답이 없었다.

48

시계 값이 얼마예요?

50만 원.

좋은 시곈가 보네요.

대단히 좋은 시계지. 너니까 싸게 불렀어.

돈을 드릴 테니 시계는 가져가세요. 저에겐 시계가 세 개나 있어요.

네가 시계를 안 받으면, 나 돈 못 가져간다.

알았어요, 받을게요. 근데 말이에요.

그는 눈을 반짝이며 외삼촌을 보았다.

이 시계, 두 개로 만들 수 있어요?

외삼촌은 빙그레 웃으며 고개를 저었다.

난 마술 다 잊어버렸다.

그가 외삼촌을 처음 본 것은 외할머니 장례식 때였다. 외삼촌은 열 살짜리 아이의 마음을 단번에 사로잡았다. 아이가 주머니에서 꺼낸 백 원짜리 동전 한 개를 손안에 쥐더니 순식간에 두 개로 만들었다. 외삼촌은 백 원짜리 동전 두 개를 얼이 빠져 있는 아이의 손에 쥐여주었다.

이 시겐 말이다.

외삼촌은 커피를 한 모금 마신 후 말했다.

하루에 한 번씩 밥을 주어야 한다. 밥을 주지 않으면 안 가. 난 하루도 밥 주는 걸 거르지 않았다. 밥을 줄 땐 기분이 참 좋단다.

전 자신이 없어요. 아마 자주 잊어먹을 거예요.

이해한다. 넌 워낙 바쁘니까.

외삼촌은 탁자 위에 놓인 시계를 만지작거리며 중얼거렸다.

2

문막 IC를 빠져나와 42번 국도를 탔을 때가 오후 7시경이었다. 회사에서 5시 30분에 나왔으니 빨리 온 셈이었다. 펀드매니저 박장우와의 저녁 약속은 다음 주로 미루었다. 사정을 이야기하니 흔쾌히 받아들였다. 고등학교 선배이기도 한 박장우는 특이하게도 아마추어 클라리넷 연주자였다. 그의 클라리넷 연주 실력은 프로 연주자들과 함께 무대에 설 정도로 뛰어났다. 박장우에게 클라리넷 연주는 단순한 취미가 아니었다. 박장우는 경제를 살아 움직이는 생명체로 파악했다. 펀드매니저의 자질은 생명체의 움직임을 얼마나 민감하게 느끼는가에 달려 있다는 게 그의 지론이었다. 문제는 주가, 금리, 유가, 현금의 흐름, 경제 성장 등 이른바 현상만으로는, 현상을 만들어내는 경제라는 생명체의 움직임을 완전히 파악할 수 없다는 데에 있다. 이 지점에서 박장우의 독특한 개성이 드러난다.

생명체가 외부 현실을 지각하는 방법을 생각해보게. 먼저 현실을 자신이 지각하는 데 적합한 형태로 분류하네. 그러고는 분류한 것들을 목적에 맞게 특정한 패턴으로 재구성하지. 음악도 마찬가지야. 소리를 적합하게 분류한 다음 특정한 패턴으로 재구성한 것이 우리가 듣는 음악일세. 클라리넷의 연주 속에는 살아 있는 생명체의 움직임이 깃들어 있다네.

그러니까 클라리넷 연주는 경제라는 생명체의 움직임을 파악하는 데 도움이 된다는 것이었다. 알 듯 모를 듯한 말이었다.

49번 지방도로를 지나 404번 지방도로로 들어섰다. 황혼에 싸인 도로는 한적했다. 황금빛 가루가 텅 빈 도로 위에 엷게 깔려 있었다. 도로에서 낯선 물체가 보인 것은 황금빛 가루가 물처럼 일렁이고 있을 때였다. 나무처럼 보이기도 했다. 그는 고개를 저었다. 도로 한복판에 나무가 서 있을 리 만무했다. 속도를 줄이면서 다가갔다. 황금빛 가루에 싸인 물체는 사람이었다. 희끗희끗한 머리가 무척 길었고, 얼굴은 햇빛에 그을려 있었다. 남루한 잿빛 옷은 6월임을 감안하면 지나치게 두꺼웠다. 얼굴을 뒤덮은 수염 때문에 나이를 가늠하기가 힘들었다. 머리와 수염이 희끗희끗한 것으로 보아 적어도 중년은 된 것 같았다. 남자는 도로 한복판에 나무처럼 서서 어딘가를 응시하고 있었다. 차를 멈추었다. 남자의 얼굴은 고요했다. 차가 바짝 다가와 있음에도 얼굴의 고요함에는 전혀 변화가 없었다. 경적을 울리고 싶었지만 왠지 그래서는 안 될 것 같았다. 말을 붙여볼까, 하는 생각이 들었으나 입이 쉽게 떨어지지 않았다. 핸들을 꺾어 차선을 바꾸었다. 원래의 차선으로 돌아오면서 뒤를 보았다. 남자는 여전히 나무처럼 서 있었다.

외삼촌이 시계를 팔고 간 지 한 달이 채 못 돼, 외숙모로부터 전화가 왔다. 외숙모는 외삼촌이 찾아온 적이 있느냐고 물었다. 한 달 전쯤에 연락도 없이 찾아온 적이 있었다고 대답했다. 시계 이야기는 뺐다. 무슨 일이 있느냐는 그의 물음에 외삼촌이 집을 나갔다고 외숙모가 힘없는 목소리로 말했다. 열흘쯤 됐으며, 어디로 갔는지 모른다고 했다.

외삼촌은 자주 집을 나갔다. 사나흘 만에 돌아올 때가 있었고, 보름 만에 돌아올 때가 있었다. 몇 달 만에 돌아올 때가 있었고, 1년이 지나도 돌아오지 않을 때도 있었다. 생활비는 포목점을 하는 외숙모에게서 나왔다.

외삼촌의 가출은 어쩌면 태생적이었는지도 모른다. 해방 이듬해 봄, 외할아버지가 다섯 살짜리 아이를 집으로 데리고 왔다. 그 아이가 외삼촌이었다. 외할아버지와 다투던 외할머니가 집을 나갔다. 보름 만에 돌아온 외할머니는 아들 원규와 딸 원희, 외할아버지가 데리고 온 아이 원도를 불러 앉혔다. 원규에게는 새 동생을 잘 보살펴야 한다고 말했고, 원희에게는 오빠 말 잘 들으라고 했다. 4년 후 전쟁이 터졌고, 그해 늦가을 외할아버지가 누군가의 총에 맞아 죽었다. 빨치산의 총이라고 말하는 이들이 있는가 하면, 토벌군의 총이라고 말하는 이들도 있었다. 외삼촌이 집을 나간 것은 전쟁이 끝난

지 2년이 지나서였다. 동네로 흘러들어온 서커스단을 따라 어디론가 사라졌다. 외할머니가 수소문한 끝에 외삼촌을 찾았으나, 외삼촌은 집에 가기를 거부했다. 그가 집을 찾은 것은 8년 후였다. 큰아들을 교통사고로 잃고 상심해 있던 외할머니는 외삼촌이 나타나자 눈물을 흘리며 반겼다. 어머니의 말을 빌리자면 죽은 아들이 돌아온 듯한 광경이었다고 했다. 하지만 외삼촌은 오래 머물지 않았다. 한 달이 채 못 돼 떠났다. 그 후에도 외삼촌은 불쑥 나타났다 사라지곤 했다. 어머니가 결혼하던 날 외삼촌을 보았다는 친척 어른이 있었으나 정작 외할머니나 어머니는 그를 보지 못했다. 외삼촌이 낯선 여자를 데리고 온 것은 그의 나이 마흔두 살 때였다. 그녀가 외숙모였다. 외삼촌보다 열두 살이나 어렸다. 서커스단 출신 여자라는 말이 있었으나 확실하지는 않다고 어머니는 말했다.

외숙모가 외삼촌의 거처를 찾은 것은 가출한 지 두 달이 다 되어갈 즈음이었다. 그전에도 그랬다. 외숙모는 말없이 사라진 외삼촌의 거처를 기가 막히게 찾아냈다. 어떻게 찾았는지에 대해서는 입을 다물었다. 주위 사람들은 서커스단과 연관이 있을 것이라는 추측만 할 뿐이었다. 서커스단 출신임을 숨기려면 입을 다물 수밖에 없다는 것이었다. 어머니도 그렇게 생각했다.

그가 외삼촌을 만나러 갔을 때는 어느덧 10월이 되어 있었다. 가출한 외삼촌을 찾아 나선 것은 처음이었다. 그전의 수많은 가출은 그와 무관했다. 하지만 그 가출은 달랐다. 그가 외삼촌에게 준 시계 값 50만 원은 가출 비용으로 쓰였을 가능성이 컸다. 외숙모는 외삼촌이 산골 강변에 아예 집을 지었다면서 참 별일이라고 했다. 외삼촌은 한 거처에 오래 머물지 않았다. 끊임없이 떠돌았다. 외숙모조차도 그가 왜 그렇게 떠도는지 모른다고 했다. 그런 그가 집을 지었으니, 외숙모의 눈에는 예사롭게 보이지 않았을 것이다.

외삼촌이 지었다는 집은 강이 흐르는 깊은 산골에 있었다. 강가 우묵한 곳에 파이프를 박고 그 위로 비닐을 씌웠으니, 집은 집인데 비닐 집이었다. 비닐 집 안에는 아궁이도 있었고, 그럴듯해 보이는 방도 있었다. 쌀을 안치는 냄비와 국 냄비, 물 끓이는 솥단지와 몇 개의 종지가 부엌을 차지했고, 방에는 칠이 벗겨진 소반과 등잔, 세월에 바랜 책 몇 권이 눈에 띄었다. 비닐 집 안에서도 강물 흐르는 소리가 들렸다.

왜 이런 집을 지었어요?

살려고 지었지.

외삼촌은 집이 있잖아요.

집이란……

그의 시선이 허공에 잠시 머물다 돌아왔다.

제 몸에 맞아야 한다. 제 몸에 맞지 않는 집은 감옥이야. 문제는 말이다. 집은 변하지 않는데 몸이 자꾸 변해. 둥글어지기도 하고, 길쭉해지기도 하고, 세모꼴이 되기도 하고, 네

모꼴이 되기도 해. 실처럼 가늘어지기도 하고, 넙치처럼 납작해지기도 하지. 내 몸이 둥글어지면 둥근 집에 살아야 마음이 편해. 길쭉해지면 길쭉한 집에 살아야 하고, 납작해지면 납작한 집에 살아야 기분이 좋아져.

그래서 그렇게 떠돌아다니셨어요?

외삼촌은 고개를 끄덕였다.

내가 줄타기를 할 때는 말이다.

외삼촌은 마술사였잖아요?

외삼촌은 동전 마술만 보여준 것이 아니었다. 종이를 꽃으로 만들었고, 꽃을 새로 만들어 하늘로 날려 보냈다. 손안에 있는 흰 구슬을 순식간에 사라지게 했고, 입안에서 그것을 꺼내 보이기도 했다.

마술사한테 잠시 배웠을 뿐이야. 난 줄타기를 했어. 가느다란 줄 위를 걸어 다녔지. 장대를 들고 걷기도 했고, 장대 없이 걷기도 했어.

외삼촌이 줄타기를 했다는 것은 처음 듣는 얘기였다.

소주 한잔할래?

그러죠.

나가 있어라. 준비해서 곧 나가마. 강물을 보면서 마시는 소주 맛이 괜찮아.

비닐 집을 나오자 강물 흐르는 소리가 한층 크게 들렸다. 잠시 후 외삼촌은 소반을 들고 나왔다. 소반 위에는 찌그러진 주전자와 소주잔 두 개, 젓가락 두 개, 멸치들이 놓인 접시가 있었다. 평평한 풀밭에 마주 앉았다. 강 너머 산허리를 하얗게 덮은 메밀꽃이 눈부셨다.

전 두 잔만 마실게요. 운전을 해야 해요.

그래라.

외삼촌은 그가 따른 술을 단숨에 마시고는 손으로 멸치를 집어 들었다.

전기도 없이 어떻게 지내세요?

등잔이 있잖니. 불빛이 아주 편안해. 눈부시지도 않고.

시계도 없던데요?

시계가 싫어졌어. 멀미가 나.

네?

시계는 말이다.

외삼촌은 술을 한 모금 마신 후 말했다.

배와 흡사해.

배라뇨?

강물에 떠다니는 배 말이다.

아, 예.

사람들은 배의 움직임을 통해 시간의 흐름을 느끼지. 근데 말이야.

술잔을 만지작거리는 외삼촌의 얼굴이 창백했다.

멀미가 나.

왜 멀미가 나요?

너무 오래 타고 있었나 봐. 그만 내리고 싶다.

어디로 내리는데요?

강물이겠지.

강물에 내리면 어떻게 돼요?

흘러가겠지. 강물과 함께.

외삼촌의 창백한 안색에 홍조가 어렸다.

그렇군요.

그는 한숨을 쉬듯 말했다.

줄 위를 걸을 땐 말이야. 몸이 가늘어져야 해. 줄보다 더 가늘어져야 걸을 수 있어. 가볍게 사뿐사뿐 걸을 수가 있지. 간혹 줄이 사라지기도 해.

줄이 사라진다구요?

몸이 공기처럼 투명해지면 줄이 사라져. 허공을 걷는 거지. 그땐 몸이 보이지 않아. 공기처럼 투명하니까.

전 이해가 안 가요. 사람의 몸이 어떻게 보이지 않을 수가 있어요.

남의 눈에는 보이겠지.

무슨 말씀이세요?

줄타기를 하려면 내가 내 몸을 보아야 해. 그렇지 않으면 줄을 못 타.

외삼촌이 어떻게 외삼촌의 몸을 봐요?

내 몸에서 빠져나가야겠지.

누가요?

내가.

그럴 수도 있군요.

그럴 수도 있단다.

외삼촌은 희미하게 웃었다.

왜 줄타기를 하셨어요?

길이 보였으니까.

길이 보이다뇨?

난 사생아였어. 생모의 얼굴도 모르는. 유일한 보호자였던 네 외할아버지는 피투성이가 된 채 죽었고. 네 외할아버지만 이 아니었지. 땅 위에는 죽은 사람들이 널려 있었어. 시체 썩 는 냄새가 코를 찔렀어. 죽은 엄마의 젖을 빨고 있는 갓난아 기까지 보았어. 어디서 보았는지는 기억이 안 나. 피란길에서 보았을지도 몰라. 네 외할머니의 말로는 피란을 했다고 하니 까. 전쟁이 끝나고 계절이 여러 번 바뀌었는데도 난 죽음의 기억에서 좀처럼 빠져나오지 못했어. 저 아이 얼굴이 왜 저렇 게 파래. 꼭 죽은 아이 얼굴 같잖아. 나는 내 얼굴이 파랗게 보인다는 것을 네 외할머니에게 낮은 목소리로 속삭이던 어 떤 아낙의 말을 듣고 알았어. 그러던 어느 날이었어. 어둡고 침침한 방에서 눈을 떴어. 얼굴이 땀으로 젖어 있었고, 몸은 꽁꽁 묶인 것처럼 꼼짝을 할 수 없었어. 아마 무서운 꿈을 꾸었을 거야. 그즈음 자주 가위에 눌렸으니까. 잠에서 깨어나면 늘 버려진 듯한 느낌에 사로잡혔어. 누군가가 나를 버려놓고 사라져버린 듯한 느낌 같은 것, 죽은 엄마의 젖을 빨고 있는 아이가 되어버린 듯한 느낌 같은 것. 그건 공포였어. 견디기가 쉽지 않았어. 어떤 소리도 들리지 않고, 아무도 날 들여다보지 않았으니까. 그런 곳으로 무언가가 흘러들어왔어. 부드러우면서도 슬픈, 쓸쓸하면서도 감미로운…… 나중에 알았지만 그건 트럼펫 소리였어. 너도 알지? 곡마단의 트럼펫 소리. 난 스르르 일어나 소리를 따라갔어. 그 소린 길이었어. 그전까지 난 길을 한 번도 본 적이 없었어. 세상이 캄캄했으니까. 그런데 홀연 길이 나타난 거야. 길을 한 번도 본 적이 없는 자에게는 처음 보는 길이 아름다울 수밖에 없어. 길은 끊어질 듯 끊어질 듯하면서 이어지고 있었어. 그건 땅 위의 길이 아니었어. 허공의 길이었어. 바람의 길과 같은.

외삼촌의 시선이 강 너머로 향하고 있었다.

내가 걸음을 멈춘 곳은 크고 둥근 집 앞이었어. 난 생각했어. 아, 저렇게 크고 둥근 집도 있구나. 저 지붕 밑에는 다른 세상이 있을 거야. 사람이 사라지지 않고, 죽지 않고, 버려지지 않고, 무서운 꿈도 꾸지 않는. 하지만 그 안으로 들어갈 수가 없었어. 들어가려는데, 어떤 남자가 가로막으며 표를 사라고 했어. 나에겐 돈 한 푼 없었어. 집으로 돌아가 들고 나온 것이 네 외할아버지 시계였어.

제게 파신 시계 말이에요?

응.

왜 그 시계를 들고 나오셨어요?

네 외할머니 장롱을 뒤졌더니 그게 나왔어. 그거라면 크고 둥근 집 안으로 들어갈 수 있을 것 같았거든. 소중한 것이었으니까. 다시 거기엘 갔더니 아무도 없었어. 입구도 닫혀 있었어. 난 그 앞에 서서 누군가를 기다렸어. 나를 안으로 들어가게 해줄 누군가를 말이야. 간절히 기다렸어. 시간이 얼마나 지났는지 기억이 안 나. 흐린 하늘에서 비가 떨어지기 시작하더군. 추워서 오들오들 떨고 있는데 잿빛이 도는 흰색 옷을 치렁치렁 두른 사람이 나타났어. 코와 입술이 새빨갛고, 뺨과 입 주위가 눈처럼 새하였어. 어릿광대였지. 어릿광대는 붉은 입술을 활짝 벌리며 웃고 있었어. 난 그가 무서우면서도 무섭지 않았어. 그가 무서웠던 건 괴상한 모습 때문이었고, 그가 무섭지 않았던 건 내가 기다린 사람이기 때문이었지. 그에게 시계를 내밀었어. 그는 시계를 쓱 보더니 주머니에 집어넣고는 나에게 따라오라는 손짓을 했어. 빗줄기가 굵어지기 시작하더군. 그는 내 눈에는 보이지 않는 문을 열었어. 나는 재빠르게 안으로 들어갔지. 가마니가 깔린 바닥에 사람들이 드문드문 앉아 있었어. 그런데 그들은 한결같이 위를 보고 있는 거야. 나도 위를 봤지. 허공에 떠 있는 사람이 보였어.

외삼촌은 술을 한 모금 마시고는 멸치를 입에 넣었다.

지금도 선명히 떠올라. 푸르스름한 공기 속에 떠 있는 그의 모습이. 날개를 접은 커다란 새처럼 보였어. 그런 모습, 언젠가 본 적이 있었어. 네 외할아버지가 돌아가신 지 얼마 되지 않아서였지. 새 같기도 하고 사람 같기도 한 것이 목화밭 위에 떠 있었어. 허공에 가만히 서 있던 그가 움직이기 시작했어. 그제야 내 눈에 줄이 보였어. 가느다란 줄 위를 그는 걷고 있었어. 어딘가를 향해 한 발자국 한 발자국 조심스럽게. 내 눈에 눈물이 고이고 있었어. 처음엔 몰랐어. 눈물이 뺨을 타고 흐르자 비로소 내가 눈물을 흘리고 있다는 것을 알았어. 왜 눈물이 나왔을까? 무엇이 열네 살 아이로 하여금 눈물을 흘리게 했을까? 그가 위태롭게 보였기 때문이었어. 가느다란 줄 위에 서 있는 그의 모습이 위태로웠어. 걸을 때도 위태로웠어. 두 팔을 펼칠 때도 위태로웠고, 고개를 뒤로 돌릴 때도 위태로웠어. 하지만 그는 아름다웠어. 가슴이 저리도록 아름다웠어. 그의 아름다움은 위태로움에서 나왔어. 위태로웠기 때문에 아름다웠던 거야. 나의 삶도 위태로웠어. 죽은 엄마의 젖을 빨고 있는 아이처럼 느껴지는 삶이었으니. 열네 살 아이는 재빨리 깨달았지. 자신의 삶이 아름다워질 수가 있음을. 눈물은 거기에서 흘러나온 거야.
　그래서 줄타기를 배우셨군요.
　외삼촌은 고개를 끄덕였다.

3

골목길이 어두웠다. 모퉁이를 돌자 희미한 불빛이 보였다. 골목 어귀에 걸린 조등에서 흘러나오는 불빛이었다. 대문간에는 밥그릇과 고무신이 놓여 있었다. 밥그릇에는 흰쌀밥이, 고무신에는 노란 불빛이 담겨 있었다.

저건 사잣밥이란다. 외할머니의 혼백을 데리러 오는 저승 심부름꾼이 먹는 밥이지. 짚신은 사자님과 외할머니가 신을 거란다. 저승길이 멀고도 머니 신발이 필요하지 않겠냐.

외할머니 장례식 날 대문간에서 들었던 외삼촌의 목소리가 어디선가 나지막하게 흘러나왔다. 짚신이 고무신으로 바뀐 것은 세월 때문일 것이다. 마당에 들어서자 매실나무가 먼저 눈에 들어왔다. 매실나무 가지에 걸린 백열전등이 마당을 밝혔다. 상복을 입고 대청마루에 서 있던 외숙모가 내려와 그의 손을 잡았다. 그녀의 눈은 바짝 말라 있었다. 빈소에는 외삼촌의 장조카가 상주 역할을 하고 있었다. 자식 없는 쓸쓸함이 빈소에서 느껴졌다. 영정 앞에 가만히 섰다. 흐린 사진 속에서 외삼촌은 눈을 가느스름하게 뜨고 어딘가를 보고 있었다. 분향을 하고 절을 했다. 절을 할 때는 강 너머 산허리를 하얗게 덮은 메밀꽃이 보였다.

지난달 중순, 태풍이 발생하면서 전국에 호우 경보가 내렸다. 외숙모는 외삼촌의 비닐 집이 걱정되었으나 빗속을 뚫고 찾아가려니 엄두가 나지 않았다. 닷새 후 호우 경보가 해제되자 길을 나섰다. 다행스럽게도 비닐 집은 말짱했다. 외삼촌은 외숙모를 보자 환히 웃었다. 외숙모가 나중에 말하기를, 오랜 세월을 같이 살았지만 그토록 환한 웃음은 처음 보았다고 했다. 얼굴 표정이 어린아이처럼 천진했다. 좋은 일이 있었느냐고 물었더니 외삼촌은 미소만 지었다고 했다. 다음 날 외숙모는 집으로 돌아왔는데, 열흘이 채 못 돼 파출소에서 전화가 왔다. 외삼촌의 시신은 비닐 집과 10킬로미터 이상이나 떨어진 강 하류에서 발견되었다. 경찰은 사고사로 처리했다. 비닐 집 안은 깨끗이 정돈되어 있었고, 외삼촌이 남긴 글은 발견되지 않았다.

화단가 멍석에 앉은 그는 상주가 건네는 술잔을 받았다. 소주가 쓰면서도 달았다. 문상객들이 드문드문 앉아 있는 마당 풍경이 적막했다. 외삼촌의 쓸쓸한 생애를 보는 듯했다. 친척이 별로 없는 데다, 연락할 만한 지인들도 손으로 꼽을 정도니 문상객들이 적을 수밖에 없었다. 소주 석 잔을 마신 상주가 일어섰다. 상주의 삼베옷이 무거워 보였다. 숙모가 멍석으로 다가와 맞은편에 쪼그리고 앉았다.

"바쁜데 빨리 가야제?"

"내일 새벽에 가면 됩니다."

"새벽에 가서 어떻게 출근하누?"

"바로 회사로 가야죠."

"피곤할 텐데."

"괜찮아요. 비닐 집은 어떻게 하실 생각이에요?"

"그게 무슨 집이라고."

"외삼촌이 무척 공들여 지으신 것 같은데요."

"그 양반이 그러든?"

"그런 건 아니지만……"

"그 안에서 쓸 만한 건 등잔뿐인데, 안 보이더라."

"등잔이 없었어요?"

"없었어."

"밤에는 꼭 필요한 물건인데 왜 없죠?"

"글쎄다."

"외삼촌이 줄타기를 하셨다면서요?"

외숙모가 배시시 웃었다.

"왜 웃으세요?"

"옛날 생각이 나서."

"무슨 생각이 났는데요?"

"그 양반, 줄은 참 잘 탔다. 나비 같았어. 눈을 뗄 수가 없었지. 다 지나간 얘기야."

외숙모는 중얼거리듯 말하며 마당에 피워놓은 모닥불을 물끄러미 보았다.

4

줄을 탈 때는 그림자가 사라져. 그림자 없는 존재는 가벼워. 한없이 가벼워. 그런데 말이야. 언젠가부터 나를 내려다보는 낯선 시선이 느껴졌어. 죽은 네 외할아버지의 시선인가 했는데, 아니야. 나를 낳고는 어디론가 사라져간 생모의 시선인가 했는데, 그것도 아니야. 죽은 사람의 시선도 아니었지만 산 사람의 시선도 아니었어. 그러니까 산 자도 아니고 죽은 자도 아닌 어떤 자의 시선이었지.

누구였어요?

사냥꾼이었어.

사냥꾼이라뇨?

나를 사생아로 태어나게 했고, 나에게서 부모를 일찍 떼어놓고, 세상의 길을 지워버린 자 말이야.

신이군요.

난 그런 것 안 믿어.

그럼, 운명이네요.

그런 말 몰라.

왜 사냥꾼이라고 생각하셨어요?

그자 앞에서 난 가련한 짐승에 불과했으니까. 짐승은 사냥꾼의 총구를 느껴. 예민하게 느껴. 도주가 시작되었어. 총에

맞기 싫었으니까. 허공에서 내려와 세상의 황음 속으로 들어
갔어. 깊숙이 들어갔지. 그가 볼 수 없는 곳으로. 내가 술주
정꾼이 되고 노름쟁이가 된 것은, 아편쟁이가 되고 천하에 몹
쓸 패륜아가 된 것은 도주자였기 때문이었어. 얼굴을 까맣게
잊어버린 어떤 여인의 동생이 날 찾아와 칼을 들이대며 죽인
다고 했을 때, 내가 태연할 수 있었던 것은 도주자였기 때문
이었어.

　도주자라서 태연할 수 있었다는 건, 이해가 잘 안 가요.

　나에게 도주란 타락이었어. 흉측한 모습이 되는 것이었지.
흉측해지면 질수록 사냥꾼에게서 멀어진다고 믿었어. 사냥할
가치조차 없어질 테니까. 그런데 말이야. 언젠가부터 수치를
느끼기 시작했어.

　왜 수치를 느끼셨어요?

　총구 앞에서 옴짝달싹 못 하니까. 도주만 하니까. 난 생각
했지. 내가 그를 무서워하는 건 그를 한 번도 보지 못했기 때
문이라고. 사람이란 보이지 않는 것을 무서워하는 법이거든.
그런 생각이 들자 그가 보고 싶어졌어. 결국에는 나를 죽이고
말 그가 지독하게 보고 싶어졌어. 도주를 멈추었지. 그를 보
려면 도주를 멈추어야 했어. 크고 둥근 집을 찾아갔지. 다시
줄타기를 한 거야. 하지만 그전과는 다른 줄타기였어.

　다른 줄타기라뇨?

　그전의 줄타기는 크고 둥근 집 안으로 처음 들어갔을 때 허

공을 걸고 있었던 사람의 아름다움을 닮고자 한 몸짓이었다면, 두번째 줄타기는 사냥꾼에게 아름답게 보이기 위한 몸짓이었어.

사냥꾼에게 왜 아름답게 보이고 싶었어요?

그가 보고 싶었으니까. 그를 보려면 그를 끌어내어야지.

유혹이었군요.

그렇게 말할 수도 있겠지.

유혹에 성공하셨나요?

아니.

근데 왜 줄타기를 또 그만두셨어요?

관객들은 아름다움을 원하지 않았어. 그들이 원한 것은 묘기였어. 원숭이가 하는 것 같은. 그들은 내가 가만히 서 있는 것을 못 견뎌 했어. 걷기 위해서는 가만히 서 있어야 해. 아름답게 걷기 위해서는 아름답게 서 있어야 하는 거지. 그러니까 서 있는 것도 걷는 것이야. 하지만 그들은 내가 줄 위에서 가만히 서 있으면 불평하고, 이상하게 생각하고, 어이없어 하고, 비웃어. 걷지 않는다고 말이야. 그러니 내려올 수밖에.

외삼촌은 쓸쓸히 웃었다.

외할아버지 시곈 어떻게 찾으셨어요?

내가 처음으로 줄을 타던 날 어릿광대가 시계를 내밀더군. 난 받지 않았어. 내가 그에게 시계를 주었다면, 그는 나에게 크고 둥근 집을 주었어. 그러니 받을 수가 없었지. 내가 줄에

그 남자는 왜 거기에 서 있었을까 67

서 내려오자 어릿광대는 다시 시계를 내밀었어. 난 받았어.
아주 오래된 시계를. 크고 둥근 집을 떠나니까.

그런 시곌 왜 저한테 파셨어요?

크고 둥근 집으로 들어가려고.

그럼 저 비닐 집이 크고 둥근 집이에요?

응.

둥글기는 한데 크지는 않네요.

나에겐 커.

저 집이 왜 필요했어요?

줄이 자꾸 보여서.

네?

줄을 다시 타고 싶어졌어.

왜 다시 타고 싶어졌어요?

가고 싶은 데가 있어.

줄을 타고 어딜 가시게요?

저기로.

저기가 어딘데요?

처음의 사람이 있는 곳.

처음의 사람이 누구예요?

나에게 처음의 사람은 생모였어. 하지만 난 잊어버렸어. 생
모의 모든 것을. 그래서 더 가고 싶어.

처음의 사람이 있는 데가 어디죠?

시간 속에 있지.

시간 속이라뇨?

길은 곧 시간이야. 여기에서 저기로 가려면 시간이 필요하거든. 길을 걷는다는 것은 시간을 걷는 것을 뜻해.

다시 마술사가 되신 모양이네요.

걷는 것은 마술이 아냐.

그럼 무슨 수로 과거로 걸어가시려고 해요?

처음의 사람이 있는 곳은 과거이기도 하지만 미래이기도 해.

왜 그렇죠?

반드시 돌아가야 할 곳이니까. 난 내가 허공의 길 위에서 어디를 가고자 했는지, 무척 궁금했어. 그 의문을 등에 지고 참 오랫동안 떠돌아다녔어. 그런데 이제야 겨우 희미하게나마 보여. 거기에 가면 그의 얼굴도 볼 수 있을 것 같아. 사냥꾼의 얼굴 말이야.

줄은 어디에 거시게요?

가장 아름다운 곳에 걸어야지.

거기가 어디죠?

내 눈에는 보여.

외삼촌은 빙긋 웃었다.

5

새벽 1시가 넘어설 무렵 빗방울이 떨어지기 시작했다. 그는 하늘을 올려다보았다. 캄캄했다. 구름도 별도 보이지 않았다. 뺨에 닿는 바람이 싸늘했다. 빈소에서 누군가가 절을 하고 있었다. 산 자가 죽은 자에게 절을 하는 것은 삶의 자리보다 죽음의 자리가 높기 때문일 것이다. 그가 어머니의 죽음 앞에서 절을 했을 때 어머니는 높이 있었다. 너무나 높아 아득했고, 아득함은 낯섦을 불러일으켰다. 어머니의 정다운 얼굴은 기억 속에, 가슴속에 있는데, 보이지 않는 곳으로 가버린 어머니의 실체는 아득했다. 그때 흘렸던 눈물은 아득한 낯섦이 불러일으킨 눈물이었다. 외삼촌이 왜 다시 줄을 타고 싶어 했는지, 그는 어렴풋이나마 알 것 같았다. 줄 위를 걷는 외삼촌의 모습을 보았다면 너무나 아득해서 눈을 감았을 것이다.

빈소에서 외숙모가 나오고 있었다. 툇마루에서 내려선 그녀는 손짓으로 그를 불렀다. 그가 신발을 신고 다가가자 그녀는 따라오라고 하면서 마당 구석에 있는 쪽문으로 갔다. 쪽문 안에는 한 평 남짓한 골방이 있었다. 여기서 눈을 좀 붙여라. 그녀는 괜찮다는 그를 밀어 넣고 문을 닫았다. 방에는 이불이 펴져 있었다. 불을 끄고 누웠다. 취기와 함께 피로가 몰려왔다. 빗소리가 들렸다. 빗줄기가 굵어지는 것이 눈에 보이는 듯했다. 잠결 속에서 듣는 빗소리가 아늑했다. 빗소리에서 흙냄새가 나는 것 같았다. 오래전에 잊은 냄새였다. 어머니의 무릎에 머리를 베고 누워 있는 아이가 보였다.

비 오는 봄날이었다. 마당에서 피어오르는 흙냄새가 어머니의 소곤거리는 듯한 목소리로 섞여 들고 있었다.

옛날에, 아주 옛날에, 천 년도 더 된 옛날에, 한 마술사가 있었단다. 어느 날 마술사는 수많은 사람들 앞에서 밧줄을 들고 나타났어. 사람들은 그가 어떤 마술을 보여줄지 기대와 호기심이 가득 찬 눈으로 지켜보았지. 그가 하늘을 향해 밧줄을 던졌단다. 하늘 높이 올라간 밧줄이 장대처럼 꼿꼿이 섰어. 사람들은 눈을 휘둥그렇게 뜨며 밧줄을 올려다보았어. 밧줄이 너무 높아 끝이 보이지 않았단다. 마술사가 밧줄을 타고 오르기 시작했어. 사람들의 시선이 마술사를 따라 점점 위로 올라갔지. 마술사의 몸이 구름에 휩싸이기 시작했어. 사람들은 눈을 달처럼 크게 뜨고 그를 쳐다보았어. 구름보다 높이 올라간 마술사의 몸이 점점 작아지더니 마침내 보이지 않게 되었어. 하늘 속으로 사라져버린 거야.

정말이에요?

아이가 눈을 동그랗게 뜨며 물었다.

누군가가 그렇게 적어놓았단다. 정말일 수도 있고, 아닐 수도 있지.

빗소리와 뒤섞인 어머니의 목소리가 멀어져갔다.

그가 잠에서 깨어났을 때 고요한 어둠이 느껴졌다. 고요한 어둠은 그를 부드럽게 감쌌다. 몸 안으로 어둠이 스며드는 듯했다. 몸 안의 어둠과 몸 밖의 어둠이 뒤섞이는 듯한 느낌은 미묘했다. 몸의 경계선이 사라지는 듯한 느낌이었다. 어둠이 아주 캄캄하지는 않았다. 달빛 때문이었다. 들창으로 스며드는 달빛이 어둠을 푸르스름하게 물들였다. 여기가 어디지? 그의 머릿속은 안개가 낀 듯 흐릿했다. 어둠 속을 더듬거리며 시계를 찾았다. 5시가 다 되어가고 있었다. 바람에 쓸리는 나뭇잎 소리가 희미하게 들렸다.

　마당이 스산했다. 시들어가는 모닥불 곁에 문상객 세 사람만이 앉아 있었다. 그들에게 목례하고는 빈소로 갔다. 외숙모는 보이지 않고, 상주가 등을 벽에 기댄 채 자고 있었다. 주머니에 손을 넣었다. 시계가 손에 잡혔다. 외삼촌 시계였다. 외숙모에게 돌려주려고 가져왔으나 기회를 놓치고 말았다. 외삼촌의 시계를 갖게 된 과정을 말한다는 것이 쉽지 않았다. 상주에게 맡기는 것도 방법이긴 했으나 자고 있는 데다, 시계를 맡기면서 무슨 말을 해야 할지도 난감했다. 발소리를 죽이며 집을 나왔다. 조등의 빛이 골목을 어슴푸레 밝히고 있었다.

6

열린 차창으로 들어오는 바람이 차고 눅눅했다. 바람에서 젖은 나무 냄새가 났다. 속도계의 바늘이 70킬로미터를 가리켰다. 길은 한적했지만 비에 젖어 있었고, 안개가 흘렀다. 70킬로미터가 적당한 속도였다. 길 위에 나무처럼 서 있던 남자가 떠올랐다. 남자가 응시하고 있었던 것이 무엇인지 궁금했다. 생애의 시간들이 고인 어떤 곳을 보고 있었을까. 아니면 생애를 깊숙이 꿰뚫고 간 시간의 궤적을 보고 있었을까. 어쩌면 흘러가는 시간의 등을 보고 있었는지도 모른다. 시간에게 늘 자신의 등을 보였던 세월을 반추하면서. 남자가 지금도 그렇게 서 있다고 해도 전혀 놀라지 않을 것 같았다. 황혼의 길 위에 서 있었다면, 별들의 냄새가 흐르는 길 위에 서 있을 수도 있다. 비 오는 밤의 적막과 새벽의 푸른빛 속에서도.

글로벌 유동성이라는 말, 멋있었어.

저녁 약속을 미루려고 전화했을 때 박장우가 한 말이 떠올랐다. 분석 자료의 내용이 좋다는 것인지, 멋있기는 하지만 아닌 것 같다는 뜻인지 가늠하기가 힘들었다. 박장우가 정말 마음에 들었다면 그런 애매한 표현은 하지 않았을 것이란 생각이 자꾸 들었다. 애널리스트의 몸값은 펀드매니저의 평가에 좌우된다. 펀드매니저가 애널리스트의 분석 자료를 믿고 투자했다가 잘못될 경우 애널리스트가 입는 상처는 깊다. 그의 머릿속에는 박장우의 말이 쇳조각처럼 박혀 있었다.

창을 닫았다. 차 안이 고요해졌다. 고요가 그를 감쌌다. 고요에 감싸인 몸이 낯설었다. 몸이 낯설어지자 자신도 낯설어졌다. 낯선 이에게 말을 걸고 싶었으나 어떤 말도 낯선 이에게는 닿지 않을 것 같았다. 오히려 낯선 이가 말을 걸어올 것 같은 느낌이었다. "당신은 그동안 어디에 있었나요?"라고. 머릿속에 박힌 쇳조각이 꿈틀, 하는 것 같았다. 속도계의 바늘이 90킬로미터를 넘고 있었다. 길의 상태를 감안하면 과속이었다. 그럼에도 액셀러레이터를 밟는 그의 발에 힘이 더 들어갔다. 바늘이 금방 100킬로미터에 이르렀다. 닫힌 차창으로 바람이 뚫고 들어왔다. 바람 소리가 날카로웠다. 길이 휘어지고 있었다. 핸들을 틀자 차체가 휘청거렸다. 그의 몸도 휘청했다. 안개가 짙어지고 있었다. 길이 잘 안 보였다. 길 아래로 무언가가 희끗거렸다. 속도를 줄였다. 강이었다. 자욱한 안개 사이로 검푸른 강이 흐르고 있었다. 그는 차를 멈추었다. 창문을 열었다. 강물 흐르는 소리가 들렸다. 맑고 싸늘한 소리였다. 차에서 내렸다. 하늘에서 어둠이 걷히고 있었다. 강변으로 내려갔다. 풀들이 바스락거렸다. 굽이치는 강이 보였다. 강물 소리 사이로 새의 날개 치는 소리가 들렸다. 강변에는 어린 느티나무가 있었다. 그는 어린 느티나무 곁에 서서 강물을 내려다보았다. 청회색 그림자가 물이랑에 어렸다. 눈을 감았다. 외삼촌이 보였다. 외삼촌은 등잔을 들고 강물

위를 걷고 있었다. 하늘에는 별이 가득했고, 강물 위에는 별
들의 빛이 은비늘처럼 반짝였다. 외삼촌의 두 발이 은비늘에
잠겨 있어 별과 별 사이를 걷는 것 같았다. 간혹 걸음을 멈추
고 별들을 올려다보곤 했다. 발돋움을 하고 팔을 뻗으면 별을
만질 수 있을 것 같았다. 그는 눈을 떴다. 외삼촌과 별들이
사라지고 있었다. 주머니에서 시계를 꺼냈다. 시계 소리가 강
물 소리와 뒤섞였다. 시계를 든 손을 강물 속에 넣었다. 강물
은 생각보다 따뜻했다. 손을 놓았다. 강물 아래로 가라앉는
시계가 어렴풋이 보였다. 하늘이 약간 밝아져 있었다. 조금
빨리 차를 몰면 늦지 않을 것이라고 생각하며 그는 다시 강둑
위로 올라갔다.

희생

1

우편함에서 연둣빛 편지 봉투를 본 것은 해 질 무렵이었다. 일몰의 잔광에 싸인 연둣빛은 창백했다. 푸른 잉크로 쓴 글씨가 연둣빛 속에서 가느다란 물줄기처럼 흘렀다. 낯익은 글씨였다. 눈을 감았다. 한 얼굴이 떠올랐다. 흐린 얼굴이었다. 너무나 흐려 금방이라도 사라질 것 같았다. 편지를 들고 마당에 놓인 등나무 의자에 앉았다.

그리운 당신.
놀라는 당신의 얼굴이 눈에 선하군요. 제가 당신에게 편지를 보냈다는 사실 자체가 당신을 놀라게 할 것임을 잘 알고 있어요. 더욱이 '그리운 당신'이라고 했으니. 하지만 사실이

랍니다. 편지를 쓰기 위해 펜을 들면서 저는 당신의 이름을 나직이 불렀답니다. 강회우라는 한 여자가 박민호라는 한 남자의 이름을 불렀어요. 사무치는 그리움으로.

그녀 말대로 나는 놀라움에 사로잡혀 있었다. 20년 전 홀연히 사라져버린 후 어떤 소식도 없었던 그녀에게 편지가 온 것은 정말 놀라운 일이었다. 게다가 그리운 당신이라니……

당신을 향한 저의 그리움을 제발 비웃지 마세요. 당신이 비웃는다고 생각하면, 가슴이 에여요. 저도 알고 있어요. 너무나 늦은 그리움임을. 마흔여섯의 여자가 마흔여덟의 남자에게 품기에는 너무나 뜨거운 그리움인 것도 알고 있어요. 제가 염치없나요? 그럴지 몰라요. 당신을 버린 여자가 품기에는 너무나 염치없는 그리움일 거예요. 그럼에도 지금 저는 당신을 사무치게 그리워하고 있어요. 한때 당신이 저를 그리워했듯이, 저도 당신을 그리워하고 있어요. 당신, 지금 화를 내시나요? 화를 내셔요. 당신을 버린 여자가 그리움의 깊이를 어떻게 알겠어요. 그땐 몰랐어요. 당신이 얼마나 절 그리워했는가를. 젊은 당신의 그리움이 얼마나 아름다웠는지 전 까마득히 몰랐어요.

겨울바람 속에서 비스듬히 서 있는 한 사내의 모습이 어렴

픗이 떠올랐다. 그가 똑바로 서지 못하는 것은 몸의 절반이 텅 비어 있기 때문이었다. 그가 비스듬하게라도 설 수 있었던 것은 추억이라는 생명체 덕분이었다. 추억은 기묘한 생명체였다. 그 기묘한 생명체는 세계를 천천히, 그러나 쉼 없이 안개 속으로 밀어 넣었다. 안개에 휘감긴 세계는 불투명한 막에 싸인 것처럼 흐릿해져갔다. 그 잿빛 세계 속에서 시간은 거꾸로 흘렀다. 강물을 역류하는 물고기처럼. 그랬다. 거꾸로 흐르는 시간은 한 마리 은빛 물고기였다. 모든 것이 흐릿한 잿빛 세계 속에서 오직 은빛 물고기만이 생동감 있게 움직였다. 그 날렵한 물고기가 세계의 상류로 거슬러 올라가면 아, 거기에는 추억이라는 새로운 생명의 세계가 펼쳐졌다. 그 눈부신 세계의 주인은 강희우, 그녀였다. 그녀가 눈을 감으면 세계는 어둠이었고, 그녀가 눈을 뜨면 세계는 희디흰 빛의 세계였다. 그녀가 입을 다물면 세계는 고요했고, 그녀가 입을 열면 세계는 아름다운 음악으로 가득 찼다. 그녀는 홀로 완전했다. 홀로 완전한 그녀 곁에 유령 같은 내가 있었다. 그녀에게 나는 유령이었다. 내가 다가가도 그녀는 나를 보지 못했다. 그녀의 손을 잡아도, 그녀의 몸을 어루만지고, 그녀의 몸 안으로 스며들어도 그녀는 나를 느끼지 못했다. 그녀에게 나는 없는 존재였다.

지금 제가 있는 곳은 정릉의 옛집이에요. 당신도 몇 번 왔

었죠. 어머닌 당신을 참 좋아하셨지요. 당신을 사윗감으로만
보시지 않았어요. 그 이상이었지요. 이제야 밝히지만 어머닌
당신에게서 아들을 느끼셨어요. 저에겐 당신이 모르는 오빠
가 있었어요. 세상에 태어난 지 백일도 채 못 돼 죽어버린.
어머닌 작년 4월에 돌아가셨어요. 일흔여섯이었으니, 빠른
죽음도 늦은 죽음도 아니었지요.

　어머니의 빈소는 쓸쓸했어요. 생전에 어머닌 외로운 분이
었지요. 삶이 쓸쓸했으니 죽음의 자리도 쓸쓸할 수밖에요. 저
는 산 자로서 죽어 누운 어머니를 내려다보았어요. 산 자가
아무리 몸을 낮추어도 죽은 자와 나란히 할 수 없어요. 고백
하자면 어머니의 죽음에 전 안도했어요. 슬픔이 왜 없었겠어
요. 하지만 슬픔보다 안도감이 더 컸어요. 전 몹쓸 딸이었지
요. 언제나 그랬어요. 어머닌 몹쓸 딸에게 커다란 선물을 남
기셨더군요. 전 처음으로 눈물을 쏟았어요. 그 선물을 보기
전까지 제 눈은 바짝 말라 있었어요. 바짝 마른 눈에서 눈물
이 쏟아지는데…… 제 몸 안에 그토록 많은 눈물이 고여 있
는 줄 정말 몰랐어요. 어머니가 저에게 준 선물이 무언지 궁
금하지 않으세요? 저의 집에 오세요. 당신을 초대할게요. 제
가 당신에게 드리는 선물도 준비되어 있어요. 전화번호를 편
지 아래에 적어놓을게요. 전 지금 간절히 빌고 있어요. 저의
초대를 당신이 기쁜 마음으로 받아주시기를.

　　　　　　　　　　　　　　당신을 그리워하는 희우.

2

내가 전화를 한 것은 편지를 받은 지 열흘 후였다. 열흘 동안 끊임없이 머뭇거렸다. 나는 내가 전화하지 않을 수 없다는 사실을 잘 알고 있었다. 나는 그녀를 잊지 않았다. 그녀를 잊는다는 것은 불가능했다. 세월이 흘러 머리가 희끗희끗해졌지만 그녀 앞에서는 언제나 목마른 청년이었다. 목마른 청년에게 현실은 진실이 아니었다. 진실은 꿈 안에 있었다. 그녀는 꿈의 존재였다. 세월이 흘러도 청년의 모습은 변하지 않았다. 꿈의 존재도 변하지 않았다. 흐려졌을 뿐이다. 비와 바람에, 일상의 먼지에, 눈가의 주름살에, 허영심과 누추한 욕망에, 꽃들의 황혼에.

머리가 희끗희끗한 나는 청년을 통해 꿈의 존재를 엿보곤 했다. 그 순간 내 늙은 눈은 청년의 눈이 되었고, 내 늙은 뼈는 청년의 뼈가 되었고, 내 늙은 피는 청년의 피가 되었다. 술에 취해 청년의 얼굴을 물끄러미 들여다보기도 했다. 그는 타인이면서 타인이 아니었다. 그는 나이면서 내가 아니었다.

전화벨 소리가 아득했다. 나는 못 박힌 듯이 서서 아득한 소리에 귀를 기울였다. 그것은 꿈의 존재로 향하는 소리였다. 현실의 소리가 꿈의 존재에 닿을 수 있는가. 터무니없는 일이었다. 꿈과 현실은 동시에 존재할 수가 없다. 내가 열흘 동안

이나 머뭇거린 것은 꿈의 상실에 대한 두려움 때문이었다.

"여보세요."

밝고 투명한 여자의 목소리가 흘러나왔다. 나는 그녀의 목
소리인지 다른 여자의 목소리인지 판단하려고 애를 썼다. 그
녀의 목소리가 아닌 것 같았다. 목소리가 지나치게 밝았다.
그러면서도 그녀의 목소리일지도 모른다는 생각이 얼핏 든
것은 어렴풋이 그녀의 흔적이 느껴졌기 때문이었다.

"번호가 맞는지 모르겠군요."

나는 거의 중얼거리듯 말했다.

"누굴 찾으세요?"

목소리는 상냥했고, 상대에 대한 호기심이 묻어 있었다. 희
우가 아닌 것 같았다. 희우는 상냥한 여자가 아니었다.

"강희우 씨와…… 통화하고 싶습니다."

나는 잠시 머뭇거리다가 빠르게, 단숨에 말했다.

"박민호 선생님이세요?"

여자의 목소리가 조심스러웠다.

"그렇습니다만……"

"선생님 전화를 많이 기다렸어요. 전 강희우 씨의 딸입니
다. 이름은 강영서이구요."

"아, 그렇군요. 반가워요."

나는 당황했으나, 목소리에는 당황을 애써 감추었다.

"엄만 좀 먼 곳에 계세요. 어쩌면 먼 곳이 아닐지도 모르겠

84

군요. 엄만 선생님을 특별한 방식으로 초대하고 싶어 했어요.
그러니까 전 까마귀거나 까치지요."

"무슨 뜻인지……"

"지금 엄만 은하수 서쪽에서 옷감을 짜고 있어요. 선생님
은 은하수 동쪽에서 소를 키우고 계시구요. 문제는 은하수죠.
두 사람 사이를 가로막고 있는. 선생님이 은빛으로 빛나는 별
들의 강을 건너시려면 제 도움을 받으셔야 해요. 제가 오작교
이니까요."

그녀의 목소리에는 묘한 울림이 있었다. 목소리가 그저 밝
지만은 않았다. 밝은 목소리 안에는 우수 같은 것이 은밀히
고여 있었다. 그녀의 목소리에서 희우의 흔적을 느낀 것은 그
것 때문인지도 몰랐다.

"엄마가 선생님을 초대한 곳은 정릉 집이에요."

"희우 씨가 어머님과 함께 살았던 집 말인가요?"

"맞아요. 엄만 선생님이 바쁘시지 않은 날에 오시기를 원
해요."

"요즘은 바쁘지 않으니까 희우 씨가 원하는 날짜에 가면 되
겠군요."

"이번 주 금요일은 어떠세요? 모레 말이에요."

"괜찮습니다. 몇 시가 좋을까요?"

"해 질 무렵에 오세요."

"그때 갈게요."

"빈손으로 오실 거예요?"

"빈손으로 가면 안 될 것 같군요."

"엄마가 정말 좋아할 선물을 알려드릴까요?"

"알려줘요."

"선생님의 사진 작품이에요."

"내가 사진장이라는 걸 어떻게 알았어요?"

"작년 겨울 엄마랑 선생님 작품 전시회장에 갔는걸요."

"희우 씨가 전시회장에 왔었어요?"

가슴이 철렁했다.

"엄만 한 번만 간 게 아니에요. 여러 번 갔어요. 선생님 몰래."

"희우 씬 파리에 있지 않았어요?"

"할머니가 돌아가신 후 서울에 자주 왔어요. 그러다가 언젠
가부터 한국으로 돌아올 생각을 했어요. 차근차근 돌아올 준
비를 한 거예요. 엄마가 아주 돌아온 건 작년 9월이었어요."

"희우 씬 파리에서 무얼 했어요?"

"엄만 의사였어요."

"뜻밖이군요."

"왜 뜻밖이에요?"

"내가 아는 희우 씬 불문학을 전공한 문학도였거든요."

"아, 그래서 엄마가 글을 잘 쓰는군요."

"글을…… 아주 잘 썼지요."

나는 나지막이, 중얼거리듯 말했다.

"저, 이런 질문을 해도 될지 모르겠네요."

"해요."

"선생님은 결혼하셨어요?"

"했었지요. 지금은 혼자 살지만. 이혼했어요."

"왜 이혼하셨어요?"

"내가 남자답지 못한 탓이었지요."

"제가 괜한 질문을 했나 봐요."

"전혀 그렇지 않아요. 궁금한 게 있으면 더 물어봐요."

"아녜요. 됐어요. 선생님의 전화, 무척 반가웠어요. 사실 전 은근히 불안했거든요. 전화가 오지 않으면 어떡하나, 하구요. 엄마가 기뻐할 거예요. 그럼 모레 뵐게요. 안녕히 계세요."

머릿속이 몽롱했다. 희우 딸과의 통화가 비현실적으로 느껴졌다. 희우가 보낸 편지조차도 현실로 느껴지지 않았다. 소파에 누웠다. 눈이 스르르 감겼다. 강이 보였다. 작은 배도 보였다. 배 위에서 누군가가 노를 젓고 있었다. 노를 젓는 이가 나 같기도 했고, 희우 같기도 했다. 강은 진흙으로 이루어져 있었다. 진흙을 헤쳐 나가는 배의 움직임은 느렸다. 낙타 한 마리, 강변을 빠르게 지나고 있었다. 바람이 불고 물결이 일었다. 진흙의 물결이었다. 낙타의 걸음걸이가 달라지고 있었다. 앞발을 치켜든 낙타는 허공을 걷기 시작했다. 허공을 걷는 낙타의 걸음걸이는 경쾌했다. 바람이 멈추었다. 진흙의 물결이 고요해지고 있었다. 눈을 떴을 때, 허공 속으로 사라

져가는 낙타가 얼핏 보였다. 낙타의 등 위에는 눈썹 같은 달
이 걸려 있었다.

3

어스름에 싸인 골목은 적막했다. 나뭇가지가 적막 속에서
소리 없이 흔들렸다. 길이 꺾이는 곳에 녹색 화분 두 개가 놓
여 있었다. 목련나무가 보이는 집 앞에 섰다. 자주색 벽돌담
은 변함이 없었다. 등나무 덩굴이 드리워진 창을 올려다보았
다. 희우의 방이었다. 여기에 서서 희우의 창을 올려다보면
서리가 가슴에 쌓이는 듯한 느낌에 사로잡히곤 했다. 해가 지
고 깜깜한 밤이 되면 주인 없는 방에서 희미한 빛이 새어 나왔
다. 부서진 꿈을 비추는 듯한 그 빛은 먼 별빛처럼 아득했다.

흰색의 나무 문은 열려 있었다. 살며시 안으로 들어갔다.
나무와 꽃들이 어우러진 정원이 보였다. 감나무와 회양목, 목
련과 붓꽃이 시선에 걸렸다. 회양목 아래에는 평상이 있었고,
평상 위에는 푸른빛이 도는 찻잔 하나가 놓여 있었다. 방금
누군가가 찻잔을 살며시 올려놓은 것 같았다.

"오셨어요."

고개를 드니 검은색 투피스를 입고, 머리를 뒤로 빗어 단정
히 묶은 젊은 여자가 서 있었다. 크지도 작지도 않은 키에,

몸은 약간 말라 보였다.

"강영서예요. 전화로 통화한."

영서의 얼굴은 희우와 많이 달랐다. 희우가 눈이 길쭉한 데
비해 영서의 눈은 동그랬다. 희우보다 입이 컸고, 볼도 통통
한 편이었다. 그러나 깊이 들어간 눈과 넓은 이마, 고집스럽
게 보이는 야윈 턱은 희우와 닮아 있었다.

"반가워요."

나는 살짝 웃으며 말했다. 영서는 활짝 웃었는데, 희고 가
지런한 치아가 예뻤다.

"안으로 들어오세요."

영서를 따라 현관으로 들어섰다. 거실이 그전보다 넓어 보
였다. 전에는 없었던 통유리 때문인 듯했다. 창 너머로 정원
이 한눈에 들어왔다.

"그것, 선물이에요?"

영서는 내가 들고 있는 것을 눈으로 가리키며 물었다. 나는
어색하게 웃으며 고개를 끄덕였다.

"엄마가 좋아하겠어요."

영서는 액자에 끼운 사진을 받아 들며 작은 목소리로 말했
다. 나는 영서를 물끄러미 보았다. 이제는 희우가 나타날 때
가 되었다는 생각이 들었다.

"엄마를 찾으세요?"

이상했다. 영서의 눈이 붉어지고 있었다. 금방이라도 눈물

이 고일 것 같았다.

"내가 아직 별들의 강을 건너지 못했나요?"

나는 애써 쾌활하게 말했다.

"엄만……"

목소리가 겨우 들렸다.

"돌아가셨어요."

"……"

"선생님이 보신 편지는 엄마가 미리 써놓은 거예요."

"왜 죽었어요?"

"암이었어요."

"언제 죽었나요?"

"오늘이 16일째예요. 편지는 제가 부쳤어요. 엄마의 부탁
이었어요."

"자기가 죽으면 부치라고 하던가요?"

영서는 가만히 고개를 끄덕였다. 정원의 꽃들이 흔들리고
있었다. 바람은 부는데 바람 소리가 들리지 않았다.

"받으세요. 이건 선생님이 오시면 드리라고 한 편지예요."

영서는 연두색 봉투를 탁자에 놓고 조용히 방 안으로 들어
갔다.

너무나 그리운 당신.

마침내 당신이 희우 집에 왔군요. 제가 당신을 그리워하며

편지를 썼던 여기에 말이에요. 편지를 쓰다가 당신이 너무 그리워, 당신이 너무 보고 싶어 수화기를 들었다 놓은 적이 한두 번이 아니에요. 언젠가는 마지막 번호까지 누른 적이 있었어요. 수화기에서 당신 목소리가 흘러나오자(제 귀는 당신의 목소리를 기억하고 있답니다. 소리의 색채까지도) 전 그만 수화기를 내려놓았어요. 눈물이 줄줄 흘러내리더군요.

어머니가 저에게 남긴 선물을 보기 전까지, 저는 당신을 그리워하지 않았어요. 저에게 당신은 과거의 흐릿한 그림자에 불과했어요. 시간의 바람에 쓸려 어디론가 사라져버린다 해도 애틋할 것도 없는. 그러니까 어머니의 선물이 저를 통째로 흔들어놓은 거예요. 아, 이런 표현으로는 부족해요. 제가 받은 충격과 놀라움, 그 미칠 듯한 고통과 슬픔과 회열을 어떻게 표현해야 할지 모르겠어요. 당신은 무척 궁금하실 거예요. 어머니의 선물이 뭔지.

저는 한국을 떠나면서 제 안의 어떤 부분을 버렸어요. 버린다고 그냥 버려지는 것이 아니었지만, 아무튼 전 모질게 버렸어요. 어머니의 죽음이 없었다면 제가 이렇게 돌아올 수 있었을지, 지금도 모르겠어요. 아무튼 전 20년 만에 정릉 옛집으로 돌아왔어요. 자주색 벽돌담을 두른 낡은 양옥으로 말이에요. 20년 동안 어떻게 정릉 집을 한 번도 찾지 않았느냐고 당신은 묻고 싶겠지요. 제가 프랑스로 떠난 지 얼마 후 어머닌 정릉 집을 팔고 충청도에 있는 작은 도시로 이사했어요. 이모가 있는 수녀원 근처의 동네였어요. 제 이모가 수녀인 것, 당신 아시죠? 어머닌 13년을 거기서 살다가 2000년 봄에 정릉의 작은 빌라로 살림을 옮겼어요. 옛집과 그리 멀지 않은 곳이지요. 그러다가 2년 전, 옛집 주인이 집을 내놓은 것을 알고 다시 샀던 거예요. 어머닌 옛집이 많이 그리웠던가 봐요.

정릉이 많이 변했더군요. 들쑥날쑥 솟아 있는 고층 아파트 때문에 동네가 많이 흉해졌어요. 그런 모습이 무척 낯설었어요. 하지만 집이 가까워지면서 낯익은 풍경이 보였어요. 우리 집으로 가는 길목에 경사가 급한 돌층계가 있었잖아요. 그것이 고스란히 있더라구요. 난간이 바뀌긴 했지만. 제가 정말로 놀란 건 집에 들어가서였어요. 제 방은 옛날 그대로였어요. 제가 쓰던 책상도, 붙박이장도, 벽 위에 걸린 시계도, 다락방으로 오르는 낡은 나무 계단도 모두 그대로였어요. 어머니가 딸의 방을 복원시켜놓은 거예요. 다락방에는 갖가지 물건들이 있었어요. 낡은 앨범들과 칠이 벗겨진 소반, 고장 난 축음기와 녹슨 트럼펫, 노끈으로 묶어놓은 누런 책들과 다리 하나가 부러진 우단 의자. 모두가 낯익은 물건이었어요. 어머닌 오래된 물건에 대한 집착이 유난히 강했지요. 낯익은 물건들 속에서 낯선 것이 하나 있었어요. 녹슨 트럼펫과 우단 의자 사이에 있는 그것은 부피가 제법 나가는 누런 종이 상자였어요. 저는 호기심에 그 상자를 제 앞으로 끌어당겼어요. 무엇이 들었는지 모르지만 생각보다 무거웠어요. 풀어보니 편지 봉투들이 차곡차곡 쌓여 있었어요. 당신이 저에게 보낸 편지였어요. 저는 한동안 넋을 놓고 있었어요. 누군가가 마법을 부린 것 같았어요. 맞아요. 그건 마법이었어요. 어머니가 저에게 남긴 마법의 선물이었지요. 이것을 설명하려면 20년 전으로 거슬러 올라가야 해요. 그때 전 조용히, 소리 없이 한국을 떠날 준비를 하고 있었어요. 알릴 수밖에 없는 몇몇 사람들을 제외하고는 철저히 숨겼어요. 당신에게도 알리지 않았지요. 잠깐만요. 어떤 통증 때문에 생각의 흐름이 잠시 끊겼어요. 예리하고 깊은 이 육신의 통증은 저의 일부예요. 떼고 싶지만 뗄 수가 없는. 그러니 받아들일 수밖에요.

펜을 놓고 한동안 누워 있다 지금 책상에 앉았어요. 그때 제가 해야 할 일 가운데 하나가 물건 분류였어요. 세 종류로 분류했어요. 가져갈 물건과 버릴 물건, 가져갈 수는 없지만 버릴 수도 없는 물건으로요. 분류하는 과정에서 저의 마음을 착잡하게 한 물건이 있었어요. 당신이 저에게 보낸 편지였어요. 당신, 기억하세요? 당신이 저에게 얼마나 많은 편지를 보냈는가를. 우리들이 사랑하고 있었을 때는 물론, 당신은 감옥에 있는 동안에도 끊임없이 제게 편지를 보냈어요. 전 모질게도 당신이 감옥에 들어간 이후에는 답장을 한 번도 하지 않았지요. 언제부턴가는 당신의 편지를 읽지도 않았어요. 당신을 잊고 싶어 했으니까요. 정확하게 말하자면, 제 안의 어떤 존재를 잊고 싶었어요. 그 어떤 존재 속에 당신이 깃들어 있었어요. 그러니 당신을 잊어야 했던 거예요.

저는 당신의 편지를 버리기로 했어요. 당신은 잊어야 할 사람이었으니, 당신의 편지도 버려야만 했지요. 저는 당신의 편지를 누런 종이로 만든 상자 안에 넣고는 버리는 물건들이 쌓인 곳에 놓았어요. 버려야 할 물건들이 참 많았어요. 제가 잊고자 한 제 안의 어떤 존재와 연관된 물건이 많았던 게지요. 그러고는 프랑스로 떠났어요. 하지만 전 당신을 쉽게 잊지 못했어요. 편지는 쉽게 버릴 수가 있었지만 제 안에 깃든 당신의 존재는 쉽게 버려지지가 않았어요. 아무튼요, 당신의 편지를 다락방 안에서 보았을 때는 그것이 저에게 얼마나 소중한 선물인지 몰랐어요. 단지 전 어머니가 당신을 좋아했기에 당신의 편지를 차마 버리지 못했구나, 생각했을 뿐이었어요. 제가 그것을 다시 버리기에는 세월이 너무 지나 있었어요. 저에게는 버릴 힘이 없었어요. 20년 전에는 버릴 힘이 있었지요. 당신을 버린다는 것은 과거를, 추억을 버리는 것이에요. 그것을 감당할 만한 에너지 없이는 불가능한 행위지요. 그때 제가 간절히 원한 것은 예리한 칼이었어요. 과거를, 추억을 단숨에 끊어버리는 칼 말이에요.

저는 당신의 편지에 손도 대지 않았어요. 그것을 버릴 힘도 없었지만, 추억의 흔적을 다시 들여다보고 싶은 욕망도 없었어요. 제가 당신의 편지를 읽게 된 건 우연이었어요. 삼우제가 끝난 날이었어요. 몹시 피곤했어요. 누군가가 손으로 톡 건드리기만 해도 쓰러질 것 같았어요. 이불을 펴고 누웠으나 잠이 오지 않았어요. 다락방으로 올라갔어요. 작은 창으로 스며드는 햇살이 희미했어요. 희미한 햇살 위로 몸을 죽 펴고 누웠어요. 어디론가 사라져버린 어머니가 떠올랐어요. 어머니가 저보다 먼저 죽으리라고는 생각을 못했어요. 제가 먼저 죽을 줄 알았어요. 저의 죽음 앞에서 눈물을 흘리는 어머니를 상상하곤 했어요. 기분이 묘했어요. 엉뚱한 상상이라구요? 그렇지 않아요.

어머니가 돌아가셨을 때 전 난소암 말기 환자였어요. 난소암은 증상이 늦게 나타나 초기에 발견하기가 참 힘들어요. 암이 퍼져 있어 수술이 힘들다고 의사가 그랬어요. 항암 치료를 먼저 받았어요. 경과가 좋아 수술을 했어요. 제 몸 안에 있는 난소와 자궁을 들어냈지요. 당신, 이상하지 않나요? 난소와 자궁이 없는 여자의 몸이. 제가 그래요. 당신의 희우가 말이에요. 이런 얘긴 그만하고 다락방으로 돌아갈래요. 어슴푸레한 햇살 속에 누워 있는 제 몸으로요.

잠이 든 것 같았어요. 아주 얕은 잠이었나 봐요. 몸에 닿는 소리를 느꼈어요. 처음에는 무슨 소리인지 알 수가 없었어요. 시간이 지나면서 소리가 점차 보이기 시작했어요. 이상한 표현이지만 정말이에요. 책장 넘기는 소리가 보였어요. 동전 구르는 소리도 보였어요. 소녀의 한숨 소리가 보였고, 뭐라고 중얼거리는 소리도 보였어요. 현악기 소리가 보이는가 하면,

바람 소리도 보였어요. 빗물 떨어지는 소리도, 꽃이 지는 소리도 보였어요. 그런 소리들이 어슴푸레한 다락방을 떠돌고 있었어요. 그 소리에 싸인 저의 몸은 완전했어요. 훼손당한 몸이 아니었어요. 칼의 흔적도 없었고, 몸의 일부가 뜯기지도 않았어요. 눈부신 몸이었어요. 그 눈부신 몸으로 다가오는 이가 있었어요. 당신이었어요.

당신, 기억하시나요? 우리가 처음 키스한 곳이 어디였는지를. 다락방이었어요. 불빛이 희미하게 비치는 다락방에서 당신은 저에게 눈을 감아보라고 했어요. 전 눈을 감았지요. 당신의 입술이 제 이마에 닿았어요. 따스하고 부드러운 감촉이 온몸으로 퍼져나갔어요. 제가 눈을 떴을 때 당신은 눈을 감고 있었어요. 눈을 감고 있는 당신의 얼굴이 발갛게 부풀어 있었어요. 전 발갛게 부푼 당신의 볼에 제 입술을 대었어요. 그러곤 다시 눈을 감았지요. 눈을 감고 당신이 눈을 뜨기를 기다렸어요. 왜 당신이 눈을 뜨기를 기다린 줄 아세요? 키스를 하고 싶었기 때문이었어요. 전 당신과 키스하는 것을 수없이 상상했어요. 당시 저에게 키스란 연인의 표징이었어요. 전 당신의 연인이 되고 싶었어요. 얼마나 시간이 지났을까요? 당신의 입술이 제 입술에 닿았어요. 아주 살며시. 그 느낌을 어떻게 표현해야 할지 모르겠어요. 몸 안에 작은 등잔불이 켜진 느낌이었어요. 기다란 그림자를 만드는, 따뜻하면서도 어두운 빛 말이에요. 그날이 언제인지 당신도 기억하실 거예요.

그날 저녁 7시 45분경 키 작은 독재자 박정희가 피살되었지요. 어떻게 생각하면 세상의 모든 일들은 우연이에요. 제가 여자로 태어난 것이 필연인가요? 제 어머니가 절 낳은 것이 필연인가요? 당신을 만나 사랑하고 헤어진 것도 필연인가요? 제 딸이 당신을 맞이한 것도 필연인가요? 전 우연이라고 생각해요. 모든 것이 우연이라면 삶이 허망하겠지요. 사람들이 우연을 필연으로 만드는 까닭은 삶의 허망 속으로 빠져들지 않기 위함이라고 저는 생각해요. 키 작은 독재자의 몸이 피투성이가 되었을 때 우린 사랑을 나누고 있었어요. 훗날 저는 종종 상상해보곤 했어요. 독재자의 피투성이 몸과, 사랑으로 빛나고 있었던 우리의 눈부신 몸을. 또 다른 상상도 했어요. 독재자의 죽음 앞에서 통곡하는 아낙네와, 감옥에 갇힌 우리 아들을 이제는 만날 수 있다면서 덩실덩실 춤을 추는 아낙네를. 이 쓰디쓴 우연의 겹침을 당신은 어떻게 생각하시나요? 아득한 날들의 이야기지요. 그 아득한 날들의 풍경이 저를 사로잡고 있었어요. 전 스르르 일어나 누런 상자로 다가갔어요. 그리고 당신의 편지를 읽기 시작했어요. 창으로 스며드는 희미한 햇살 속에서.

당신이 저를 얼마나 사랑했는지, 편지를 읽기 전에는 몰랐어요. 당신이 저를 얼마나 그리워했는지도 편지를 읽기 전에는 몰랐어요. 제가 당신을 사랑하고 있었을 때조차도 저를 향한 당신의 사랑과 그리움의 깊이를 알지 못했어요. 그뿐이 아니에요. 당신의 사랑이 당신에게 요구했던 슬픔과 외로움을, 전 까맣게 몰랐어요. 당신의 사진 전시회에 갔던 날의 기억이 아프게 떠오르네요. 당신의 사진 곳곳에 슬픔과 외로움이 묻어 있었어요. 전 생각했어요. 당신이 사랑하고 그리워한 희우는 어디로 갔을까, 하고. 당신이 그리워한 만큼 저도 '희우'가 그리워요. '희우'는 '내 안의 나'였어요. 제가 버리고 싶어 했던. 그리고 버렸던. 그래요. 전 '희우'를 버렸어요. 제가 버린 '희우'가 얼마나 아름다운 존재였는지, 당신의 편지를 보고 알았어요. 그 아름다운 존재를 전 지금 사무치게 그리워하고 있는 거예요. 오래전 당신이 그랬듯이.

어머니가 저에게 어떤 선물을 주셨는지 이제 아시겠지요. 어머니의 선물을 보여드렸으니 제가 준비한 선물을 보여줄 차례가 되었군요. 저의 선물은 맛있는 밥상이에요. 제가 직접 밥상을 차릴 수 있다면 얼마나 좋을까요. 하지만 저는 어디론가 떠나야 해요. 당신이 오기 전에. 그곳이 어디인지 저는 몰라요. 어디인지도 모르는 곳으로 가야 하는 전 두려워요. 두려움에 사로잡히면 당신이 그리워져요. 당신이 그리워한 희우도 그리워져요. 너무나 그리워 고통스러워요. 조금 쉬어야겠어요. 눈물이 편지지를 적셨어요. 지금 전 다락방에서 편지를 쓰고 있어요. 낮은 소반이 책상 역할을 해요. 작은 스탠드도 갖다 놓았어요.

잠시 누웠다 방금 일어났어요. 밥상 이야기를 하다가 감정이 복받쳤어요. 밥상은 당신이 먼저 차려주었지요. 1984년 10월 어느 날에. 그때 당신은 인천의 한 공장에서 노동자 생활을 하고 있었어요. 당신이 그랬지요. 세계를 뒤집기 위해서는 세계의 끄트머리에 서야 한다고. 당신에게 노동자가 된다는 것은 세계의 끄트머리에 서는 행위였지요. 그날 전 당신이 사는 곳을 처음 가보았어요. 대낮에도 불을 켜야만 하는 지하 쪽방이었지요. 화장실에 들어가는데, 맙소사! 허리를 절반으로 꺾지 않으면 들어갈 수가 없었어요. 냄새는 또 얼마나 지독하던지…… 그런 화장실을 여섯 세대가 같이 쓴다고 당신은 태연하게 말했지요. 제가 정말 놀란 건, 당신이 그런 쪽방에 산다는 걸 행복해하고 있다는 사실이었어요. 밤에 얼마나 잠이 잘 오는지 모른다고 말할 때 당신의 얼굴에는 행복이 가득했어요. 그 쪽방에서 당신은 저를 위해 밥상을 차렸어요. 그 밥상, 기억나세요? 김이 모락모락 나는 김치찌개가 먼저 눈에 들어와요. 참 이상해요. 여기 이 다락방에 앉아 있으면 기억이 아주 잘 나요. 그동안 까맣게 잊고 있었던 것들이 홀연히 떠올라요. 그리움이 기억을 끌어당기는 것 같아요. 김치찌개 다음으로 떠오르는 건 따뜻한 쌀밥이에요. 무김치와 멸치 볶음도 떠오르네요. 전 밥을 맛있게 먹었어요. 반 그릇이나 더 먹었는걸요. 정말 맛있었어요. 전 당신에게 말했지요. 다음에는 제가 밥상을 차리겠노라고, 세상에서 제일 맛있는 밥상을 차리겠노라고. 당신은 생각만 해도 침이 넘어간다고

했어요. 그때 전 까맣게 몰랐지요. 그것이 우리의 마지막 만남
이라는 사실을.

많이 늦었지만 그 약속을 지키고 싶었어요. 세상에서 제일
맛있는 밥상을 영서에게 부탁해놨어요. 당신이 반가워하리라
믿어요. 이제 편지를 끝낼게요. 저녁 식사, 맛있게 하세요.
참, 깜박 잊을 뻔했네요. 당신 혼자 식사하지 마세요. 영서
와 함께 하세요. 저를 보듯 영서를 보시면, 밥이 더 맛있을
거예요.

당신의 희우.

4

밥상을 가만히 내려다보았다. 따뜻한 쌀밥 두 그릇과 김치
찌개, 멸치 볶음과 무김치가 전부였다. 인천의 쪽방에서 내가
차린 밥상과 똑같았다.

"이 음식들은……"

마주 앉은 영서가 눈을 내리깔며 나직이 말했다.

"엄마가 차린 거예요. 전 다만 엄마 시키는 대로 했을 뿐이
에요."

눈물이 핑 돌았다.

"이 밥상이 왜 세상에서 제일 맛있는 밥상인지, 엄마가 얘

기해주었어요."

"수긍이 가던가요?"

"네."

"희우 씨가 무척 좋은 딸을 둔 것 같네요."

"감사합니다."

영서의 입가에 미소가 어렸다.

"선생님이 가져오신 사진, 참 좋았어요."

"다행이네요."

"엄만 더 좋아할 거예요. 그래서 얼른 엄마 책상에 올려놓았어요."

"잘했군요."

숟가락을 들어 김치찌개 국물을 떴다. 얼큰하고 칼칼한 맛이 입안에 가득했다. 맛이 어때? 희우의 속삭이는 듯한 목소리가 들렸다. 아주 맛있어. 나는 소리 없이 말했다.

5

희우의 방은 어스름했다. 해는 벌써 졌으나 잔광이 떠돌고 있었다. 책상 위에 놓인 연두색 편지 봉투가 나뭇잎처럼 보였다. 내가 선물로 가져온 사진이 비스듬한 위치에서 연두색 편지 봉투를 내려다보고 있었다. 이 방에 다시 들어올 수 있으리라고는 생각지 못했다. 희우의 방은 과거의 공간이었다. 그녀가 어디론가 사라졌듯이 그녀의 방도 어디론가 사라진 줄 알았다. 그런데 지금 나는 어디에 있는가. 현실의 시간이 흐르지 않는, 누군가 만들어놓은 가공의 세계에 들어와 있는 듯했다. 나 자신도 방금 만들어진 존재처럼 느껴졌다. 거울에 내 얼굴과 전혀 다른 얼굴이 비친다 해도 놀라지 않을 것 같았다. 나는 조심스럽게 편지 봉투를 집었다. 따뜻한 생명체의 촉감이 손바닥에 전해져왔다.

  사랑하는 당신.
  식사, 맛있게 하셨나요? 남이 본다면 초라하고 단순한 밥상이겠지만 제게는 세상에서 가장 소중한 밥상이에요. 희우와 당신의 추억이 서려 있으니까요. 희우는 당신을 사랑했어요. 당신이 없는 삶을 생각할 수 없을 정도로 사랑했어요. 그런 희우가 당신을 떠났어요. 감옥에 있는 당신을 두고 먼 곳으로 떠났어요. 당신에게 편지 한 장을 남긴 채.

  그랬다. 작별을 통고하는 편지의 내용은 짧고 건조했다. 그 짧고 건조한 편지가 나를 치명적 상태로 몰아넣었다. 먹는 즉시 토했다. 먹고 싶어도 먹을 수가 없었다. 교도관이 단식투쟁으로 오해할 정도였다. 수정과 족쇄에 묶여 먹방에 갇혀 있을 때도 음식을 먹었다. 개처럼 엎드려 입으로 먹었다. 모순

102

을 직시하는 희디흰 사상의 뼈가 먹으라고 속삭였다. 먹지 않을 수가 없었다. 개가 뼈를 핥듯, 사상의 흰 뼈를 핥았다. 힘겨운 수배 생활과 무자비한 고문을 견딜 수 있었던 것도 사상의 희디흰 뼈가 칠흑 같은 어둠을 밝히고 있었기 때문이었다. 하지만 그녀의 짧은 편지는 그토록 견결한 뼈를 단숨에 꺾어버렸다. 허물어진 정신은 생명을 거부했다. 정신병동이 있는 교도소로 이감되었을 때 내 몸은 참혹하게 말라 있었다.

희우가 왜 사랑하는 당신을 떠났을까요? 떠나는 이유조차 밝히지 않고. 그땐 밝힐 수가 없었어요. 그것을 밝힌다는 건, 저에겐 불가능했어요. 왜냐구요? 운명의 망치를 정통으로 맞았으니까요. 그것이 운명인 줄 모른 채 말이에요. 저는 운명의 모습이 장엄할 줄 알았어요. 장엄하지 않은 것을 어찌 운명이라 할 수 있겠어요. 젊음의 열정은 운명의 장엄함을 숭배하는 열정이라고 저는 믿었어요. 당신이 인천 쪽방에서 행복해했던 것은 운명의 장엄함을 숭배했기 때문이었어요. 그땐 당신의 희우도 젊었어요. 운명의 장엄함 앞에서 기꺼이 무릎 꿇을 준비가 되어 있었어요. 하지만 저를 급습한 운명의 모습은 장엄하지 않았어요. 장엄하기는커녕 지독하게 통속적이었어요. 너무나 지독한 통속이었기에 그것이 운명인 줄조차 몰랐던 거예요. 그러니 눈을 감을 수밖에요. 그 끔찍한 통속 앞에서.

제가 사복 형사 두 명에 의해 강제 연행된 것은 당신을 만난 지 한 달이 조금 지났을 무렵이었어요. 햇살이 기우는 늦은 오후였어요. 학교에서 나와 버스 정류소로 가는데, 그들이 불쑥 나타났어요. 당신의 이름을 대면서 몇 가지 물어볼 게 있다고 하더군요. 무뚝뚝하긴 했지만 위협적이거나 무례하지는 않았어요. 그래도 불안했어요. 그동안 우린 한 번도 못 만났지요. 제가 당신이 일하는 공장으로 두 차례 전화를 했으나 연결이 안 되었어요. 당신에게서 전화도 없었구요. 그들은 대기시켜놓은 포니 자동차에 절 태웠어요. 경찰서에 도착하는 동안 그들은 쉴 새 없이 떠들었어요. 아들놈 성적이 떨어진다는 둥, 중학생 딸년이 말을 안 듣는다는 둥, 마누라 잔소리가 심해졌다는 둥 대부분 집안 이야기였어요. 그들의 이야기를 듣는 동안 불안이 많이 누그러졌어요. 지극히 일상적인 대화였으니까요. 그들은 어디서나 만날 수 있는 평범한 사람들이었어요. 경찰서 건물 지하로 내려가는 계단이 우중충했어요. 불안이 되살아나더군요. 그들은 조사실 의자에 저를 앉히고는 당신의 거처를 물었어요. 무슨 일인지는 알 수 없으나 당신을 숨겨야 한다는 생각이 본능적으로 들었어요. 우리가 만났을 때만 해도 당신은 수배자가 아니었어요. 그사이에 무슨 일이 있었던 게 분명했어요. 전 모른다고 했어요. 연락이 끊어진 지가 오래되었다고 했지요. 그 순간, 뺨에 불이 번쩍 했어요. 개쌍년이라는 욕설도 들렸어요. 워낙 순식간의 일이라 정신을 차릴 수가 없었어요. 제가 당황한 목소리로 정말 모른다고 하자 한 형사가 제 머리채를 휘어잡더니, 너 처녀야? 하고 물었어요. 전 격앙된 목소리로 그렇다고 했어요. 정말인지 확인해보자면서 옷을 벗으라고 하더군요. 제가 꼼짝도 하지 않자 그는 강제로 옷을 벗기기 시작했어요. 조금만 반항해도 주먹이 날아왔어요. 팬티만 입은 채 오들오들 떨고 있는데, 그가 동료에게 물었어요. 저것도 벗길까? 동료는 대답했어요. 조금 있다가. 그들은 저를 무릎 꿇게 한 다음 수갑을 뒤로 채웠어요. 제가 당신의 거처를 자백하기까지 겪은 모욕과 고통은 여기에 쓰고 싶지 않아요.

형사들이 다시 들이닥친 건 자백한 지 네 시간이 지나서였어요. 그땐 두 사람이 아니었어요. 다섯 사람이 들이닥쳤어요. 그들은 화가 나 있었어요. 한 사람은 쇠로 만든 야구방망이를 들고 있었어요. 전 스르르 주저앉았어요. 숨을 쉴 수가 없었어요. 그년 가랑이에 방망이를 쑤셔 박아. 그 말이 떨어지자마자 두 사람이 덤벼들었어요. 저는 순식간에 발가벗겨졌어요. 팬티조차 없었어요. 야구방망이가 제 몸을 쿡쿡 찔렀어요. 가슴을 가리면 음부를 찌르고, 음부를 가리면 가슴을 찔렀어요. 제가 구토를 시작한 것은 제 몸이 뜯기고 있다는 느낌 때문이었어요. 몸이 뜯기면서 흘러나오는 비린내를 견딜 수가 없었어요. 그것은 낯선 공포였어요. 무엇에 의해서도 훼손될 수 없는 어떤 본질이 훼손당하고 있다는 느낌에서 솟아오르는. 어떤 생명도 파멸시킬 수 있는 그 공포 앞에서 저는 당신에 관해 있는 말 없는 말 다 했어요. 그들에게 말한 것이 아니었어요. 공포에게 말했어요.

저는 한없이 울었어요. 눈물은 마르지 않고 흘러내렸어요. 눈물과 함께 몸 안에서 무언가가 쉼 없이 빠져나갔어요. 그것이 무엇인지는 알 수 없으나, 그것 대신 채워지는 게 있었어요. 수치심이었어요. 텅 비어가는 몸 안을 수치심이 채우고 있었어요. 몸이 떨리기 시작했어요. 텅 빈 몸 안으로 흘러들어오는 수치심이 절 춥게 만들었어요. 너무나 추워 몸이 사시나무처럼 떨렸어요. 물 위에 떠 있는 죽은 물고기가 보였어요. 야윈 새의 그림자도 보였고, 아이의 파리한 얼굴도 보였어요. 은화처럼 반짝이는 달이 보였고, 보랏빛 광선에 싸인 나비도 보였어요. 그것을 보면서 가슴이 찢어지는 듯한 고통을 느꼈어요. 너무나 날카로운 고통이라 비명조차 지를 수 없었어요. 벌어진 입에서 꺼멓게 탄 신음 소리가 간신히 새어나왔어요. 시간이 얼마나 지났는지 알 수 없었어요. 추위에 떨다가 잠이 들었는지도 몰라요. 뭔가 이상했어요. 누군가가 제 몸을 마구 헤집는 것 같았어요. 눈을 뜨기가 힘들었어요. 눈꺼풀이 천근처럼 무거웠어요. 겨우 눈을 떴어요. 시커먼 것이 보였어요. 사람이었어요. 사람만이 그 짓을 할 수가 있으니까요. 몸은 몽둥이에 후려 맞은 것처럼 늘어져 있는데, 두 손은 묶여 있었고, 그는 엄청난 힘으로 절 짓누르고 있었어

요. 저항이 불가능했어요. 이런 고백, 정말 힘들어요. 펜을
몇 번이나 놓았어요. 그 사람이 누구인지 지금도 몰라요. 다
음 날 오전, 그들은 절 풀어주었어요. 어떻게 집으로 갔는지
모르겠어요. 어머니가 아무리 물어도 대답을 못 했어요. 할
수가 없었어요. 말로서는 표현되지 않는 것들을 묻고 있었으
니까요.

창가로 갔다. 밖은 어두웠다. 어둡고 적막한 길 위에서 갈
곳을 찾지 못해 서성거리는 한 청년이 떠올랐다. 지도부가 나
에게 피신과 비밀 활동을 지시한 것은 희우를 만난 지 닷새
후였다. 그 전날 동지 한 사람이 체포되었다. 그의 체포는 그
와 연결된 수많은 동지의 이름들이 정보 경찰의 수중으로 들
어갈 수 있음을 의미했다. 나는 즉각 짐을 쌌다. 수배 생활에
들어간다는 것은 자신의 이름을 버리는 행위다. 이름을 버림
으로써 이름과 연관된 모든 사람들과의 관계가 단절된다. 단
절된 사람들 안에 희우가 있었다. 희우는 그들 안에서 스스
로, 홀로 빛났다. 스스로, 홀로 빛나는 희우는 사무치게 아름
다웠다. 철저한 고립 속에서도 비애와 분노에 사로잡히지 않
았던 것은, 무서운 꿈과 절망에 함몰되지 않았던 것은, 사무
치게 아름다운 사람이 있었기 때문이었다.

집에 돌아와 제가 맨 처음 한 일은 목욕이었어요. 살갗에

피가 나도록 문질렀어요. 비누칠은 또 얼마나 했는지 몰라요. 눈물을 흘리며 몸을 씻고 또 씻었어요. 아무리 씻어도 더럽혀진 느낌이 사라지지 않았어요. 영원히 더럽혀진 느낌이었어요. 그것이 얼마나 끔찍한 것인지, 당신은 모르실 거예요. 저를 위해 아무것도 할 수 없었어요. 영원히 더럽혀진 존재를 위해 무엇을 할 수가 있겠어요? 음식물조차 못 삼켰어요. 하루 종일 먹지 않아도 배가 안 고팠어요. 먹는 것에 아무런 관심이 없었어요. 어머니가 음식을 먹이려 하면 분노가 치밀어 올랐어요. 마지못해 먹게 되면 어머니 몰래 토해버렸어요. 희망이 없었어요. 그토록 눈부셨던 희망의 성채는 깡그리 파괴되어버렸어요. 저는 겨우 숨을 쉬고 있었을 뿐이었어요. 그래도 시간은 흘러가더군요. 지옥 같은 하루들이 쌓여 일주일이 되고, 한 달이 되고……

그러던 어느 날이었어요. 정원 곁에 있는 의자에 앉아 있었어요. 하늘에는 구름 한 점 없었어요. 햇살은 마당에 물처럼 고여 있었고요. 벌들이 노랗게 핀 산국 주위를 맴돌며 윙윙거렸어요. 바람이 뺨을 살짝 스치며 지나갔어요. 산국의 노란 잎사귀가 느리게 흔들렸어요. 현기증이 났어요. 세상이 멀어지고 있었어요. 멀어져가는 세상이 한 폭의 풍경처럼 보였어요. 맞아요. 그건 어슴푸레 빛나고 있는 한 폭의 풍경이었어요. 풍경과 저 사이에는 아득한 허공이 가로놓여 있었어요. 아득한 허공은 풍경을 비현실적으로 보이게 했어요. 꿈속의 풍경처럼 말이에요. 어쩌면 풍경이 꿈을 꾸고 있었는지도 몰라요. 제 말, 이상하게 들려요? 풍경이 꿈속에서 저를 보고 있을 수도 있지 않나요? 제가 누군가를 꿈꾼다면, 누군가는 저를 꿈꿀 수 있지 않을까요? 서로에 대해 꿈을 꿀 수 없다면 그건 정말 아무런 관계가 아닌 거예요. 그런 점에서 장자의 말은 의미심장해요. 우리가 나비를 꿈꾸었다면, 나비도 우리를 꿈꿀 수 있는 거예요. 나비를 신(神)으로 바꾸어보세요. 우리는 신을 꿈꾸는데, 신이 우리를 꿈꾸지 않는다면 우리와 신은 무엇으로 연결되어 있을까요?

　말이 빗나갔네요. 다시 돌아갈게요. 저는 허공 너머에서 어슴푸레 빛나고 있는 풍경을 우두커니 보고 있었어요. 이상했어요. 가슴속에서 알 수 없는 기쁨이 차오르기 시작했어요. 제가 기뻐해야 할 아무런 이유가 없었어요. 그럼에도 기쁨이 맑은 이슬처럼 차올랐어요. 어슴푸레 빛나는 풍경은 아름다웠고, 기쁨에 넘친 저는 황홀에 잠겨 있었어요. 저는 저를 잊어버렸어요. 제가 누구인지 알 수도 없거니와, 알아야 할 이유가 전혀 없었어요. 저는 아무것도 아닌 존재였어요. 그러면서 무엇이든 될 수 있는 어떤 존재였어요. 씨앗과 같은. 그랬어요. 전 하나의 씨앗이었어요. 무한한 가능성을 품고 있는 씨앗이 되어 어슴푸레 빛나는 풍경을 보고 있었어요. 얼마나 시간이 흘렀는지 모르겠어요. 몸 안에서 무언가가 느껴졌어요. 몸의 가장 깊은 곳, 어둡고 어둔 그곳에서. 저는 꼼짝을

하지 않았어요. 숨조차 쉬지 않았어요. 어슴푸레 빛나는 풍경
은 사라졌어요. 기쁨도 사라지고, 씨앗 같은 존재도 사라졌어
요. 내 몸이 덜덜 떨고 있었어요. 언제부터 떨었는지 알 수가
없었어요. 전 겁에 질려 있었어요. 일어날 수도 없고 앉아 있
을 수도 없었어요. 소리를 지를 수도 없고 침묵할 수도 없었
어요. 울 수도 없고 울지 않을 수도 없었어요. 바람이 다시
불기 시작했어요. 산국이 흔들렸어요. 물매화도 흔들렸어요.
수레국화도 흔들렸어요. 누리장나무도, 고추나무도, 백당나
무도, 패랭이꽃도 흔들렸어요. 나는 벌떡 일어났어요. 몸이
휘청, 했어요. 뜰을 향해 똑바로 걸어갔어요. 꽃들을 뜯었어
요. 가지들을 꺾었어요. 닥치는 대로 뜯고, 닥치는 대로 꺾었
어요. 가시에 살이 긁혀도 동작을 멈추지 않았어요.

　바람은 멈추었고, 사방이 고요했어요. 말간 햇살 속에서
정원은 흉측하게 변해 있었어요. 당신도 알지요. 어머니가 정
원에 얼마나 정성을 기울이는지. 꽃에 대한 어머니의 몰두와
애정은 유별났지요. 날씨가 변덕스런 봄이면 자신이 심은 어
린 식물이 죽을까 봐 근심 어린 얼굴로 들여다보는 어머니의
모습을 자주 보았어요. 사나운 비바람에 꺾인 푸른빛 수레국
화 앞에서 오랫동안 꼼짝도 않고 앉아 있는 모습도 보았어요.
30대 젊은 나이에 이혼녀가 된 어머닌 평생 혼자 살았어요.
어머니의 삶은 상상력이 결핍된 화가의 단조로운 그림과 흡
사했어요. 하지만 예외가 있었어요. 정원이었어요. 정원에서

는 어머니의 얼굴이 광채에 싸여요. 정원에서는 어머니의 얼굴이 꿈을 꾸는 듯한 표정을 지어요. 정원에서는 어머니의 얼굴이 애처로워져요. 정원에서는 어머니의 얼굴이 고요해져요. 정원에서는 어머니의 얼굴이 아득해져요. 아득한 어머니의 얼굴이 지금도 눈에 선해요. 늦가을이었어요. 해가 지고 있었어요. 정원에 서 있는 어머니를 우연히 보게 되었어요. 어머니의 얼굴은 아득했어요. 그것은 일상의 아득함이 아니었어요. 어떤 아득함이었을까요. 어쩌면 어머닌 생명과 생명 사이의 아득함을 느끼고 있었는지도 몰라요. 생명과 죽음 사이의 아득함을 느꼈을 수도 있지요. 아니면 별과 별 사이의 아득함이었을까요. 어머니에게 정원은 그토록 특별한 공간이었어요. 그 특별한 공간을 제가 흉측하게 만들어놓은 거예요.

당신은 이런 사실을 알고 계시나요? 임신 능력이 있는 강간 희생자 가운데 5퍼센트가 임신을 한다는 사실을 말이에요. 그 5퍼센트 안에 제가 들어간 것은 우연이었지요. 당신의 희우가 가혹한 우연의 우물 속에 빠져버린 거예요. 다음 날 의사로부터 임신 사실을 확인했을 때 저는 놀라지 않았어요. 전이미 알고 있었어요. 어머니의 정원 앞에서.

병원에서 나와 버스를 탔어요. 제가 내린 곳은 시외버스 터미널이었어요. 전 매표소 앞에 섰어요. 제가 가고자 했던 곳은 강이었어요. 왜 강으로 가려고 했을까요? 처음에는 저도 몰랐어요. 흐르는 강물이 그냥 떠올랐을 뿐이에요. 버스를 탄

지 한 시간 반이 넘어서자 강이 보였어요. 버스에서 내렸어요. 가파른 언덕 아래 강이 있었어요. 강물 흐르는 소리가 나직이 들렸어요. 주위에는 집도 사람도 보이지 않았어요. 가파른 언덕을 조심조심 내려갔어요. 군데군데 커다란 돌이 박혀 있어 내려가는 데 큰 어려움이 없었어요. 강가에 있는 평평한 바위에 앉아 강을 내려다보았어요. 햇살이 사금파리처럼 반짝였어요. 은색의 강물이 머릿속으로 흘러들어오기 시작했어요. 머릿속으로 흘러들어와 몸 안을 돌아다녔어요. 몸 안에서 찰랑거리는 소리가 났어요. 나는 고개를 끄덕였어요. 강에 온 까닭은 몸을 깨끗이 씻기 위함이었음을 비로소 깨달은 거예요. 그랬어요. 전 흐르는 강물에 몸을 깨끗이 씻고 싶었어요. 몸이 깨끗해지려면 오래오래 씻어야 해요. 영원히 더럽혀진 몸이니 영원히 씻어야 해요. 강물 밑으로 가라앉는 몸이 보였어요. 죽음은 그토록 갑자기 제게로 왔어요. 저는 놀라지 않았어요. 그 낯선 손님은 저를 놀라게 할 만큼 흉측하지 않았어요. 흉측한 것은 어머니의 정원이었어요. 강물 안으로 들어갔어요. 물이 차가웠으나 견딜 만했어요. 차갑던 물이 점차 따뜻해지고 있었어요. 다리를 휘감는 물의 감촉이 부드러웠어요. 한 발자국 한 발자국 안으로 들어갔어요. 두렵지 않았어요. 두렵기는커녕 어떤 설렘 같은 것이 있었어요. 사라짐에 대한 설렘이었어요. 물이 가슴으로 차오르고 있을 때 시선이 느껴졌어요. 누군가가 저를 보고 있었어요. 저는 그가 누구인지 본능적으로 알았어요. 아이였어요. 제 몸 안에 있는 아이 말이에요. 그 아이에 대해 어떻게 설명해야 할지 모르겠어요. 제 안에 있으면서 바깥에 있었어요. 아무것도 모르면서 모든 것을 알고 있었어요. 생명 이전의 존재이면서 생명을 넘어서는 존재였어요. 그 아이가 절 내려다보고 있었어요. 아이의 얼굴은 슬퍼 보였어요. 눈에서 금방이라도 눈물이 떨어질 것 같았어요. 몸이 균형을 잃으면서 물살 속으로 휩쓸려 들어갔어요. 죽음의 조건은 충분했어요. 그런데 왜 죽지 않았을까요? 아이는 강물에 떠내려가는 저를 보며 눈물을 흘리고 있었어요. 아이가 왜 눈물을 흘리는지 저는 궁금했어요. 너무나도 궁금했어요. 아이의 눈물에 대해 궁금해하지 않았다면 전 죽었을 거예요. 눈을 뜨니 병원이었어요. 어머니가 수심 어린 얼굴로 절 내려다보고 있었어요.

다음 날 저는 어머니와 함께 병원을 나왔어요. 가벼운 찰과상이 몇 군데 있을 뿐 몸이 너무 멀쩡했어요. 어머닌 저를 조심스럽게 대했어요. 딸의 침묵을 억지로 깨뜨리려 하지 않았어요. 어머니는 저의 임신을 알고 있었어요. 의사에게 들었던 거예요. 그동안 숨겼던 일들을 고백하지 않을 수가 없었어요. 충격에 사로잡힌 어머니의 얼굴, 지금도 또렷이 떠올라요. 안색이 창백했고, 무릎 위에 올려진 손이 덜덜 떨고 있었어요. 어머닌 낙태를 원했어요. 강하게 원했어요. 하지만 전 낙태를 할 수가 없었어요. 낙태를 할 수 없었던 이유를 당신은 아실 거예요. 그 아이가 영서예요. 영서와 함께 살아가려면 희우를 제 안에서 떼어내어야만 했어요. 희우를 떼어내지 않으면 희우가 나를 죽이리라는 것을 알고 있었어요. 희우를 떼어내려면 희우가 사랑하는 당신을 먼저 떼어내어야만 했어요. 저는 살고 싶었어요. 징그럽게도 제 안에서는 생에 대한 욕망이 뱀처럼 꿈틀거리고 있었어요. 당신에게 이별의 편지를 쓸 수밖에 없었어요.

당신, 많이 놀랐을 거예요. 당신에게 이런 고백을 한다는 사실이 슬프기도 하고 기쁘기도 해요. 저는 지금 한없는 슬픔과 한없는 기쁨 속에서 편지를 쓰고 있어요. 당신이 없는 제 삶을 상상할 수 없듯이, 영서가 없는 제 삶 역시 상상할 수 없어요. 지독한 모순이지요. 삶이라는 것이.

나는 꼼짝도 하지 않고 편지를 응시했다. 무언가를 생각하려고 애를 썼으나 아무것도 생각나지 않았다. 갑자기 다른 시간 속으로 떨어진 것 같았다. 누군가에 의해 내팽개쳐진 것 같기도 했다. 처음 듣는 얘기였다. 꿈에서조차도 생각한 적이 없는 얘기였다. 그녀가 연행되었다는 사실조차 몰랐다. 아무도 이야기해주지 않았다. 희우도, 희우 어머니도 완벽하게 입을 닫았다. 내 존재가 그녀들의 침묵에 의해 지워진 느낌이었다.

제가 서울을 떠난 것은 1986년 11월이었어요. 그때의 서울 풍경, 당신도 잘 아실 거예요. 저항과 탄압이 난폭하게 충돌하는 치열한 전쟁터였지요. 그 전쟁터를 전 빠져나갔답니다. 영서는 수녀원에서 운영하는 고아원에 맡겼어요. 이모가 있는 데라 마음이 많이 놓였지요. 어머닌 핏줄을 외면하지 못했어요. 어머니가 정릉 집을 판 것은 영서 때문이었어요. 어머닌 어린 영서를 많이 예뻐했어요. 여느 할머니와 다름이 없었지요. 하지만 간혹 얼굴에 나타나는 슬픔과 회한은 어쩔 수가 없었겠지요. 영서를 프랑스로 데려간 건, 영서 나이 열두 살 때였어요. 제가 정식으로 의사가 된 해였지요. 영서가 어머니와 작별할 때 모두 참 많이도 울었어요. 어머닌 영서를 프랑스로 보낸 후에도 1년 넘게 거기서 살았어요. 영서와 함께한 동네가 정이 들었던가 봐요.

영서는 아버지를 알고 싶어 했어요. 영서에게는 당연한 권리이자 자연스러운 욕망이었지요. 저는 영서에게 거짓말을 하고 싶지 않았어요. 하지만 어떻게 진실을 말해요? 진실의 끔찍함이 그 아이에게 어떤 독이 될지 모르는데.

누가 영서의 아버지죠? 남성이에요. 단순하고 막연한 대답이라고 생각하시겠지만 저에겐 단순하지도 않고 막연하지도 않아요. 생명의 문제에서 여성은 가해자가 될 수 없어요. 신은 여성에게 남성의 발기된 성기와 같은 폭력의 무기를 주지 않았어요. 이런 점에서 여성은 숙명적으로 희생자예요. 저는 영서가 여성이었음을 알았을 때 기쁨과 슬픔을 동시에 느꼈어요. 기쁨의 이유는 가해자적 존재가 아니라는 사실 때문이며, 슬픔의 이유는 희생자적 존재라는 사실 때문이었어요. 모든 남성이 가해자라는 뜻은 아니에요. 가해자가 될 가능성을 갖고 있다는 뜻이죠. 마찬가지로 모든 여성이 희생자가 될 가능성을 갖고 있지요. 저는 어떤 집단이나 사회를 평가할 때 이 가능성을 기준으로 삼아요. 나쁜 집단, 나쁜 사회는 가능성을 방치해요. 더 나쁜 집단, 더 나쁜 사회는 가능성을 확장시키죠. 불행히도 우리들의 청춘은 지독히 나쁜 집단과 사회의 폭력에 노출되어 있었어요. 수많은 청춘들이 희생당했어요. 당신의 희우는 그 희생자 가운데 한 사람이었어요.

그런데 놀랍지 않으세요? 희생의 결과물이 영서라는 사실이. 제가 희생자가 되지 않았다면 영서는 태어나지 않았을 거예요. 삶이 달라졌겠죠. 달라진 삶을 생각한다는 건 의미가 없어요. 경험되지 않은 삶은 중요하지 않아요. 중요한 것은 삶의 실체예요. 영서는 제 삶 속으로 깊숙이 파고들어온 실체적 존재예요. 제 삶에서 영서를 분리한다는 것은 불가능해요. 영서는 고통의 존재였어요. 저는 까맣게 몰랐어요. 고통의 존재가 축복의 존재로 변화하리라는 것을. 이 생명의 신비 앞에서 저는 오랫동안 서성거렸어요. 신비는 질문을 유발시켜요. 저는 끊임없이 질문했어요. 생명의 신비에 대해. 제가 왜 산부인과 의사가 된 줄 아세요? 질문에 대한 답을 구하고 싶었기 때문이에요.

세상의 모든 어머니는 아이를 둥근 형상으로 품어요. 형상 가운데 가장 완전한 형상이 둥근 형상이에요. 둥근 형상은 기하학자들이 꿈꾸는 가장 아름다운 형상이에요. 당신, 난자가 어떤 형상인지 아세요? 둥근 형상이에요. 그것은 태양처럼 둥글어요. 태양처럼 둥근 형상 안으로 정자가 들어와요. 어머니는 아이를 완전한 형상으로 품고 있는 거예요. 그것은 모든 연인의 꿈이에요. 사랑하는 사람을 둥근 형상으로 품는 것 말이에요. 아시겠어요? 둥근 형상 안에 존재하는 아이는 어머니의 완전한 연인이에요. 비록 원치 않는 아이였다 하더라도 어머니는 그것을 느끼지 않을 수 없어요. 세계가 완전한 사랑으로 둘러싸여 있다면 그건 낙원이에요. 우리가 태아 시절을 기억하지 못하는 것은 낙원의 시간이기 때문일 거예요. 하지만 낙원의 시간은 한정되어 있어요. 주어진 시간이 지나면 둥근 형상에서 빠져나와야 해요. 빠져나오지 못하면 죽어요. 둥근 형상에서 빠져나오는 순간 완전한 합일이 깨어져요. 그전과는 전혀 다른 관계, 새로운 관계가 시작되는 것이지요. 인간의 근원적 슬픔은 여기에서 비롯되는 것 같아요.

　당신, 아이가 세상에 태어나는 모습을 본 적이 있어요? 전수없이 보았답니다. 눈은 꾹 감겨 있어요. 눈썹은 일그러져 있고요. 두 손은 누군가에게 간절히 애원하듯 내밀고 있어요. 때때로 얼굴을 가리기도 해요. 두 발은 무언가를 쉼 없이 걸어차다가도 몸을 동그랗게 말듯이 움츠려요. 입은 울부짖고,

머리는 격렬히 흔들리고 있어요. 아이의 작은 몸은 공포에 사로잡혀 오들오들 떨고 있어요. 울음소리는 또 얼마나 절망적인데요. 아이는 왜 그토록 괴로워하는 걸까요?

어머니의 몸 안은 어둡고 따뜻하고 고요해요. 어둡고 따뜻하고 고요한 물속의 세계에 잠겨 있던 아이가 바깥 세계로 나오는 순간 폭력에 에워싸여요. 허파로 들어가는 공기가 불처럼 뜨거워요. 몹시 뜨거운 것을 삼킨 사람을 상상해보세요. 그 사람의 고통보다 아이의 고통이 더 클지도 몰라요. 투명하고 얇은 눈꺼풀 속으로 파고드는 빛 역시 불처럼 뜨겁기는 마찬가지예요. 소리의 고통도 엄청나요. 아이는 어머니의 몸 안에서 소리를 들어요. 하지만 양수 속에서 듣는 소리는 세상의 소리와는 근원적으로 달라요. 낙원의 소리니까요. 그런 아이의 귓속으로 벼락같은 소리가, 무언가를 찢어발기는 듯한 날카로운 소리가, 소름 끼치는 조악한 소리가 쏟아져 들어가요. 피부 감각은 어떠할까요? 아이의 살은 외피가 거의 없어요. 자궁의 부드럽고 얇은 막의 보호를 받았던 그 섬세한 피부에서 보호막이 갑자기 사라지는 거예요. 아이는 덴 살의 상태와 흡사한 고통을 느껴요. 아이에게 바깥 세계는 가차 없는 폭력의 세계예요. 이제 막 태어난 생명이 세계의 근원적 폭력에 유린되는 모습은 차마 볼 수가 없어요. 근원적 폭력에 맞서 아이는 온몸으로 저항해요. 이런 아이의 모습이 저에게 무엇을 가르쳐주었는지 아세요? 우리가 살고 있는 세계의 근원이 폭력이라는 가혹한 진실이에요. 우리가 청춘이었을 때 당신과 저는 세계의 근원적 폭력에 휩쓸렸던 거예요. 지금 제가 한 말에는 약간의 설명이 필요해요.

아이가 태어나면서 겪는 끔찍한 고통은 어디로 갈까요? 시간이 흐르면서 소멸될까요? 고통은 소멸될지 모르지만 고통의 기억은 소멸되지 않아요. 고통의 기억은 몸의 어디엔가 숨어 있어요. 고통에 대한 원한 역시 숨어 있어요. 그 원한이 바깥으로 분출될 때 폭력이 발생하는 거예요. 폭력적 인간이란 고통에 대한 원한을 쉽게 노출하는 인간이에요. 야만적 사회는 고통의 기억을 자극해요. 폭력이 필요하기 때문이지요. 나치스가 그랬고, 스탈린 체제가 그랬어요. 우리의 청춘이 통과했던 1980년대의 한국 사회도 그랬어요. 수많은 청춘들이 폭력의 희생자가 되었어요.

저는 당신에게 여성을 숙명적 희생자라고 말했어요. 저도 숙명적 희생자였지만 당신도 숙명적 희생자였어요. 그러니까 당신은 여성적 존재예요. 이상하게 들려요? 조금도 이상하지 않아요. 제가 말하는 여성이란 실체적 존재이면서 상징이에요. 여성의 개념이 깊어진 것이라고 말하고 싶어요. 폭력의 모든 희생자는 여성적 존재예요. 어머니의 자궁에서 나오는 아이처럼, 근원적 폭력을 통과함으로써 여성적 존재라는 새로운 생명이 탄생하는 거예요. 저는 여성의 본질을 슬픔이라고 생각해요. 희생자의 본질은 슬픔이에요. 슬픔은 고통과,

고통이 불러일으키는 원한을 정화해요. 그렇다고 해서 슬픔이 폭력에 대한 분노를 지운다고 생각하시면 안 돼요. 분노와 원한은 달라요. 폭력에는 분노해야 해요. 폭력에 분노하지 않는다는 것은 폭력을 인정하는 행위나 마찬가지예요. 그 분노를 껴안으면서, 분노를 넘어서는 감정이 슬픔이에요. 분노가 또 다른 폭력으로 치닫지 않게 하는 고귀한 감정이지요. 세상은 폭력으로 가득 차 있지만 그럼에도 세상이 아름다운 것은 슬픔에 감싸여 있기 때문이에요. 예수를 보세요. 예수가 가시면류관을 쓴 순간 그는 여성적 존재로 변화했어요. 그가 십자가에 못 박히는 순간 눈부시게 아름다운 여성적 존재로 변화했어요. 그 여성적 존재에서 흘러나오는 슬픔의 눈물이 세상을 적셨어요. 그러니 세상이 아름다울 수밖에요.

　제가 당신을 사랑할 수밖에 없는 여러 가지 이유 가운데 하나는 당신에게서 슬픔을 발견했기 때문이에요. 물론 전 당신을 보지 못했어요. 지난 20년 동안 우린 한 번도 만나지 않았어요. 하지만 전 당신의 사진을 보았답니다. 당신의 사진 속에는 슬픔이 흐르고 있었어요. 희생자라고 해서 슬픔을 다 간직하는 게 아니에요. 슬픔을 상실하는 순간 희생자는 여성적 본질을 잃게 돼요. 당신은 참으로 아름다운 여성이었어요. 당신, 아세요? 당신의 사진을 보면서 제가 얼마나 황홀해했는가를.

책상에 놓인 사진을 물끄러미 보았다. 폐사지에서 찍은 사진이었다. 거기에 폐사지가 있는 줄은 몰랐었다. 낙엽이 흩날리는 늦가을이었다. 길은 안개 낀 들판 사이로 구불거리며 이어지고 있었다. 둥그런 무덤 하나가 안개 사이를 떠다녔다. 꽃들이 느리게 흔들렸고, 새들은 허공을 비껴 날았다. 탑이 보인 것은 느티나무를 지날 때였다. 군데군데 깨진 남루한 탑이었다. 거뭇한 돌 위에 파인 시간의 주름은 깊었다. 비천이 새겨진 불상 조각은 쓸쓸했고, 허물어진 주춧돌은 애잔했다. 흙과 나무, 바람과 안개, 돌과 하늘, 나뭇잎 소리와 새의 울음 사이에서 오랫동안 서성거렸다. 텅 비었는데도 꽉 차 있었다. 한없이 낮은데도 한없이 높았다. 사방이 틔었는데도 금성철벽이었다. 무릎이 꺾였다. 나는 아무것도 아니었다. 영원 앞에서 아무것도 아닌 존재가 할 수 있는 유일한 행위는 무릎을 꿇는 일이었다. 사진은 하늘을 배경으로 탑을 찍은 것이었다. 희디흰 햇살 때문이었을까? 무릎을 꿇고 있었을 때 탑이 꽃처럼 보였다. 짧은 시간이었지만 눈부신 꽃이었다.

황홀한 당신에게 제 자랑을 조금 할게요. 전 오래전부터 긴급 구호 단체의 일원으로 난민 돌보는 일을 해왔어요. 난민은 비참한 희생자들이에요. 제가 난민 구조에 뛰어든 것은 희생자의 슬픔이 얼마나 고귀한지 알기 때문이에요. 어머니가 이승에서의 마지막 숨을 힘겹게 쉬고 있을 때, 저는 아프리카에서 흑인 소녀의 출산을 돕고 있었어요. 난소암 환자가 어떻게 아프리카까지 갔느냐구요? 긴급 구호의 일은 저에게 큰 기쁨이었어요. 기쁨 없는 휴식보다 기쁨 있는 노동이 병자에게 얼마나 큰 힘이 되는지 아세요? 한 생명을 받기 위해 피투성이가 된 손을 놀리고 있을 때 어머니의 영혼은 어디론가 떠났어요. 새 생명 앞에서 흑인 소녀가 흘린 눈물이 차가워져가는 어머니의 몸을 따뜻하게 적셨는지도 몰라요. 그때 당신은 무얼 하셨어요? 당신의 슬픔과 닮은 풍경을 찾고 계셨나요?

감옥을 나오자마자 희우의 집을 찾았다. 희우의 집에는 희우가 없었다. 희우가 있다는 곳은 내가 갈 수 없는 곳이었다. 홀로 집을 지키고 있는 희우 어머니가 밥상을 차려주었다. 희우가 없어도 먹고 가라고 했다. 꾸역꾸역 밥을 먹고 나왔다. 희우 어머니는 내 손을 잡으며 울먹이는 목소리로 잘 가라고 했다. 석 달 후, 나는 다시 수배자가 되었다. 수배가 해제된 것은 1988년 12월이었다. 그사이 유월항쟁의 감격이 있었고, 대통령 선거의 절망적 패배가 있었다. 수배가 해제된 지 한 달이 채 지나기도 전에 객혈을 했다. 의사로부터 결핵이라는 말을 들었을 때 나는 안도했다. 이제는 정말 쉴 수 있겠구나, 하는 생각이 나를 평온하게 감쌌다.

요양소는 바닷가 근처에 있었다. 몸을 눕히니 몸속에 있는 상처가 느껴졌다. 상처는 깊었다. 깊은 상처가 몸속에서 생명체처럼 숨 쉬고 있었다. 내가 상처의 숨소리에 귀를 기울이는 동안 세계는 급변했다. 1989년 8월, 폴란드가 공산당 일당독재를 종식시켰다. 두 달 후, 헝가리도 폴란드의 뒤를 따랐다. 11월 9일에는 냉전의 상징인 베를린 장벽이 허물어졌다. 러시아의 혁명 시인 마야콥스키가 "언젠가 고요한 정박소에서 우리를 부드럽게 흔들었던 우연의 물마루와 같다"고 황홀해 했던 공산주의가 거대한 굉음과 함께 무너진 것이었다. 그 폐허의 세계를 나는 젖은 눈으로 보았다.

자본주의 이데올로기의 핵심은 인간의 본질을 이기심으로 파악한 데에 있다. 물질에 대한 인간의 이기심을 정교하게 조직한 자본가들은 세계를 아수라장으로 만들었다. 돌이켜보면 인간 세계는 언제나 아수라장이었다. 유토피아는 아수라장에서 잉태되는 꿈의 세계였다. 그런데 마르크스는 꿈만 꾸지 않았다. 꿈의 세계를 지상에 세우려 했다. 그는 인간에게 이기심의 기쁨 대신 공동체의 기쁨을 요구했다. 인간에게 그토록 엄격한 도덕을 요구한 이는 아무도 없었다. 불행하게도 인간은 엄격한 도덕을 견디지 못했다. 프롤레타리아 독재는 타락했고, 타락한 독재는 국가를 거대한 병영으로 만들었다. 마르크스가 저지른 치명적 오류는 인간의 도덕성을 너무 높이 평가한 데에 있었다.

나는 폐허의 세계로부터 시선을 거두었다. 내 시선이 향한 곳은 풍경이었다. 내 몸은 풍경을 찾아 떠돌았다. 언제부터였을까? 상처에서 흘러나오는 시간이 풍경 속으로 스며들기 시작한 것은. 풍경의 내부는 깊고 아늑했다. 깊고 아늑한 풍경의 내부에서 상처의 시간은 풍경의 시간과 뒤섞이면서 풍경의 일부가 되어갔다. 내가 카메라를 든 것은 풍경 속에서 풍경의 일부가 되어가는 상처의 형상을 보고 싶었기 때문이었다.

영서도 당신의 사진을 좋아해요. 영서가 당신의 사진을 좋아하는 것은 영서에게도 깊은 슬픔이 있기 때문일 거예요. 영서는 제 아버지의 정체를 알고 있어요. 제가 이야기했어요. 영서가 열여덟 살이 되던 생일날이었어요. 가혹한 생일 선물이었지요. 영서는 잘 견뎠어요. 어느 날 영서가 물었어요. 엄마 아버지를 지금도 미워하냐고. 전 미소를 지으며 고개를 흔들었어요. 틀림없이 슬픈 미소였을 거예요.

영서가 어떻게 성장했는지 궁금하시면 영서에게 물어보세요. 그 아인 아마도 자신의 슬픔과 기쁨을 당신에게는 보여줄 거예요. 제가 당신을 얼마나 사랑하는지 잘 아니까요.

지금 저는 마흔여섯이에요. 당신의 회우가 이렇게 늦었어요. 당신에게 이런 말을 하는 게 한없이 슬프지만 하지 않을 수 없어요. 제 삶은 마흔여섯으로 끝날 거예요. 막연한 느낌으로 하는 말이 아니에요. 전 의사거든요. 46년이란 세월은 긴 생애일 수도 있고, 짧은 생애일 수도 있어요. 저에겐 한없이 길게 느껴지면서도 한편으로는 짧은 꿈을 꾼 것 같은 기분도 들어요. 이제 당신과 작별해야 해요. 슬퍼하는 당신이 보여요. 제가 가야 하는 데가 얼마나 먼 길인지는 알 수 없으나 새처럼 날아가고 싶어요. 서러워하지 않고, 애틋해하지 않고, 머뭇거리지 않고, 긴 날개를 너울거리며. 그렇게 날다 보면 당신이 잊히겠지요. 어젯밤에도 새의 꿈을 꾸었어요. 눈처럼 흰 새가 은빛으로 빛나는 별들의 강을 건너고 있었어요. 당신, 제게로 다가와 제 숨소리를 들어보세요. 새의 숨소리로 바뀌고 있어요. 제 몸을 보세요. 어깨에서 날개가 돋아오르고, 뼈 안이 텅 비어가고 있잖아요. 그러니 부디 슬퍼하지 마세요.

당신의 희우.

6

빛들이 바람에 쓸리고 있다. 바람에 쓸리는 빛들은 안개를 걷어내면서 탑의 적막과 뒤섞인다. 빛과 뒤섞이는 탑의 적막이 투명하다.

"저 탑이 정말 꽃으로 보였어요?"

탑을 뚫어지게 보던 영서가 나를 보며 묻는다.

"응."

영서는 고개를 갸웃거리며 다시 탑을 본다.

"그러니까 선생님은 탑을 찍으신 게 아니라 꽃을 찍으신 거네요."

내가 고개를 끄덕이자 영서는 생각에 잠긴다.

"탑이 어떻게 꽃으로 변하죠?"

"내 짐작으론……"

나는 잠시 머뭇거린다.

"꽃이 나를 꿈꾸었기 때문이 아닐까 해."

"무슨 뜻이에요?"

"어떤 사람이 누군가를 깊이 꿈꾸면, 누군가는 그 사람을 꿈꾸게 되지 않을까?"

"말이 아름다워요."

"누가 가르쳐주었어."

"누군데요?"

"강희우."

"엄만……"

영서의 목소리가 잠겨든다.

"정말 간절히 선생님을 꿈꾸었어요. 제가 선생님을 만나라고 엄마에게 여러 번 권했어요. 엄만 쓸쓸히 웃으며 말했어요. 꿈꾸는 게 좋다고."

들판에서 연기가 피어오른다. 짚을 태우는 모양이다.

"여긴 꿈꾸기가 좋아. 텅 비어 있으니까."

"여기서 무슨 꿈을 꾸고 싶으세요?

"새. 눈처럼 흰."

"왜 눈처럼 흰 새예요?"

"그 새가 나를 꿈꾸어야 하니까."

"그러면 저 탑이 눈처럼 흰 새로 변하겠네요."

나는 고개를 끄덕인다.

"그 사진, 저한테 보내주실래요? 보고 싶어요."

"영서가 보고 싶다면 보내주어야지."

"감사합니다."

"탑 곁에 서봐."

"왜요?"

"사진 찍어줄게."

"정말요?"

"빨리 가. 마음 변하기 전에."

영서가 재빨리 탑으로 간다. 파인더를 들여다본다. 바람에 쓸리는 빛 속에 얼굴이 있다. 한 번도 본 적이 없는 얼굴이다. 한 번도 본 적이 없는 얼굴이 눈부시다. 내 사진이 향한 곳은 풍경이었다. 언제나 그랬다. 파인더는 인간을 거부했다. 인간의 그림자조차 허용하지 않았다. 그런데 지금, 저 눈부신 얼굴이 파인더를 끌어당긴다. 파인더가 눈부신 얼굴을 통해 숨을 쉰다. 시간이 멈춘다. 시간이 멈춘 공간에서 사물과 생명체가 경계를 잃고 뒤섞인다. 사물이 생명체 속으로 파고들고 생명체가 사물 속으로 파고든다. 눈부신 얼굴과 적막한 탑이 불가해한 물결에 뒤섞인다. 수많은 빛들의 겹침 속에서 물결은 미지의 형상을 향해 나아간다. 그 형상이 눈처럼 흰 새인지, 어떤 캄캄한 생명인지, 한 번도 본 적이 없는 풍경인지 알 수가 없다.

바비 인형

1

눅눅한 포도 위를 한 여자가 걷고 있다. 짙은 안개 때문에 여자의 형체가 흐릿하다. 안개 저쪽에서 사람들의 발소리가 들린다. 여자는 걸음을 멈추고 귀를 기울인다. 서너 사람이 걷고 있는 것 같다. 남자의 목소리도 들리고 여자의 목소리도 들린다. 수은등의 불빛이 그들의 얼굴을 스친다. 얼굴들이 가면처럼 밋밋하다. 남자의 얼굴인지 여자의 얼굴인지 분간이 안 된다. 그들의 몸이 가느다란 나무처럼 보이기도 하고, 뚱뚱한 물고기처럼 보이기도 한다. 그들의 눈에는 내가 가느다란 나무처럼 보이기도 하고, 뚱뚱한 물고기처럼 보이기도 하겠지. 여자는 그렇게 생각하며 사람들의 소리에 귀를 기울인다. 발소리가 멀어진다. 하늘을 쳐다본다. 달이 희미하게 빛나고 있다. 별들은 안 보인다. 구름 사이를 더듬는 그녀의 눈길이 아득하다.

이번 여행은 참 좋았어.

그녀는 미소를 지으며 중얼거린다. 햇살 가득한 플랫폼의 정적, 황량한 들판에 서 있는 탑, 이끼 긴 묘지의 비석, 신의 사원, 강변의 모래톱, 해변의 작은 들창에서 새어 나오는 등 불들, 노란 불빛 속에서 춤추는 사람들과 흥겨운 노랫소리, 풍요로운 만찬…… 벌써 추억의 시간에 편입된 풍경과 소리들이 정겹게 떠오른다.

낯익은 거리가 보인다. 집이 가까워질수록 존재감이 흐려진다. 낯선 여행지에 있었을 때가 존재감을 훨씬 또렷이 느꼈던 것 같다. 먼 풍경이 가까워지고 가까운 풍경이 멀어진다. 먼 풍경 속에서 숨을 쉬고 있는 자신의 모습이 환히 보인다. 심장 박동이 힘차다. 그녀를 부르고 싶은 충동을 느낀다. 그녀를 불러 점점 흐려지는 또 하나의 그녀 앞에 세워 누가 진짜인지 확인하고 싶다.

넌 누구니?

저쪽의 그녀가 이쪽의 그녀에게 묻는다.

난 너야. 아니, 난 너이고 싶어.

이쪽의 그녀가 대답한다. 저쪽의 그녀가 혼란스러운 표정으로 이쪽의 그녀를 응시한다.

난 너를 몰라.

이쪽의 그녀가 살짝 웃는다.

넌 내 안에 있어.

내가 네 안에 있다구? 근데 왜 난 널 모르지?

아마도 그것은······

이쪽의 그녀가 생각에 잠긴다.

그리움이 없기 때문일 거야. 내가 널 아는 건 그리워하기 때문이니까.

그녀는 중얼거리며 원룸 현관 계단을 오른다. 가파르게 휘어지는 계단이 어지럽다. 벽의 칠이 군데군데 벗겨져 있다. 3층 복도가 어둡다. 전구가 나간 모양이다. 복도 창으로 스며드는 빛 때문에 아주 캄캄하지는 않다. 가방 안에서 열쇠를 꺼낸다. 금속의 감촉이 차갑다. 열쇠 구멍이 쉽게 찾아지지 않는다. 트럼펫 소리가 들린다. 강변의 모래톱에서 검은 옷을 입은 여인이 트럼펫을 불고 있었다. 달깍, 소리가 난다. 손잡이를 비틀자 문이 열린다. 어둠이 짙다. 벽을 더듬어 불을 켠다. 불빛이 눈을 찌른다. 손으로 빛을 가린다. 벽에 거꾸로 걸어놓은 장미가 보인다. 꽃잎이 바짝 말라 있다. 가방을 내려놓고 신발을 벗는다. 바닥이 차다. 방 안을 조심스레 살핀다. 변한 것은 아무것도 없다. 얼룩진 벽지까지. 피곤이 밀려든다. 소파에 길게 눕는다. 눈을 감는다. 강을 굽어보는 검은 나무 사이로 트럼펫 소리가 떠돈다. 달빛 한 줄기, 트럼펫 소리를 비춘다. 손을 뻗는다. 아무것도 잡히지 않는다. 눈을 뜬

다. 베이지 색 냉장고가 보인다. 살며시 일어난다. 냉장고 문
을 연다. 화들짝 놀란다. 커다란 벌레라도 본 듯한 표정이다.
고개를 숙여 유심히 본다. 연회색 접시 위에 체리를 얹은 초
콜릿 생크림 케이크가 있다. 그녀의 두 눈은 당황함과 의혹으
로 가득 찬다. 냉장고 안에는 아무것도 없어야 한다. 그녀가
냉장고 문을 여는 것은 텅 빈 내부를 보기 위함이다. 텅 빈
냉장고 안을 들여다보면 기분이 상쾌해진다. 정결한 몸 안을
들여다보는 느낌이다. 생수병은 예외다. 물은 그녀가 마음 놓
고 삼키는 유일한 음식이다. 입안은 어둡다. 위와 장 안은 캄
캄하다. 그 어둡고 캄캄한 곳을 볼 수 있는 이는 아무도 없다.
하지만 그녀는 본다. 어둡고 캄캄한 곳에서 물이 음식으로 변
하는 광경을. 그녀가 황홀해하는 까닭은 지상에는 존재하지
않는 음식이기 때문이다. 양치식물의 숲 속에서 수천 년 동안
묻혀 있었던 새의 날개, 노을에 잠긴 구름의 황금빛 살, 사원
의 폐허를 감싸는 풀과 안개의 물결들, 수많은 생명의 싹을
품고 있는 봄의 살진 흙들…… 이 모든 것들이 그녀의 몸 안
에서 감미로운 향기를 피워 올린다. 그녀의 캄캄한 몸 안이
향기로운 음식으로 가득 차면 지상의 시간은 사라지고, 그녀
는 새로운 생명이 되어 눈을 뜬다. 새로운 눈과 귀, 새로운
코와 혀, 새로운 살과 뼈로 이루어진.

   케이크를 식탁으로 옮겨놓고 의자에 앉는다. 작은 민트 잎
이 케이크 위에 살짝 얹혀 있다. 여행을 하는 동안 누군가가

들어왔다. 누군가가 들어오지 않았으면 케이크가 냉장고 안에 있을 턱이 없다. 누가 내 방에 들어왔을까? 그녀의 방에 들어올 수 있는 사람은 두 사람뿐이다. K와 G가 그들이다.

K를 만난 것은 우연이었다. 거리를 걷고 있는데, 누군가가 불렀다. 뒤를 돌아보니 흰옷 입은 남자가 서 있었다. 그것이 요리사 복장인지 그때는 몰랐다. 흰 모자를 썼으면 알았을지도 모른다. 그는 수줍은 목소리로 시간을 잠깐만 내달라고 했다. 목소리가 소년 같았다. 하지만 얼굴은 목소리와 많이 달랐다. 소년처럼 보이는가 하면, 청년처럼 보이기도 했고, 마흔 살쯤 된 중년의 아저씨처럼 보이기도 했다. 그녀는 시간이 없다고 말하고는 가던 길을 갔다. 그는 황급히 따라오면서 잠깐이면 된다고 했다. 대꾸도 하지 않았다. 그가 불쑥 앞을 막아섰다. 그를 쏘아보았다. 그의 눈은 크고 검었다. 그녀가 그의 요청을 받아들인 것은 크고 검은 눈이 소년의 눈처럼 맑았기 때문이다. 그는 그녀를 근처의 작은 건물로 데려갔다. 복도가 길고 좁았으며, 바닥에는 엷은 녹색 카펫이 깔려 있었다. 그는 복도 끝에 있는 방으로 그녀를 안내했다. 방의 내부가 특이했다. 부엌 같기도 하고, 레스토랑 같기도 하고, 무슨 실험실 같기도 했다. 그 세 개를 섞어놓은 것이라고 표현하는 게 정확할 것 같다.

여긴 나의 테스트 키친이에요.

테스트 키친?

요리를 연구하고 실험하는 부엌이지요. 인터넷 검색 창에 음식 이름을 한번 쳐보세요. 수백 가지 조리법이 쏟아져 나옵니다. 내가 찾는 것은 수백 가지의 조리법 가운데 단 하나입니다. 그 하나를 찾기 위해서는 수많은 실험이 필요합니다. 여기가 바로 그런 작업을 하는 곳이죠. 쌀을 넣고 끓인 당근 수프를 만든다고 합시다. 이 간단한 것에도 요리 방법이 수백, 수천 가지입니다. 아니 수십만 가지입니다. 배합의 양과 시간을 무한히 쪼갤 수가 있으니까요. 문제는 맛의 기준입니다. 사람들의 미각은 저마다 다릅니다. 어떤 사람에게는 기가 막히게 맛있는 음식이 다른 사람에게는 전혀 맛이 없습니다. 전문 감식가들 사이에서도 차이가 있습니다. 그 차이를 헤아린다는 것은 불가능합니다. 미각의 차이가 있는 한 완전한 음식은 존재할 수 없습니다. 완전한 음식이 존재하지 않는다는 것은 완전한 요리사가 존재하지 않는다는 말과 같습니다. 하지만 난……

그는 숨을 깊이 들이쉬었다.

완전한 음식이 존재한다고 믿습니다. 세상의 모든 미각을 단 하나의 미각으로 수렴하는 완전한 음식 말입니다. 난 느낍니다. 텅 빈 거리의 모퉁이에서, 오래된 문 뒤에서, 한 그루 나무 아래서, 누군가의 꿈 안에서 발견되기를 기다리는 완전한 음식의 염원을.

그의 눈이 빛나고 있었다.

문제는 완전한 음식을 어떻게 알아보는가, 하는 데 있습니다. 요리사는 자신이 먹기 위해 음식을 만들지 않습니다. 이 말 속에는 완전한 음식을 판정하는 자가 요리사가 아니라는 뜻이 들어 있습니다. 여기에 요리사의 숙명이 있습니다. 완전한 요리사가 되기 위해서는 완전한 미식가가 필요합니다. 내가 완전한 미식가를 찾기 위해 얼마나 애를 썼는지 당신이 알았다면 지금 나타나지는 않았을 것입니다.

　무슨 말씀인가요?

　당신이 완전한 미식가임을 첫눈에 알아보았습니다.

　무슨 근거로 그렇게 말씀하시는 건가요?

　당신의 피부는 뼈에 매우 얇게 붙어 있습니다. 살이 거의 없다고 해도 과언이 아닙니다. 그럼에도 피부가 물처럼 투명합니다. 극도로 예민하고 정밀한 미각이 음식을 선별하기 때문입니다. 아무리 사소한 음식에도 다른 사람에게는 없는 수천 가지의 미각이 동시에 작동합니다. 당신의 몸에서 향기로운 냄새가 나는 것은 지극히 당연합니다.

　그날 이후 그녀는 K의 테스트 키친에 정기적으로 초대받았다. 그는 그녀를 위한 방을 따로 마련했다. 오래된 갈색 나무와 따뜻한 질감의 벽돌로 이루어진 방은 작지만 아늑했다. 나무의 결이 오롯이 살아 있는 식탁도 그녀의 마음을 사로잡았다. 식탁보는 그릇의 색깔에 따라 달라졌다. 그릇이 화려하면 단색의 식탁보를 썼고, 그릇이 소박하면 무늬가 있는 식탁보를 썼다. 음식에 쏟는 그의 정성은 지극했다. 음식 모양과 테이블 세팅에 이르기까지 그의 지극한 정성은 조금도 흐트러지지 않았다. 하지만 그가 만든 어떤 음식도 그녀의 미각을 자극하지 못했다. 그런 그녀의 모습 앞에서 그는 침묵했다. 그의 침묵 속에는 형언할 수 없는 슬픔이 깃들어 있었다.

그가 그녀의 집을 방문한 것은 여행을 떠나기 닷새 전이었다. 그의 가슴에는 핑크 빛 장미가 한 아름 안겨 있었다.

오늘 새벽 첫서리가 내린 것 알아요?

그녀는 고개를 저었다.

전 오늘 늦게 일어났어요. 새벽까지 일을 했거든요.

난 첫서리가 내리기를 손꼽아 기다렸어요.

왜요?

당신에게 정말 맛있는 음식을 만들어주려고요.

무슨 말씀이세요?

장미 꽃잎 속에는 달콤한 맛과 향이 있어요. 그 속으로 가을 서리가 스며들면 맛과 향이 한층 깊어져요. 특히 첫서리가 만든 맛과 향기는 이루 말할 수가 없어요.

그는 고슬고슬하게 지은 밥에 단촛물을 붓고 재빨리 밥을 식혔다. 그러고는 정성스럽게 썻은 장미 꽃잎에 초밥을 쌌다. 그녀는 초밥 하나를 입안에 넣었다. 맛이 느껴지지 않았다. 텅 빈 듯한 입안에서 장미 향기가 쓸쓸히 떠돌았다. 그녀는 눈물을 글썽이며 그를 보았다. 그는 말없이 일어났다. 여행을 하는 동안 그의 쓸쓸한 뒷모습이 자주 떠올랐다.

2

그녀는 케이크를 유심히 살핀다. K의 흔적을 찾기 위함이다. 체리 색깔이 시선을 끈다. 핑크와 빨간색이 감도는 황금빛이다. 노란 속살이 눈에 보이는 듯하다. 체리 가운데 가장 맛있는 품종인 레이니어다. 향기를 맡는다. 초콜릿과 뒤섞인 달콤한 과즙 냄새가 콧속으로 스며든다. 오렌지 향의 술 냄새도 배어 있다. 코앵트로나 그랑 마르니에를 넣은 모양이다. K가 만들었다면 그랑 마르니에일 것이다. 그녀의 입에서 가느다란 한숨이 새어 나온다. 맛을 보지 않고서는 K가 만든 것인지 정확히 알 수 없다. 식탁에서 일어나 방 안을 서성거린다. 어쩌면……

그녀는 눈을 가느스름하게 뜨며 생각한다.

K가 아닐 수도 있어. G가 만든 것인지도 몰라.

G의 몸은 거대하다. G는 키가 크지 않다. 163센티미터니까 여자로서 작은 키는 아니지만 큰 키도 아니다. 그런데 몸무게는 100킬로그램은 족히 될 것이다. 정확한 수치는 모른다. G는 그녀에게 수많은 이야기를 쏟아내지만, 몸무게만은 말하지 않는다. G의 유일한 비밀이 몸무게다. 몸 안 가장 깊

숙한 곳에 숨겨둔 것 같았다. 아무리 물어도 가르쳐주지 않는다. G가 움직이면 살이 출렁인다. 빅 사이즈 옷도 살의 물결을 감당하지 못한다. 출렁이는 살을 보고 있노라면 현기증이난다. 아래턱과 뱃살, 엉덩이에서 허벅지로 이어지는 부분은 흉측하다 못해 기괴한 느낌마저 불러일으킨다. 땀이라도 흘리면 꾸깃꾸깃 접힌 살들이 늘어지면서 점액질처럼 흐물흐물해진다.

G의 소망은 바비 인형이 되는 것이다. 처음 들었을 때는 웃음이 터져나올 뻔했다. 하지만 나중에는 가슴이 서늘해졌다. G는 단 한순간만이라도 바비 인형이 되어 살아보고 싶다고 했다.

아, 바비 인형의 눈으로 세상을 보고 싶어. 바비 인형의 코로 세상의 향기를 맡고 싶고, 바비 인형의 혀로 세상의 음식을 맛보고 싶고, 바비 인형의 손으로 세상을 만지고 싶어.

그녀가 어이없어하자 G는 은밀한 목소리로 말했다.

내 몸이 왜 이렇게 큰 줄 알아? 몸 안에 아이가 있기 때문이야. 바비 인형 말이야.

아이가 바비 인형이라고?

그래, 바비 인형.

3

G가 여섯 살이 되던 해 봄이었다. 아버지가 생일 선물로 바비 인형을 사왔다. 그날 이후 바비 인형은 늘 G 곁에 있었다. 바비 인형에게 말을 가르쳤다. 노래와 춤도 가르쳤다. 밥도 먹였고, 잠도 재웠다. 옷도 갈아입혔다. 아침에 눈을 뜨면 가장 먼저 하는 일이 곤히 자는 바비 인형을 깨우는 것이었다. 그해 가을 아버지가 집을 나갔다. 새 여자가 생겼다고 했다. 아버지는 어머니만 버린 것이 아니었다. G도 버렸다. 바비 인형과 말을 끊었다. 노래도 춤도 끊었다. 밥도 먹여주지 않았고, 잠도 재워주지 않았다. 아침에 깨우지도 않았고, 옷도 갈아입혀주지 않았다. 바비 인형은 나날이 더러워져갔다. 어느 날 유아원에서 돌아와보니 바비 인형이 보이지 않았다. 어머니는 보기가 흉해 버렸다고 하면서 새 인형을 사주겠다고 했다. G는 황급히 고개를 저었다. 황급히 고개를 젓는 G의 안색은 창백했다. 며칠 후 G는 꿈을 꾸었다. 모래 구덩이에 빠지는 꿈이었다. 모래 구덩이에 빠지는 G를 또 다른 G가 보고 있었다. 그날 이후 G는 바비 인형을 빠르게 잊었다. 아버지도 바비 인형만큼 빠르게 잊었다.

G가 초등학교 4학년 때였다. 10월이었다. 어머니는 담임 선생의 전화를 받고 학교로 갔다. 담임 선생은 먼저 G의 학교 생활을 칭찬했다. 성격이 활달하고 적극적이라고 했다. 고

집이 유난히 세 아이들과 간혹 다투기는 하지만 큰 문제는 아니라고 했다. 그러면서 하는 말이 G가 남자 화장실에 들어가는 버릇이 있다는 것이었다. 그 일이 처음 발생했을 때는 착각했을 수도 있다고 생각했으나, 두 번 세 번 되풀이되자 심각함을 느꼈다고 했다. 아이들이 G를 이상하게 보는 것도 큰 문제라는 말을 덧붙였다. 담임 선생이 G에게 남자 화장실에 들어간 이유를 묻자 기억이 나지 않는다고 대답했다는 것이었다. 표정을 보면 G가 거짓말을 하는 것 같지 않았다고 했다. 거짓말이라도 문제지만 거짓말이 아니라면 더 큰 문제라고 담임 선생은 조심스레 말했다. 딸의 평소 행동이 남자아이 같아 걱정은 했지만 그런 일까지 일어날 줄은 전혀 몰랐던 어머니는 무척 당황했다. 담임 선생의 권고에 따라 G를 전학시켰다. 하지만 정신 병원에는 차마 데려갈 수 없었다. 다행히도 전학 후에는 문제를 일으키지 않았다. 남자아이 같았던 성격이 얌전해졌다. 중학생이 되었을 때는 여느 여자아이와 달라 보이지 않아 안심이 되었다. 그전보다 침울해지고 말이 줄어든 것이 마음에 걸렸지만, 사춘기임을 감안하면 크게 걱정할 일이 아니었다.

G의 폭식이 시작된 것은 그즈음부터였다. 어머니는 딸이 지나치게 음식을 탐한다고는 생각했지만 시험 스트레스 때문이겠거니, 했다. 하지만 날이 갈수록 먹는 양이 늘었다. 하루에 여섯 끼까지 먹었다. 먹지 못하게 하면 몰래 먹었다. 훔쳐

서라도 먹었다. 폭식은 고등학교에 들어간 후에도 멈추지 않았다. 아무리 먹어도 허기가 졌다. 어머니의 걱정이 귀에 들어오지 않았다. 먹을 때는 정신이 멍해진다. 멍한 상태 속에서 몸이 부풀어 오르는 느낌을 받는다. 술에 취했을 때의 기분과 흡사하다. 그럴 때는 시간이 부드럽게 흘러간다. 너무나 부드럽다. 그 부드러운 흐름 속에서 G는 자신의 몸을 빠져나간다. 스르르 빠져나가 음식을 게걸스럽게 먹고 있는 낯선 존재를 본다. G가 G를 보고 있는 것이 아니다. G는 다른 사람을 보고 있다. 그 사람은 낯설다. 누구인지 알 수가 없다. 음식은 누군지도 모르는 사람이 먹었는데 구토는 G가 한다. 누군가가 먹은 음식이 몸 안에 들어 있다고 생각하면 참을 수가 없다. 몸 안에 배설물이 가득 들어 있는 기분이다. 구토를 하면서 누군지도 모르는 사람을 증오한다. 증오하면서 구토하고, 구토하면서 증오한다. 폭식과 구토와 증오의 순환 속에서도 시간은 멈추지 않았다. 겨울이 오고 또 다른 겨울이 오면서 고등학교 시절이 사라졌다. G가 대학생이 되었을 때는 몸무게가 80킬로그램에 이르렀다. 그동안 살이 쪘다는 소리를 자주 들었다. 그들의 목소리에는 빈정거림과 염려, 경멸과 동정이 뒤섞여 있었다. 그런 말을 들으면 집에 돌아와 방문을 잠그고 거울 앞에 서서 자신의 알몸을 들여다보곤 했다. 얼굴이 부푼 빵처럼 보였다. 목과 얼굴의 경계선이 불분명했고, 젖가슴은 작고 뾰족했다. 배는 불룩해서 임산부 같았고, 엉덩이에서 허벅지로 이어지는 부분은 살이 겹쳐 있었다. 거울을 보면서 늘 이상했던 것은 몸에 대한 낯섦이었다. 거울에 비치는 몸은 자신의 몸이 아닌 것 같았다. 진짜 몸은 몸 안 어디엔가 숨어 있을 것 같은 느낌을 떨칠 수가 없었다. 그런 느낌에 빠지면 자신도 모르게 거울 속의 몸을 뚫어지게 들여다보면서 무언가를 찾았다. G가 찾는 것은 몸의 매듭이었다. 몸의 어딘가에 있는 매듭을 풀면 고정된 몸의 선이 풀어지면서 그 안에 숨어 있는 진짜 몸이 나올 것 같았다. 참으로 터무니없는 생각이었다. 하지만 옷을 벗고 거울 앞에 서면 어느덧 그런 생각 속으로 빠져들어갔다.

대학 3학년 때였다. 서클에 G가 마음에 둔 남자 선배가 있었다. 몸이 호리호리하고 피부가 흰 그는 G에게 친절했다. 웃는 모습이 예쁘다는 말까지 했다. G는 그를 경계했다. 또다시 상처받고 싶지 않았다. G의 내면은 상처투성이였다. 두꺼운 살에 파묻혀 보이지 않을 뿐이었다. 하지만 그의 친절은 매혹적이었다. 갸름한 그의 손이 옷깃을 스칠 때는 몸이 찌릿찌릿했다. 그가 웃을 때는 얼굴에서 광채가 났다. 그를 그리워하기 시작한 것은, G가 학교 식당에서 혼자 밥을 먹고 있는데 그가 식판을 들고 환한 얼굴로 마주 앉았을 때부터였다. 그를 생각하면 살이 아프고 눈물이 나려고 했다. 때때로 그의 몸 안으로 스며들고 싶은 강렬한 욕망에 사로잡혔다. 작고 매끈한 물고기가 되어 그의 몸 안을 유영하는 자신의 모습을 상상하면 황홀했다.

그를 대하는 G의 표정과 행동이 달라지면서 여기저기서 수군거리기 시작했다. 상처는 두꺼운 살로 가릴 수 있었지만, 그리운 감정은 두꺼운 살로 가릴 수 없었다. 남자 선배 앞에서는 더 이상 살찐 곰이 아니었다. 그의 몸 안을 유영하는 매끈한 물고기였고, 희고 부드러운 그의 피부에 감싸인 여린 아이였다. 꿈의 모습이었지만, 꿈이 현실보다 훨씬 깊고 선명했다. 그러던 어느 날이었다. 서클 룸에서 그가 G를 불러내었다. G의 가슴은 새의 날개처럼 파닥거렸다. 캠퍼스는 차갑고 짙은 안개에 싸여 있었다. G는 아이처럼 몸을 떨었다.

나에 대한 오해가 없었으면 좋겠어.

그는 시선을 내리깔며 말했다.

제가 무슨 오해를 했나요?

난 너에게 아무런 감정이 없어.

선밴 저에게 친절했어요.

너에게만 특별히 친절하게 대한 적은 없어. 다만 널 차별하지 않았을 뿐이야.

차별이라뇨?

사람들은 널 차별해.

맞아요. 사람들은 절 차별해요. 하지만 선배는 차별하지 않았어요. 그것이 얼마나 저에게 중요한지 몰라요.

결과적으로 내가 잘못했네.

무슨 뜻이에요?

난 널 공정하게 대하고 싶었을 뿐이야. 내 신념은 사람을 공정하게 대하는 것이야. 그게 널 오해하게 만들었나 봐.

전, 전…… 선배를…… 사, 사랑해요.

G는 얼굴이 빨개지는 것을 느끼며 목으로 넘어가려고 하는 말을 간신히 뱉었다. 지금 뱉지 않으면 기괴한 몸뚱이 속으로 영원히 삼켜질 것 같았다.

넌 남을 사랑할 자격이 없어.

무슨 뜻이에요?

자신을 사랑할 줄 모르는데 어떻게 남을 사랑해?

제가 왜 절 사랑하지 않는다고 생각하세요?

네 몸을 봐. 자신을 사랑한다면 어떻게 그런 모습을 할 수가 있니?

집으로 가면서 G는 격렬한 허기를 느꼈다. 허기가 너무나 격렬해 금방이라도 쓰러질 것 같았다. 집으로 들어서자마자 냉장고로 달려갔다. 먹을 수 있는 것은 모두 끄집어냈다. 식은 밥과 피자 조각, 식빵과 치즈가 나왔다. 그것들을 허겁지겁 먹으면서 중국집에 전화를 걸었다. 차가운 식빵을 씹고 있는데 배달원이 왔다. 돈을 지불하고 문을 잠갔다. 눈앞에 있는 음식들을 입안에 욱여넣었다. 푸른 물속을 헤엄치는 물고기가 얼핏 떠올랐다가 사라졌다. 눈물이 줄줄 흘러내렸다. 눈물이 줄줄 흘러내리는데도 손은 쉴 없이 움직였다. 그릇이 금방 비었다. 비틀거리며 화장실로 갔다. 손가락을 목구멍 안으로 집어넣었다. 배 속에 든 음식물들을 손으로 직접 긁어내고 싶었다. 가능하기만 하다면 그것들을 담고 있는 내장까지 긁어내고 싶었다. 손가락을 미친 듯이 흔들었다. 귓속에서 윙윙하는 소리가 났다. 세 번을 게워내니 더 이상 나오지 않았다. 쓰디쓴 위액만 올라왔다. 그런데도 몸이 쇳덩이처럼 무거웠다. 몸의 끔찍한 무게에 짓눌려 죽을 것 같았다. 화장실에서 엉금엉금 기어 나와 겨우 방으로 들어갔다. 간신히 이불을 펴고 누웠다. 정신이 혼미했다. 가을비 소리가 희미하게 들려왔다. 눈을 감았다. 눈꺼풀 위로 소리 없이 흘러가는 시간의 물결이 느껴졌다. 그 물결을 헤치고 다가오는 것이 있었다. 손이었다. 손은 길고 뾰족했다. 길고 뾰족한 손이 G의 가슴 한가운데를 파고들었다. G의 가슴에 둥근 구멍이 생겼다. 둥근 구멍에서 피가 흘러나왔다. 끊임없이 흘러나왔다. G의 몸이 차가워지고 있었다. 발에서 시작된 차가움은 무릎으로 가슴으로 천천히 올라왔다. 감각이 사라지면서 숨소리가 느려지고 가늘어졌다. 차가움이 가슴을 덮고 있을 때 G의 숨은 마침내 멈추었다. 온기가 사라진 G의 몸은 딱딱한 사물이 되어 있었다. 시간이 더 이상 흐르지 않았다. 세상의 모든 움직임이 멈추었고, 움직임에서 일어나는 모든 소리들이 사라졌다. 세상은 텅 빈 상자 같았다. 그랬다. 세상은 텅 빈 상자였다. G는 텅 빈 상자 안에서 시체가 되어 누워 있었다. 시체가 되

어 누워 있는 자신의 몸이 보였다. G의 눈이 커졌다. 그전과
는 전혀 다른 몸이었다. 비대한 몸이 아니었다. 비참과 절망
을 불러일으키는, 낯설고 기괴한 몸은 사라지고 없었다. 가느
다란 몸이었다. 가느다란 몸의 선은 우아하고 섬세했다. 너무
나 우아하고 섬세해 어린 나무처럼 보였다. 어린 나무처럼 보
이는 몸이 텅 빈 상자 안에 누워 있었다. 얇은 피부는 투명했
다. 낯설지가 않았다. 어디선가 본 듯했다. 아주 오래전에 꾸
었던, 까마득히 잊어버린 꿈의 한 장면을 보는 듯한 느낌이었
다. 두려움에 사로잡혔다. 공포에 가까운 두려움이었다. 몸이
덜덜 떨렸다. 덜덜 떨리는 몸 안에서 차오르는 감정이 있었
다. 희열이었다. 두려움 속에서 희열이 차오르고 있었다. 두
려움은 희열을 밀어내지 않았다. 희열도 두려움도 밀어내지
않았다. 너무나 다른 두 감정이 친근하게, 아주 친근하게 뒤
섞이고 있었다. 두려움인가 하면 희열이었고, 희열인가 하면
두려움이었다. 두려움이 희열로 바뀌고, 희열이 두려움으로
바뀌었다. 두려움과 희열의 소용돌이 속에서 G는 깨닫고 있
었다. 어린 나무처럼 보이는 몸의 실체를. 그것은 바비 인형
이었다.

4

케이크를 내려다보며 생각에 잠겨 있던 그녀가 의자에서 일어난다. 몇 가닥 머리카락이 이마 위로 흘러내린다. 창문이 덜컹인다. 바람 소리는 들리지 않는다. 그녀는 식탁 주위를 서성거리기 시작한다. 얼굴이 모래 빛이다. 금방이라도 모래로 변해 흘러내릴 것 같다. 냉장고 안에 누가 케이크를 넣어두었는지 무척 궁금하다. 궁금증을 풀려면 먹어야 한다. 하지만 그녀의 몸은 물을 제외한 모든 음식을 거부한다. 거부의 반응이 너무 날카롭다. K에게 확인하는 수밖에 없다. 전화로 물어서는 안 된다. 그녀가 화를 낼까 봐 거짓말할 가능성이 다분히 있다. 직접 물어야 한다. 얼굴을 보면 그가 진실을 말하는지, 거짓말을 하는지 알 수 있다. 물론 G를 통해 확인하는 방법도 있다. G가 아니면 K니까. 하지만 G에게는 전화를 하고 싶지 않다. G가 싫다. G의 몸을 보면 소름이 돋는다. 사람처럼 보이지 않는다. 괴물을 보고 있는 듯하다. 거대한 몸 안에 쌓여 있을 음식물의 악취를 생각하면 구역질이 난다. 그럼에도 관계를 끊지 못하는 것은 G가 가엾기 때문이다. 몸속에서 주기적으로 흘러나오는 피와 분비물을 수치스러워하며, 살덩어리에 파묻혀 영원히 계속될 것 같은 죄의식에 시달리는 가여운 여자가 G다. 물론 G는 그런 말을 한 적이 없지만 그녀는 그것을 느낀다. G에게서 얻는 즐거움도 있다. G의 두꺼운 살집이 그녀의 얇은 몸을 한층 빛나게 한다. G의 몸 안에 가득 차 있는 음식물의 악취는 그녀의 정결한 몸을 명징하게 인식시킨다. G는 하나의 거울이다. 서성거리던 그녀가 걸음을 멈춘다. 벽에서 이상한 소리가 들린다. 벽으로 다가가 귀를 기울인다. 신음 소리다. 한 사람이 내는 소리가 아니다. 두 사람이 내고 있다. 하나는 남자 소리이고, 다른 하나는 여자 소리다. 여자 소리는 흐느낌에 가깝다. 그녀의 얼굴이 파리해진다. 얼른 벽에서 떨어진다.

여긴 벽이 너무 얇아. 내 몸이 얇기 때문에 벽은 두꺼워야 해. 얇은 몸을 보호하는 두꺼운 벽이 정말 필요해.

그녀는 잎이 타들어가는 장미를 보면서 중얼거린다.

내가 태어난 곳은 눈의 나라야. 땅과 바다와 강이 눈으로 이루어진. 땅과 바다와 강에 사는 모든 생명체도 새하얀 눈으로 이루어져 있어. 새가 펼치는 눈의 날개가 얼마나 아름다운지…… 눈의 강물은 또 어떻고. 눈의 물결이 만드는 소리가 너무 좋아 별이 뜨면 순록과 함께 강변으로 가곤 했어. 어느날 순록이 사라졌어. 순록의 집은 텅 비어 있었어. 집과 강변 사이를 오가면서 순록을 소리쳐 불렀지만 나타나지 않았어. 순록의 발자국은 찾았어. 순록의 발자국에서 노을 냄새가 났어. 노을 냄새를 따라가면 순록을 찾을 수 있으리라 믿었어. 하지만 아무리 걸어도 순록이 안 보였어. 얼마나 걸었는지 알수는 없었지만, 다리가 그토록 아픈 건 처음이었으니 무척 많이 걸었을 거야. 그만 돌아갈까, 하는 생각을 여러 번 했지만 노을 냄새가 자꾸만 나를 끌어당겼어. 그런데 이상했어. 길이 질척거리기 시작하는 거야. 눈이 녹고 있었던 거지. 눈의 나라는 눈이 녹지 않아. 겁이 덜컥 났어. 그건 눈의 나라를 벗어나고 있다는 표징이었어. 하늘을 보니 별이 희미해지고 있었어. 돌아가야지, 하면서도 길을 잃고 우는 순록을 떠올리면 발길을 돌릴 수가 없었어. 계속 걸었어. 길의 질척임이 갈수록 심해지는데, 노을 냄새는 반대로 점점 옅어지고 있었어. 어디선가 순록의 울음소리가 들리는 것 같았어. 난 걸음을 빨리했어. 몇 번이나 미끄러졌는지 몰라. 희디흰 내 몸이 진흙으로 얼룩져버렸어. 진흙을 아무리 떼어내려 해도 떨어지지가 않았어. 떼어내려고 하면 할수록 몸은 점점 진흙투성이가 되어갔어. 그 어둡고 습한 길이 이 세상과 연결되어 있을 줄은 까마득히 몰랐어. 다시 돌아가려고 했을 때는 이미 늦었어. 돌이킬 수 없는 길임을 알았다면 눈의 나라를 절대 나오지 않았을 거야. 그런데 순록은 어디로 갔을까. 내 몸 안에는 지금도 노을 냄새가 떠돌고 있는데……

그녀의 눈이 흐려진다. 흐려진 눈에 이슬이 맺힌다.

난 돌아가고 싶어, 눈의 나라로. 순록과 함께.

소파에 몸을 눕히면서 그녀가 중얼거린다.

5

어둡고 습한 길이 보인다. 그 길 위에서 누군가가 울고 있다. 순록의 울음소리 같기도 하고, 아이의 울음소리 같기도 하다. 진흙투성이가 된 순록이, 혹은 아이가 별빛 사라진 길 위에서 애처롭게 울고 있다. 이상하다. 누가 몸을 흔드는 것 같다. 울음소리는 허공을 떠돌 뿐인데, 몸이 자꾸 흔들린다. 지금 내가 우는 걸까. 그런 것 같기도 하고 아닌 것 같기도 하다. 눈을 뜨려고 애를 쓴다. 잘 떠지지 않는다. 축축한 동굴이 보인다. 천장에는 인형의 팔들이 종유석처럼 걸려 있다. 팔들은 나뭇가지처럼 가늘다. 나뭇가지처럼 가는 팔들을 누군가가 부러뜨린다. 부러지는 소리가 어렴풋이 들린다. 간신히 눈을 뜬다. 동굴이 사라지고 인형의 팔들이 사라진다. 어둡다. 어둠 속에서 뭔가가 움직인다. 눈을 깜박인다. 어둠이 조금씩 걷힌다. 그녀의 눈이 갑자기 커진다. 무척 놀란 표정이다. G가 거대한 몸을 웅크리고 그녀를 내려다보고 있다. 몸의 윤곽이 기이할 만큼 단순하다.

네가 여기 왜 있어?

그녀는 간신히 일어나 앉으며 묻는다.

궁금해서.

G가 살짝 웃으며 말한다.

뭐가?

여행을 갔었잖아. 너와 멀리 떨어져 있으면 불안해. 아이의 손을 놓친 엄마 같아.

난 네 아이가 아냐.

그녀는 벌떡 일어서면서 외친다.

네가 없으면 내가 텅 빈 것 같아.

듣기 싫으니 그만해.

그녀의 톡 쏘는 목소리에 G가 시무룩해진다.

내가 잠든 사이에 누가 오지 않았어?

누가 오기로 했어?

응.

누군데?

K.

아, 그 요리사 남자.

G는 어깨로 귀를 문지르며 목소리를 높인다.

몇 시에 와?

몰라.

왜 몰라?

중요한 레시피를 시험하고 있대. 끝나는 대로 오겠다고 했어.

난 그 남자 얼굴도 못 봤는데, 잘됐네.

안 가?

그 남자, 보고 갈게.

바쁘지 않아?

괜찮아.

난 괜찮지 않아.

무슨 뜻이야?

저건 2인용 식탁이야.

그녀가 식탁을 눈으로 가리킨다.

K가 오면 앉을 자리가 없어.

지금 날 쫓아내려는 거야?

사정이 그렇잖아.

오늘이 K의 생일이니?

난 K의 생일이 언제인지 몰라.

그럼 저 케이크는 뭐야?

여행에서 돌아와보니 있었어.

네가 만들지 않았어?

난 저런 것 안 만들어.

그럼 K가?

그게 궁금해서 K를 불렀어.

전화로 물어보면 되잖아.

얼굴을 보지 않으면 거짓말을 해도 몰라.

넌 K가 만들었다고 생각해?

그럼 누가 만들었겠어.

내가 만들었을 수도 있잖아.

네가 저걸 만들 수 있어?

그녀의 목소리가 차갑다.

너만큼은 만들 수 있어.

난 케이크를 만들지 못해.

난 케이크를 만들지 못해.

G가 그녀의 목소리를 똑같이 흉내 낸다.

제발 내 목소리를 흉내 내지 마.

왜?

난 네가 아냐.

넌 내가 되고 싶은 적은 없어?

내가 미쳤니? 그런 생각을 하게.

난 말이야……

G가 그녀의 눈을 들여다본다.

간혹 너이고 싶을 때가 있어. 너의 눈으로 보고, 너의 코로 냄새 맡고, 너의 손으로 음식을 먹고, 너의 다리로 사람 사이를 걷고 싶어.

꿈도 꾸지 마.

그녀가 쏘아붙인다.

넌 내 꿈속으로 자주 들어와.

내가 들어가는 거야? 네가 그렇게 꾸는 거지.

난 그렇게 생각 안 해.

어떻게 생각하는데?

네가 들어오지 않으면 난 그런 꿈을 못 꿔.

기가 막혀.

꿈은 내가 꾸고 싶다고 꾸어지는 게 아냐. 누군가가 들어와야 돼. 넌 자주 내 꿈속으로 들어와.

내가 무엇 때문에 네 꿈속으로 들어가?

비밀을 말해줄까?

말해봐.

꿈에서는 난 네가 돼.

무슨 말이야?

말 그대로야. 꿈에서는 난 너야. 너는 나이고. 그러니까 네가 내 꿈속으로 들어오는 건 내가 되고 싶기 때문이야.

말도 안 돼.

말이 되는 세계가 있으면 말이 안 되는 세계도 있어.

그런 터무니없는 생각은 하고 싶지 않아.

두려운 거지?

G가 실눈으로 그녀를 본다.

내가?

응.

내가 뭘 두려워하는데?

네가 내 꿈속에 있다는 게.

난 두렵지 않아. 여긴 네 꿈속이 아니니까.

어떻게 확신해?

저걸 봐.

그녀는 방긋 웃으며 식탁에 놓인 케이크를 가리킨다.

저건 K가 만들었어. 네 꿈속이라면 어떻게 K의 케이크가 있겠어? 넌 K의 얼굴도 모르잖아.

저게 K가 만든 것인지 어떻게 알아?

K가 오면 확인할 수 있어.

밤이 이렇게 깊었는데 올까?

G가 시계를 보며 말한다.

그는 약속을 어기는 남자가 아냐.

그럼 내가 여기 있어야겠네.

할 수 없지 뭐.

그녀가 힘없이 말한다.

이렇게 계속 서서 기다려야 해?

아, 그렇구나.

그들은 식탁에 마주 보고 앉는다. 침묵이 흐른다. 어색한 침묵이다. 위에서 쿵쿵, 하는 소리가 난다. 망치로 못을 박는 것 같다. 그녀가 흠칫 놀란다. 망치 소리가 점점 커진다. 그녀는 두 손으로 귀를 막는다. 하지만 G는 꿈쩍도 하지 않는다. 미동조차 없다. 울고 있는 아이가 보인다. 아이 옆에는 팔이 뜯긴 인형이 뒹굴고 있다. 망치 소리가 잦아든다. 아이의 손은 텅 비어 있다. 텅 빈손 위로 햇살 조각이 박힌다. 손바닥이 붉어진다. 붉어지는 손바닥에 순록의 그림자가 어린다. 망치 소리가 멈춘다.

노을 냄새를 맡은 적이 있어?

그녀가 불쑥 묻는다.

뭔 냄새?

노을 냄새.

노을 냄새가 어디 있어?

G가 의아한 표정으로 되묻는다.

내 몸 안에 있어.

네 몸 안에?

그래, 내 몸 안에.

몸 안에 노을이 있어?

있어. 아주 특별한 노을이.

노을이 눈에 보여?

보여.

아름다워?

말로는 표현이 안 돼.

G는 뭐라고 말할 듯하다가 입을 다문다. 골똘히 생각하는
표정이다. 고양이 울음소리가 희미하게 들린다. 한밤중에 그
녀의 잠을 깨우곤 하는 그 고양이다. 잠에서 어렴풋이 깨어나
면 어둠 속에서 고양이 울음소리가 발광체처럼 떠돈다. 그녀
가 두려움에 사로잡히는 것은 발광체 같은 울음소리 때문이
아니다. 잠에서 어렴풋이 깨어난 이가 누구인지 알 수 없기
때문이다. 자신이 누구인지 모른다는 것은 어떤 존재도 가능

하다는 뜻이 된다. 그녀는 G일 수도 있고 K일 수도 있다. 강변의 모래톱에서 트럼펫을 부는 여인일 수도 있고, 한 마리 짐승일 수도 있다. 그녀가 방 안에 거울을 두지 않는 것은 거울에 어떤 모습이 나타날지 알 수 없기 때문이다.

넌 이 사실을 알아?

G가 조심스럽게 묻는다.

말해봐.

그녀는 호기심 어린 표정으로 G를 본다.

사람의 몸에는 저마다 다른 특유의 냄새가 있어. 그런데 네 몸에서는 어떤 냄새도 안 나.

그녀가 방그레 웃는다.

넌 노을 냄새도 못 맡잖아.

노을 냄새를 맡는 사람이 있어?

있어. 네가 모를 뿐이야.

노을 냄새는 몰라도 네가 왜 음식을 거부하는지는 알아.

뭘 안다는 거야?

그녀가 눈을 가늘게 뜨며 G를 본다.

넌 바비 인형이 되고 싶은 거야.

내가 바비 인형이 되고 싶어 한다구?

그녀의 목소리가 날카롭게 튄다.

바비 인형은 네가 꿈꾸는 거잖아.

너도 꿈꾸고 있어.

G의 표정이 단호하다.

똑같은 꿈을 꾸는데 우리의 모습이 왜 이렇게 다르지?

그녀는 G의 몸을 경멸스럽게 훑으며 말한다.

나는 꿈을 삼켰어. 아주 깊숙이. 누구도 볼 수 없게. 아무도 모르도록. 내 자신조차도 알 수 없게. 내 살은 꿈을 숨기는 천이야. 천이 두꺼울수록 꿈은 깊이 들어가. 그런데 넌 꿈에 삼켜졌어. 꿈이 널 삼킨 거야. 우리의 모습이 다른 이유를 이제 알겠어?

그녀를 바라보는 G의 눈이 흐려져 있다.

난…… 바비 인형을…… 꿈꾸지 않아.

더듬더듬 말하는 그녀의 얼굴은 몹시 창백하다.

넌…… 몰라. 내가…… 무얼…… 꿈꾸는지.

움푹 꺼진 그녀의 눈이 감긴다.

난 비린내에 싸인 내 몸이 싫어. 피와 분비물에 질척이는 내 몸이 끔찍하게 싫어. 내 몸은 원래 이렇지 않았어. 눈처럼 정결했어. 그 정결한 몸이 더럽혀졌어. 더러움은 씻어내야 해. 씻기지 않으면 뜯어내야 해. 뜯기지 않으면 깎아내야 해.

그녀의 목소리가 몹시 떨린다.

혹시 너……

G의 표정이 조심스럽다. 그녀가 주위를 두리번거린다.

이게 무슨 소리지? 아, 전화가 왔구나.

그녀는 다급히 일어나 전화기 있는 곳으로 간다. 아무 소리도 듣지 못한 G는 의아한 눈으로 그녀를 살핀다.

여보세요…… 네…… 네…… 알았어요.

목소리가 너무 작아 G의 귀에 간신히 들린다. 그녀가 수화
기를 내려놓는다.

K는 오지 않아.

그녀가 식탁에 앉으며 말한다.

레시피 시험이 언제 끝날지 모르니까 기다리지 말래. 내일
은 꼭 온다면서.

그 요리사 남자, 정말 있어?

무슨 뜻이야?

조금 이상해서.

뭐가 이상해?

아냐, 됐어. 아무튼 요리사 남자가 안 온다고 하니 케이크
만든 사람을 밝히긴 틀렸군.

G의 중얼거림에 그녀는 당황한다.

내일은 꼭 온다고 했어.

지금 우리가 꿈속에 있다면……

G가 그녀를 빤히 본다.

내일이 오기도 전에 케이크는 사라져.

그녀는 축축한 눈을 내리뜬 채 가만히 있다. 침묵이 그녀의
몸을 에워싼다. 고양이 울음소리가 다시 들린다. 어둠 속을
발광체처럼 떠도는 울음소리가 눈에 보이는 듯하다. 시선을

든 그녀가 G를 응시한다.

이 케이크는 K가 만든 거야.

그녀는 또박또박 말한다. G가 고개를 젓는다.

K를 보지 않고서는 믿을 수 없어.

난 K의 케이크 맛을 알아. 내가 먹어보겠어.

네가?

G의 눈이 휘둥그레진다.

정말 먹을 거야?

K의 케이크라는 걸 밝히려면 먹어야 해.

넌 지금 물밖에 못 먹잖아.

저걸 먹는다고 생각하면 끔찍해. 하지만 여기가 네 꿈속이 아니라는 걸 밝혀야 해.

지금 먹을 거야?

그래, 지금 먹겠어.

그녀는 손끝으로 하얀 생크림을 살짝 묻혀 조심스럽게 입으로 가져간다. K를 생각하면 가슴이 아프다. 그는 자신이 염원하는 완전한 음식을 지상에서 찾는다. 하지만 지상에는 완전한 음식이 존재하지 않는다. 완전한 음식은 지상의 시간 밖에 있다. 양치식물의 숲 속에서 수천 년 동안 묻혀 있었던 새의 날개를 지상에서 구한다는 것은 불가능하다. 노을에 잠긴 구름의 황금빛 살을 만드는 재료가 지상에는 없다. 사원의 폐허를 감싸는 풀과 안개, 봄의 살진 흙에서 음식의 감미로운 향기를 맡으려면 지상의 시간을 벗어나야 한다. 그와 함께 눈의 나라로 갈 수 있다면…… 그럴 수만 있다면 별빛이 환한 강변에서 그가 그토록 찾았던 완전한 음식을 함께 먹을 텐데.

맛이 어때?

G의 얼굴에는 호기심이 가득하다.

모르겠어.

초콜릿이 섞인 데를 먹어봐.

그래야겠어.

두 사람의 목소리가 거의 속삭이는 듯하다. 약간 벌어진 그녀의 입안으로 초콜릿이 섞인 케이크가 들어간다.

맛이 느껴져?

아직.

좀더 많이 먹어봐.

G가 케이크를 손으로 움푹 떼어 그녀에게 내민다.

너무 많아.

그녀는 겁먹은 표정으로 G를 본다.

알았어. 이건 내가 먹을게.

G가 손에 든 케이크 덩어리를 입안에 넣는다. 이상하다. 케이크 덩어리는 G가 먹는데 그녀의 몸이 부풀어 오르는 것 같다. 주위에 안개가 낀 듯한 느낌이 들면서 정신이 몽롱해진다. 어디론가 미끄러져 들어가는 느낌이다. 미끄러지는 느낌이 미묘하다. 자신에게서 멀어지는 것 같기도 하고, 가까워지

는 것 같기도 하다. 누군가를 스쳐 지나간 것 같다. 뒤를 돌아본다. 그림자가 보인다. 얇고 투명하다. 얇고 투명한 그림자가 물처럼 일렁인다. 그림자의 눈에는 그녀가 어떻게 보이는지 알고 싶다. 그림자는 금방 사라진다. 흔적조차 없다. 주위가 고요하다. 텅 빈집처럼 고요하다. 두렵다. 그림자처럼 사라질 것만 같다. 내 몸이 너무 가늘어 항아리처럼 땅에 안전히 붙어 있지를 못해. 간혹 기분이 이상해 아래를 내려다보면 두 발이 허공에 떠 있어. 나에게는 몸을 지탱할 최소한의 무게가 필요해. K를 만난 건 행운이야. K의 음식은 내 미각을 자극하지는 못하지만 심장을 강하게 해. 내 심장이 피를 발끝까지 보낼 수 있는 건 K의 음식 때문이야. K를 만나지 않았다면 난 지금 시체가 되어 누워 있을 거야. 뭔가가 어른거린다. 아주 흐리다. 그림자는 아니다. 흐린 물체가 조금씩 또렷해진다. 사람의 얼굴이다. 윤곽이 불분명한 얼굴이 어슴푸레한 빛에 싸여 있다. 반쯤 벌어진 입과 헝클어진 머리가 보인다. 가물거리는 눈과 부푼 입술도 보인다. 축 늘어진 눈꺼풀, 갈색의 귀, 딱딱한 덩어리 같은 코, 두꺼운 목의 어두운 주름, 기묘하게 오그라든 어깨, 둥그스름한 팔, 뒤로 젖혀진 팔꿈치, 구부러진 손등, 무엇을 어루만지는 듯한 손가락. G다. G의 입술과 손 주위는 생크림과 초콜릿 범벅이다. 생크림은 눈썹과 머리에도 묻어 있다. 얼핏 보면 흰 물감 같다. 구겨진 물방울무늬 원피스도 생크림과 초콜릿으로 얼룩져 있다. 앞

으로 튀어나온 오른쪽 어깨에는 체리 즙이 묻어 있다. 이마에
는 땀이 배어 있고, 눈 가장자리는 불그스레하다. 뺨도 붉은
색이다. 현기증이 인다. 명확한 육체가 불러일으키는 현기증
이다. 현기증 속에는 안도감 같은 것이 있다. 명확한 육체에
대한 안도감 같은 것.

　이것 먹어봐. 아주 맛있어.

　G가 케이크 조각을 내민다. 조그맣게 오므린 G의 눈이 웃
고 있다. 그림자처럼 사라지지 않으려면 먹어야 해. 케이크를
살짝 베어 문다. 긴장된 그녀의 얼굴이 환해진다. 이건 K가
만든 케이크야. K가 만들지 않았다면 내 몸속으로 이토록 부
드럽게 스며들 리 없어. 내 몸이 K의 음식을 받아들이는 건
음식 안에 영혼이 있기 때문이야. 이 세상에서 자신의 영혼을
음식에 바치는 사람이 K 말고 또 있을까? 그가 나를 위해 만
든 음식은 세상의 다른 음식들처럼 배설물로 사라지지 않아.
내 피부에 한 송이 꽃으로 새겨져. 내 얇은 피부에는 수많은
꽃들이 피어 있어. 지상에서는 볼 수 없는 꽃들이야. 때때로
꽃들이 눈에 환히 보여. 흙이 되어 누워 있는 내 몸에 깊숙이
뿌리내린 꽃들이 말이야. 내 몸이 눈부시게 아름다운 정원임
을 누가 알까? 그녀의 입가에 미소가 피어오른다.

　맛있지?

　G의 물음에 그녀는 고개를 끄덕인다.

　이것도 먹어봐. 입안에서 사르르 녹아.

목소리가 들떠 있다.

어때?

모과 향기가 나는 것 같아.

그래? 난 몰랐는데, 다시 먹어봐야겠어. 음, 쫀득하고 촉촉해. 체리는 안 먹어?

이제 먹을 거야.

달콤해?

너무 달콤해. 냄새가 이루 말할 수 없어.

이건 쌉싸래해.

이것 말이야?

그래 그것.

색깔이 예뻐. 팬지 꽃 같아.

먹어봐. 씹히는 맛이 아주 좋아.

음, 달착지근해.

어떤 게?

요것. 입에 달라붙어.

누가 묻고 누가 답하는지 알 수가 없다. 그녀와 G가 뒤섞여 있는 것 같다. 아니, 그녀가 G가 된 것 같다. 그럼에도 낯설지가 않다. 모든 것이 친근하게 느껴진다. 아늑하고 자유롭다. 결핍과 허기와 두려움이 어디론가 사라졌다. 시간의 물결이 연한 크림처럼 몸 안으로 흘러들어온다. 몸이 시간의 물결에 녹아 어디론가 사라진다 해도 조금도 놀라지 않을 것 같다.

강의 저쪽

*

집이 아주 오래되었구면. 그는 지붕이 낮은 한옥으로 들어서면서 중얼거렸다. 나무 냄새가 편안했다. 신발을 벗고 마루로 올라섰다. 낮인데도 실내가 어두웠다.

"혼자세요?"

종업원이 다가와 물었다.

"한 사람이 더 올 거요."

쉰 듯한 자신의 목소리가 낯설었다. 종업원이 안내하는 방으로 들어갔다. 장롱과 병풍이 보였다. 장롱 위에는 눈처럼 흰 고무신 한 켤레가 비스듬히 놓여 있었다. 장식용인 듯했다. 천장의 서까래는 거무스레했다.

"아, 잠깐."

그는 돌아서는 종업원을 불렀다.

"소주 한 병 먼저 가져와요. 안줏거리는 뭐가 있소?"

"재첩 부침이 좋아요."

그는 고개를 끄덕이고는 상의를 벗어 옷걸이에 걸었다. 나무 창틀에 낀 간유리가 하얗게 얼어 있었다. 방바닥이 따뜻했다. 몸이 녹으면서 졸음이 왔다. 어젯밤에도 잠을 설쳤다. 오랫동안 몸을 뒤척이다 눈이 부슬부슬 내리기 시작하는 새벽녘에 겨우 잠이 들었다. 일어나 보니 마당이 하얗게 변해 있었다. 창가에 서서 눈 덮인 마당을 내려다보는데, 눈물이 핑돌았다.

지난달, 아내가 전화로 정희의 유산 소식을 알렸을 때, 그는 지방(紙榜)을 쓰고 있었다. 처음에는 아내인 줄 몰랐다. 목소리가 전혀 달랐다. 게다가 뭐라고 하는지 알아들을 수가 없었다. 전화를 잘못 건 모양이라고 생각했다. 정희라는 말이 들렸을 때는 딸의 이름이 왜 이 여자의 입에서 튀어나오는지, 의아했다. 그 여자가 아내라는 것을 안 것은 정희가 유산했다는 말을 듣고 나서였다. 저녁 어스름에 싸인 창은 푸르스름했다. 정희의 얼굴이 푸르스름한 창에서 어른거렸다.

아내가 정희를 낳은 것은 결혼한 지 7년 만이었다. 그동안 유산을 두 번이나 겪었다. 태아가 자궁에 착상되지 않기 때문이라고 했다. 의사에 따르면 아내는 자궁근무력증이라는 병명을 가진 환자였다. 정희를 뱄을 때는 화장실 갈 때와 밥 먹을 때를 제외하고 거의 누워 있다시피 했다. 아내가 정희의 유산에 얼마나 큰 충격을 받았는지 짐작이 갔다.

어머니 제사는 아내 없이 치렀다. 아내가 보낸 아주머니가 제수 준비를 비교적 깔끔히 하고 돌아갔다. 홀로 향을 피웠고, 홀로 술을 올렸다. 홀로 무릎 꿇었고, 홀로 절을 했다. 홀로 소지를 했고, 홀로 상을 치웠다. 외롭기도 했고, 무섭기도 했다. 사람들이 사는 세계가 아득히 먼 곳에 있는 것 같았다. 밤과 찐 생선을 안주로 술을 마셨다. 술은 쓰고도 달았다. 쓰고 단 술은 그를 어디론가 끌고 갔다. 길은 구불구불했고, 안개가 자욱했다. 간혹 희게 빛나는 강이 나타났는데, 금방 사라졌다. 어머니를 본 것은 동백나무 숲을 지나고 있을 때였다. 어머니는 희게 빛나는 강의 저쪽에 서 있었다. 어머니의 품 안에는 그가 한 번도 본 적이 없는 작은 아이가 안겨 있었다.

10주가 지난 아이가 배 속에서 죽어 있었다니, 아무리 생각해도 믿어지지 않았다. 더욱 참혹한 것은 정희가 아이의 죽음을 모르고 있었다는 사실이었다. 아이가 죽었는데도 징후가 전혀 없었다. 출혈도 없었고, 입덧도 변함이 없었다. 정기 검진 하러 갔더니 의사가 아이의 심장이 뛰지 않는다고 했다.

인기척에 눈을 떴다. 종업원이 재첩 부침과 함께 반찬들을 상에 놓았다. 시계를 보았다. 12시가 약간 넘어 있었다. 약속 시간은 1시였다. 약속 시간보다 한 시간이나 빨리 온 것은 맨 정신으로 정희와 함께 있을 자신이 없었기 때문이었다. 아이

잃은 딸에게 무슨 말을 해야 할지 아득하기만 했다. 어쩌다가 정희의 전화를 받으면 긴장부터 되었다. 의례적인 대화가 끝나면 할 말이 없었다. 수화기를 얼른 아내에게 넘겼다. 문제는 아내가 집에 없을 때였다. 할 말을 찾지 못해 쩔쩔맸다. 쩔쩔매는 자신의 모습이 처연했다. 그전에는 그렇지 않았다. 예기치 않았던 불행이 닥치면서 나타난 현상이었다.

*

정희가 온 것은 1시가 조금 넘어서였다. 진회색 바지 위에 입은 검은 스웨터가 눈에 걸렸다. 검은색이 환기하는 죽음의 냄새가 싫었다. 정희는 눈을 동그랗게 뜨며 식탁에 놓인 소주병과 붉어진 그의 얼굴을 번갈아 보았다.

"아침에 친구를 만났는데, 헤어지고 나니 시간이 어정쩡하더라. 달리 시간 보낼 데가 없고 해서 여기 와서 술 한잔했다."

그는 어색하게 웃으며 말했다.

"아버지도 술을 좀 줄이세요. 연세를 생각하셔야죠."

"걱정 마라. 나 아직도 건강하다."

"건강하실 때 조심해야 해요."

"조심하마. 넌 괜찮니?"

그는 정희의 얼굴을 찬찬히 들여다보며 물었다.

"많이 나아졌어요."

"얼굴이 해쓱해 보여."

"좋을 순 없죠."

그는 고개를 끄덕였다.

"너무 상심하지 마라. 인명이라는 것은……"

목이 콱 막히면서 말이 나오지 않았다. 정희가 눈물을 흘리며 수술을 하지 않겠다고 했을 때 하얗게 질린 아내는 버럭 소리를 질렀다. 죽은 아이를 끄집어내지 않으면 산모도 죽는다. 소리를 지르던 아내가 정희를 껴안고 눈물을 쏟자 그는 슬그머니 병실을 나왔다. 정희가 가장 못 견뎌 한 것은 아이의 죽음을 몰랐다는 사실이었다. 그런 자신이 용서가 되지 않는다고 울면서 말했다.

"아파할 것은 아파해야죠. 피한다고 없어지는 건 아니잖아요."

그는 다시 고개를 끄덕였다.

"아버지가 밥을 사준다고 하실 때 기분이 좋았어요."

"기분이 좋았다니 다행이다."

"그런데 왜 이 집이에요? 찾느라고 애를 먹었어요."

"이 집 재첩국이 맛있다고 하더라. 서울에서 맛있는 재첩국 먹기가 쉽지 않다."

"재첩국보다 맛있는 음식, 많아요."

"재첩국이 몸에 얼마나 좋은지 아느냐?"

"아버지."

"왜?"

"여기서 나가면 안 돼요? 방이 컴컴해서 싫어요. 게다가
전 재첩국을 좋아하지 않아요."

정희의 표정이 어두웠다.

"술 한잔 따라다오."

그는 술잔을 정희 앞으로 내밀었다. 잠시 머뭇거리던 정희
가 소주병을 들었다.

"네가 유산했다는 것을 알았을 때 어떤 아이가 떠오르더라."

"누군데요?"

"내 여동생."

"아버지에게 여동생이 있었어요?"

"열 살 때 죽었다. 이름이 정희였지."

"제 이름과 같네요."

"응."

"고모 이름을 저에게 주신 거예요?"

"그렇게 하고 싶었다."

"처음 듣는 얘기네요."

"그럴 게다. 말을 하지 않았으니."

"엄마한테도 안 하셨어요?"

"응."

"왜 숨겼어요?"

"숨겼다기보다……"

그의 얼굴이 흐려졌다.

"대답하시기 곤란하세요?"

"그런 건 아니지만……"

"곤란하시면 안 하셔도 돼요."

조심스러운 목소리였다.

"고모는 왜 돌아가셨어요?"

"궁금해?"

"궁금해요."

"이야기가 긴데도 들을 테야?"

"네."

"음, 그래."

그는 소주를 죽 들이켰다.

"내가 어릴 적에 부산에서 살았던 건 알지?"

"알아요."

"나에겐 아버지에 대한 기억이 없어. 내가 네 살 때 돌아가
셨으니. 우리 가족 생계는 어머니의 손재봉틀에 의지하고 있
었다. 지금도 눈에 선해. 호롱불 아래서 재봉틀 돌리는 어머
니의 모습이. 한밤중에 들리는 재봉틀 소리는 참 듣기 좋았
다. 잠결 속으로 흘러들어올 때는 내 몸을 토닥토닥 두드려
주는 것 같았어."

그의 입가에 미소가 번졌다.

"우리가 살았던 동네는 구덕산 자락에 있었다."

"처음 듣는 산이네요."

"백두대간의 마지막이 부산의 금정산이다. 구덕산은 금정산 줄기 끝자락에 있어. 등성이를 조금 올라가면 구덕고개가 있는데, 옛날에는 부산에서 구포, 양산, 밀양으로 가는 지름길이었다. 그래서 임진왜란과 청일전쟁 때는 왜군들의 북상통로가 되기도 했지. 부산장과 구포장이 서는 날이면 구덕고개가 장꾼들로 붐볐어. 지금은 많이 변했지. 물고기를 잡던 계곡이 터널로 변해 있고……"

그는 말끝을 흐리며 술잔을 만지작거렸다.

"그때 난 새벽이면 누굴 기다렸다."

"누굴요?"

"재첩국 파는 아주머니."

그는 빙긋 웃으며 말했다.

"그땐 새벽이면 재첩 장수 아주머니들이, 재칫국 사이소, 재칫국, 하고 소리치면서 동네를 돌아다녔단다. 지금은 섬진강이 재첩 산지로 알려져 있지만 그때만 해도 낙동강이 가장 큰 재첩 산지였다. 낙동강변의 아주머니들이 재첩을 푹 고아 만든 국을 머리에 이고 구덕고개나 대티고개를 넘어 부산 거리를 누비고 다녔어."

"지금은 전혀 안 나와요?"

"70년대 초 낙동강 주변에 공단이 들어서면서 멸종되었지. 재첩은 물이 조금만 오염되어도 못 살아."

"겨울에도 재첩을 잡나요?"

"그땐 오뉴월에 시작해서 추석 전후 때까지만 잡은 걸로 기억하는데, 요즘은 계절이 없다더구나. 강만 얼지 않으면 겨울에도 잡는 모양이야. 여름철에 잡은 걸 냉동했다가 겨울에 쓰기도 한다더군."

"왜 재첩국 파는 아주머니를 기다렸어요?"

"정희 몸이 아주 약했다. 낮에도 거의 누워 있기만 했어. 학교도 못 갔다. 얼굴이 참외처럼 노랬지. 팔은 나뭇가지처럼 가늘었고. 태어날 때부터 문제가 있었나 봐. 몇 번 죽다가 살아났대. 어느 날 어머니가 먼 친척 할머니로부터 정희 병에 재첩국이 좋다는 말을 들은 이후, 우리 집에 단골 재첩 장수 아주머니가 생겼어. 검은색 바탕에 꽃무늬가 그려진 몸뻬를 입고 흰색 남자 고무신을 신은 아주머니였는데, 그이가 머리에서 내려놓은 양은 통에는 재첩국이 가득 들어 있었지. 그 파르스름한 조갯국을 보면 가슴이 설렜어. 정희의 병을 낫게 하는 약이었으니까."

바깥이 시끄러웠다. 손님들이 들이닥친 모양이었다.

"어머닌 재첩국을 딱 한 그릇만 샀어. 가난 때문이었지. 어머니의 일감은 들쑥날쑥했어. 아침상에 재첩국이 보이지 않으면 '아, 어머니의 일감이 떨어졌구나' 하고 생각했다. 일감이 떨어지면 어머닌 구덕고개를 넘어가셨어. 낙동강 하구에서 푸성귀를 가져와 동네 시장에서 팔았지. 그런 날이면 정희의 얼굴이 한층 노랗게 보였다. 정희에게 노란색은 죽음의 색깔이었어. 아무도 가르쳐주지 않았지만 난 그 사실을 깨닫고 있었지. 파르스름한 조갯국이 신비로워 보였던 건 노란색을 물리치는 힘을 갖고 있기 때문이었어. 새벽마다 재첩국 파는 아주머니를 기다릴 수밖에 없었지. 정희가 죽으면 안 되니까. 정흰 강물 냄새가 난다면서 재첩국을 무척 좋아했어. 나에게 먹어보라고 어머니 몰래 주곤 했어."

"맛이 어땠나요?"

"나에게 그건 맛으로 다가온 게 아니었어. 정희의 생명과 연결된 어떤 비밀스러움이 담긴 것이었으니까. 시간이 흐르면서 추억까지 스며들었으니……"

나무 창틀이 덜컹거렸다. 바람 소리가 세찼다.

"언젠가부터 어머니의 일감이 표 나게 줄기 시작했어. 아침상에 재첩국이 없는 날이 자꾸만 늘어갔지. 서울에서 이사 온 아주머니가 원인이었어. 동네 사람들한테 들었는데, 얼굴이 하얀 그 아주머닌 바느질 솜씨가 뛰어날 뿐 아니라 양복 만드는 기술까지 갖고 있다고 했어. 어머니의 일감들이 그 아주머니에게로 옮겨간 거지."

"할머니가 많이 상심하셨겠네요."

"어쩌다가 한밤중에 눈을 뜨면 재봉틀 앞에서 멍하니 앉아 있는 어머니의 모습이 보이곤 했어. 지금도 떠올라. 흐릿하고 가냘픈 광선이 만드는 어머니의 컴컴한 그림자가. 어머니가 호롱불을 켜놓으셨는지, 아니면 방 안으로 달빛이 스며들었는지 확실치가 않아. 어슴푸레한 빛 속에서 어머니의 몸이 겨우 보였어. 누군가가 빛의 끝자락을 겨우 붙잡고 있는 것 같았어. 바람이 조금만 불어도 어머니의 몸이 스르르 사라질 듯했으니까. 오랫동안 꼼짝도 않고 앉아 계시는 모습이 무척 낯설었어. 어머니가 아닌 것 같았어. 재봉틀을 돌리면 좋으련만, 옷고름이라도 여미거나 머리라도 매만졌으면 좋으련만 움직임이라고는 전혀 없었어. 눈앞에 있는 사람은 어머니이면서 어머니가 아니었어. 그 낯섦은 불안과 두려움을 불러일으켰어. 낯선 존재는 나를 몰라볼 테니까. 어머니가 나를 몰라본다면 나를 알아볼 수 있는 사람은 아무도 없을 테니까."

그의 목소리에는 짙은 감회가 서려 있었다.

"정희가 재첩국 먹는 날이 점점 줄자 난 애가 탔어. 정희가 죽어 어디론가 사라진다고 생각하면 무서웠어. 나는 무서운데 정희는 무서워하는 것 같지 않았어. 정희 자신이 죽으리라는 사실을 알고 있었어. 무섭지 않느냐는 나의 말에 배시시 웃기만 해. 그 웃음을 어떻게 표현해야 할지 모르겠네. 정희 이상한 아이였어. 정희를 가만히 보고 있으면 아이처럼 느껴지지 않았어. 내 눈에는 보이지 않는 주름살이 몸 안 어딘가에 가득 들어 있는 것 같았거든. 참, 너 배고프지 않아?"

"아니에요. 저도 소주 한잔 주세요. 마시고 싶어요."

"응, 그래. 안주는?"

"이거면 충분해요."

그는 종업원을 불러 술잔과 소주 한 병을 더 달라고 했다.

"정희 고모와는 어떻게 시간을 보냈어요?"

소주를 한 모금 마신 정희가 물었다.

"정흰 말이 없었어. 내가 학교에서 일어난 일을 얘기하면 가만히 듣고만 있었어. 간간이 미소를 지으면서. 간혹 말을 하기도 했는데, 대부분 꿈 이야기였어. 강물이 몸 안으로 흘러들어오는 이야기라든가, 자신이 고래가 되어 깊은 바다 속을 돌아다니는 이야기라든가, 표범의 등을 타고 사막을 질주하는 이야기라든가……"

그는 눈을 감았다가 잠시 후에 떴다.

"어느 날 학교에서 돌아와보니 정희가 신음하고 있었어. 얼굴은 땀으로 흥건했고, 몸은 불덩이처럼 뜨거웠어. 난 시장으로 달려갔어. 하지만 어머닌 보이지 않았어. 아는 아주머니에게, 정희가 많이 아프다는 사실을 어머니에게 알려달라 부탁하고 시장을 나왔어. 그때 난 집으로 안 갔단다."

"어디로 가셨는데요?"

"구덕고개."

"왜요?"

"낙동강에 가려고."

"낙동강엔 왜요?"

"정희가 아픈 건 재첩국을 먹지 못했기 때문이라고 생각했다."

"재첩을 구하러 가셨군요."

"재첩 파는 아주머니에게 들은 적이 있었어. 강바닥 모래를 파헤치면 재첩이 나온다고."

"멀지는 않았어요?"

"강이 얼마나 먼 곳에 있는지는 문제가 되지 않았어. 정희에게 재첩국을 먹여야 한다는 생각밖에 없었으니까. 구덕고 개만 넘으면 강에 금방 갈 줄 알았는데, 그게 아니더라. 강은 너무나 멀리 있었어. 늦여름이었지. 폭염이 한풀 꺾이긴 했지만 햇살은 여전히 뜨거웠어."

가도 가도 논이고 밭이었다. 지붕 낮은 집들이 군데군데 눈에 띄었다. 강으로 가는 길은 하나가 아니었다. 곳곳이 길이었다. 하나의 길이 두 개의 길이 되는가 하면, 세 개의 길, 네 개의 길, 다섯 개의 길이 되기도 했다. 길들은 여기저기서 막혔다. 갈대로 엮은 울타리가 나오기도 했고, 논둑길로 이어지기도 했다. 과수원이 나타나는가 하면, 고양이 한 마리가 어슬렁거리는 폐가와도 마주쳤다. 길을 잃은 소년은 식은땀을 흘렸다. 강은 보이지 않고, 길은 영원히 계속될 것 같았다. 호롱불에 잠긴 어머니의 고단한 얼굴과 정희의 노란 얼굴이 어른거렸다. 새가 되어 날아가고 싶었다. 어디선가 흐르고 있을 파르스름한 강물을 향해.

"강에 도착했을 때는 많이 지쳐 있었어. 그렇게 먼 길은 처음이었으니. 걸어오면서 줄곧 떠올렸던 풍경은 모래밭이었어. 모래 속에 재첩이 있으니까. 하지만 내 눈에 처음 들어온 풍경은 모래밭이 아니었어. 무성한 갈대숲이었어. 눈가루를 뿌려놓은 듯한 갈대숲이 광활하게 펼쳐져 있었어. 강물에 드리운 갈대 이삭의 그림자들은 은빛 물결을 이루면서 떠다녔고……"

돌연히 나타난 풍경 앞에 소년은 우두커니 서 있었다. 풍경의 형태와 색채는 정밀하고 강렬했다. 그토록 강렬하고 그토록 정밀한 형태와 색채는 처음이었다. 풍경이 금방이라도 살아 움직일 것 같았다. 그 풍경 앞에서 소년은 아름다움을 느끼지 못했다. 아름다움은커녕 몸속으로 거칠게 파고드는 어떤 힘에 사로잡혀 있었다. 자신의 몸을 산산조각 내버릴 수도 있는 불길한 힘이었다.

"갈대숲을 따라 한참 내려가니 모래밭이 있는 강변이 나타났어. 강물 위에는 작은 배들이 여기저기 떠 있었어. 나중에 알았지만 재첩잡이 배들이었어. 꺼랭이라고 불리는 호미 비슷한 도구로 강바닥에 숨어 있는 재첩을 긁어 올린다고 하더군. 섬진강에서는 지금도 그렇게 잡나 봐. 난 배에 대해서는 관심이 없었다. 내 관심은 강물 속에서 벌거벗고 재첩잡이에 열중하는 아이들에게 집중되었어. 아이들은 손으로 강바닥을 파헤치면서, 혹은 발로 강바닥을 훑어나가면서 재첩을 잡고 있었어. 잡은 재첩은 함석 대야로 들어가더군. 대부분 얕은 곳에 있었지만 몇몇 아이들은 제법 깊은 곳에 들어가 있었어.

깊은 곳에 재첩이 더 많다고 누군가가 그랬던 것 같아. 난 모래밭에서 꼼짝도 않고 아이들을 응시했어. 아이들의 깔깔거리는 웃음소리가 끊임없이 들려왔어. 내가 그 먼 길을 걸어간 건 재첩을 잡기 위함이었어. 그럼에도 난 아이들만 응시하고 있었어."

"왜 그러셨어요?"

"나에게 재첩이란 정희의 목숨과 연결되는 절실한 어떤 것이었어. 하지만 물속의 아이들에게는 놀이의 대상일 뿐이었지. 아이들의 끊임없는 웃음소리가 그것을 명료하게 드러내고 있었어. 그 사실은 나에게 두 가지 감정을 불러일으켰어. 첫째는 의혹이었어. 재첩이 정희의 병을 낫게 할 것이라는 믿음에 대한 의혹이 모락모락 피어올랐어. 한갓 놀이의 대상일 뿐인 재첩이 어떻게 정희의 병을 낫게 할 것인가, 라는 생각이 날 괴롭혔어."

"두번째 감정은요?"

"모독감이었다."

"모독감이라뇨?"

"나에게 재첩이란 정희의 병을 치유하는 신성한 어떤 것이었어. 그러니까 아이들의 놀이는 그것에 대한 모독이었지."

"의혹과는 상반되는 감정이었군요."

"서로 충돌하는 두 감정에 사로잡혀 있었지. 의혹은 수치심을 불러일으켰고, 모독감은 노여움을 불러일으켰어. 수치심은 나를 향한 것이었고, 노여움은 아이들을 향하고 있었어. 수치심은 내 가슴을 날카롭게 긁었고, 노여움은 경멸과 저주에 휩싸이게 했어. 이 모순적인 두 감정은 서로를 자극하고 있었어. 수치심은 노여움을 자극했고, 노여움은 수치심을 자극했어. 수치심이 괴로움이었다면 노여움은 쾌감이었어. 그러니까 괴로움이 쾌감을 자극했고, 쾌감이 괴로움을 자극한 거지. 술이 맛있구나. 내 잔 받을래?"

"네."

정희는 그가 내민 술잔을 받았다.

"난 까마득히 몰랐어. 내가 수치심과 노여움에 사로잡혀 있을 때 어떤 사건이 일어나고 있는 줄은."

그는 술을 따르면서 중얼거리듯 말했다.

"내가 눈을 뜬 것은 어떤 촉감 때문이었다. 그러니까 그전에는 눈을 감고 있었던 거지. 왜 눈을 감았는지는 모르겠다. 뜻하지 않은 감정에 휩싸인 마음 안쪽을 좀더 깊숙이 들여다보려고 그랬는지 몰라. 얼마나 감고 있었는지 기억이 안 나. 아무튼 몸에 닿는 어떤 촉감으로 눈을 떴어. 햇살에 눈이 부시더라. 다시 눈을 감았어. 감은 눈꺼풀 너머 자디잔 빛의 조각들이 사방으로 흩어지고 있었어. 나는 몸에 닿는 촉감의 정체를 차츰차츰 깨닫고 있었어. 내가 앉아 있었던 곳은 아이들의 깔깔거리는 소리가 끊임없이 들리는 강변이었어. 그런데 아무런 소리가 들리지 않았어. 세상의 모든 움직임이 멈춘 듯한 정적이었어. 내 몸에 닿은 것은 정적의 촉감이었던 거야.
그러니 놀랄 수밖에. 눈을 번쩍 떴어. 새하얀 햇빛 속에서 그
림자들이 어른거리고 있었어. 난 그림자들을 세기 시작했지.
하나, 둘, 셋, 넷…… 마침내 소리들이 들리기 시작했어. 아
이들의 깔깔거리는 소리가 아니었어. 절박한 외침이었어. 한
사람의 외침이 아니었어. 외침이 외침을 부르고, 그 외침이
또 다른 외침을 부르는 다중의 외침이었어. 가슴이 조여왔어.
그림자들의 윤곽이 조금씩 또렷해지고 있었어. 등에 누군가
를 업고 강에서 다급하게 나오고 있는 남자가 보였어. 남자
뒤로 아이들이 따라오고 있었어. 재첩잡이 놀이를 하는 아이
들은 하나도 없었어. 물속에서 우두커니 서 있는 아이, 물 밖
으로 황급히 나가는 아이, 끼리끼리 모여 웅성거리는 아이들
에게서 불안과 긴장이 감돌고 있었어. 난 간신히 자리에서 일
어났어. 머릿속은 멍한데, 가슴은 계속 조여왔어. 사람들이
모여 있는 곳으로 한 발자국씩 한 발자국씩 다가갔어. 아이들
은 물론이고 어른들도 꽤 많이 있었어. 난 머뭇머뭇하면서도
그들 사이로 들어갔어. 몸이 푸르스름한 아이가 모래 위에 누
워 있었어. 무언가를 움켜쥐려는 듯 손가락이 이상한 형태로
굽어 있었고, 손톱 사이에는 진흙이 섞인 모래가 차 있었어.
내가 몸을 떨고 있음을 안 건 옆에 있는 사람 때문이었어. 어
떤 아주머니였는데, 나를 보고 무서우면 보지 말라고 했어.
하지만 난 떨림을 멈출 수가 없었어. 멈추어야만 하는데 멈춰

지지가 않았어. 사람들 속에서 겨우 빠져나온 난 어디론가 황급히 걸어갔어. 내가 가고자 했던 곳은 사람이 없는 데였어. 떨고 있는 몸을 숨길 수 있는 곳 말이야."

모래밭을 지나 한참 걸었다. 누군가가 따라오는 것 같았다. 몇 번이나 뒤를 돌아보았으나 아무도 없었다. 갈대숲이 보였다. 아까 보았던 갈대숲이었다. 더 빨리 걸었다. 시선을 땅에만 두었다. 갈대숲을 벗어나자 넓은 파밭이 나왔다. 파밭 너머로 농가들이 드문드문 있었다. 목이 말랐고, 배가 고팠다. 하지만 걸음을 멈추지 않았다. 걸음을 멈추었다간 누군가에게 잡힐 것 같았다.

"내가 집에 도착했을 때는 한밤중이었어. 구덕고개에서는 별을 보고 걸었어. 하늘에 별이 그렇게 많은 줄 그때 처음 알았어. 별들이 소리를 내어주었으면 했어. 캄캄한 산길이 무서웠으니까."

"소리가 났어요?"

"아니."

그는 웃으며 고개를 저었다.

"어딜 갔었느냐는 어머니의 매서운 추궁에도 난 입을 꾹 다물고 있었다. 어머니의 질책을 피하기 위해서라도 대답을 해야 했지만, 그래서 낙동강에 재첩 잡으러 갔다는 말이 목구멍을 맴돌았지만, 알 수 없는 뭔가가 그 말을 끝내 막더군. 나의 침묵에 어머닌 크게 화를 내셨지만, 내 몰골이 불쌍해 보였는지, 아니면 평소와는 다른 아들의 태도가 마음에 걸렸는지, 한숨을 푹 쉬더니 부엌으로 들어가시더라. 어머니가 차려주신 식은 밥을 정신없이 먹고 있는데, 정희가 살며시 들어왔어. 얼굴이 파리했지만 열은 떨어져 있었어. 정훤 눈으로 물었어. 어딜 갔었느냐고. 그 아이의 눈에는 아픈 자신을 놔두고 가버린 오빠에 대한 서운함과 그렇게 할 수밖에 없었던 불가피한 사정에 대한 호기심이 뒤섞여 있었어. 정희의 상한 마음을 풀기 위해서라도 말하고 싶었지만, 끝내 대답을 못 했어. 그날 밤 꾼 꿈을 지금도 잊지 못해. 내가 물에 빠졌고 내가 죽어 모래사장에 누워 있는 꿈이었어. 구부러진 손가락과 손톱 틈새에 낀, 진흙 섞인 모래가 또렷이 보이더라. 잠에서 겨우 깨어났는데, 길을 잃었을 때처럼 식은땀을 흘리고 있었어. 다음 날 아침에는 아무런 일이 없었던 것처럼 학교로 갔어. 다음 날도 그다음 날도. 여름이 가고 가을이 오고, 가을이 가면서 나뭇잎이 하나 둘 떨어지고, 떨어진 나뭇잎 위로 찬비가 내릴 때까지 시간은 무심히 흘러갔어. 아무런 일이 없었던 것처럼."

그는 눈을 스르르 감았다 떴다.

"정희는 찬비가 내리는 늦가을에 죽었다. 죽기 며칠 전 난 정희에게 고백했다. 그날 있었던 일을. 정희가 죽으리라는 걸 알고 있었다. 죽음의 냄새가 집 안을 떠돌았으니까. 정훤 배시시 웃으며 그 아이가 죽은 건 오빠 탓이 아니라고 했다. 그런 건 흔히 일어나는 사고라고 하면서. 그런 사고가 왜 하필 그때 일어났느냐고 내가 물었다. 정훤 그걸 안다면 아무도 죽지 않을 거라고 했다. 그러면서 사람이 죽지 않는다면 세상은 참 이상해질 거라고 하더군. 어떻게 이상해지는지 물었더니, 사람이 죽는 이유는 누군가가 태어나야 하기 때문인데 아무도 죽지 않으면 아무도 태어나지 않을 테고, 그럼 세상이 이상해지지 않겠느냐고 대답했어. 그러면서 덧붙였어. 자기가 죽는 것은 누구를 태어나게 하기 위함이라고. 그게 누구냐고 물었더니 정훤 희미하게 웃으며 아직 모른다고 했어. 그 앤 소리 없이 죽었어. 꽃이 질 때처럼. 꽃은 다시 피지만 그 앤 다시 피지 않았어."

그의 눈이 붉어지고 있었다. 정희가 가만히 그의 빈 잔을 채웠다.

"정훤 구덕산에 묻혔다. 어머니는 화장을 하고 싶어 하셨지만 돈이 없었어. 땅을 파고 묻는 데는 돈이 안 들지. 임자 없는 땅인 데다 아무것도 세우지 않았으니. 그 작은 죽음 앞에서, 조등 하나 없었던 쓸쓸한 죽음 앞에서 나는 괴로워하지 않았다. 눈물을 흘리는 일은 괴로운 일이 아니더라. 진짜 괴로움은 정희를 땅에 묻은 후에 찾아오더군. 학교에서 돌아와 적막한 집 안으로 들어설 때, 정희가 늘 누워 있던 방을 들여다볼 때, 한밤중 잠에서 깨어나 칠흑 같은 어둠과 마주칠 때 무서운 고통이 가슴을 후볐어. 그럴 때마다 정희의 죽음으로 태어날 생명체를 생각했어. 고통을 견디는 가장 좋은 방법이었거든. 생각이라기보다는 상상이었지."

"어떤 상상을 하셨나요?"

"작은 생명체를 떠올렸어. 먼 곳에서 세상을 향해 걸어오고 있는. 때때로 그림을 그리곤 했어. 머릿속에서 떠오르는 희미한 영상을 그렸지. 그렇게 하다 보면 통증이 점차 가라앉았어. 상상에 빠져 통증을 까맣게 잊어버린 경우도 간혹 있었어."

"아주 유익한 상상이었네요."

정희는 눈으로 웃으며 말했다.

"고통을 잊는 데 시간만큼 강력한 것은 없어. 세월이 흐르면서 고통은 점차 멀어져갔고, 그에 따라 상상도 자연스럽게 중단되었지. 나이를 먹으면 그렇게 가난해지는 거야."

그의 입가에 씁쓸한 미소가 어렸다.

"상상을 다시 시작한 건 네 엄마가 유산을 하면서부터였다. 온전한 생명체로 자라기도 전에 어디론가 떠나간 아이를 떠올리면서 그 아이가 떠나는 순간 먼 곳에서 여기를 향해 걸어오기 시작하는 작은 생명체를 생각했어. 두번째 유산 때도 그랬어. 그 후로는 한참 잊고 있었는데 네가 또……"

"죄송해요."

"그런 말 하는 거 아니다."

애써 엄한 목소리를 냈다.

"고모 이름을 제게 주신 이유를 알 것 같아요."

"언짢지 않아?"

"아뇨."

"정말이야?"

"정말이에요. 기분이 약간 묘할 뿐이에요."

"그렇다면 다행이다."

그는 미소를 지었다.

"정희를 왜 숨겼느냐고 물었지?"

"네."

"누구에게나 숨기고 싶은 것이 하나쯤 있단다. 정흰 내 동생이면서 연인이었거든."

그의 눈가에 가느다란 주름이 잡히고 있었다.

"저에게도……"

정희의 시선은 허공에 있었다.

"그런 연인이 생긴 것 같아요."

목소리가 작아 간신히 들렸다.

"제 아인……"

정희의 눈에 눈물이 글썽였다.

"잘 떠났을까요?"

"네 아이, 꿈에서 보았다. 돌아가신 네 할머니 품에 안겨 있더구나."

"포근하겠군요."

그는 말없이 고개를 끄덕였다.

"아버지."

"응."

"저, 재첩국 먹고 싶어요."

"어, 그래? 지금 주문해야겠네."

그는 빙그레 웃으며 술잔을 들었다.

*

　인사동 거리를 느릿느릿 걸었다. 눈이 얼어붙어 길이 미끄
러웠다. 날씨는 흐렸고, 안개가 엷게 끼어 있었다. 산책을 하
다가 집에 들어가겠다고 했더니 정희가 걱정을 했다. 괜찮다
고 말했다. 소주를 꽤 많이 마시기는 했으나 걷는 데는 지장
이 없을 것 같았다. 화랑 안을 들여다보다가 그림 하나가 눈
에 띄었다. 한지에 먹으로 그린 그림이었다. 나무가 있었고,
나무 밑 납작한 땅에 한 아이가 누워 있었다. 몇 개의 선으로
만 이루어진 단순한 그림이었다. 눈도 없었고, 코도 없었다.
귀도 없었고, 입도 없었다. 그럼에도 정희처럼 느껴졌다. 정
희가 묻힌 곳이 나무 밑 납작한 땅이었다. 그곳을 다시 찾은
것은 결혼을 앞둔 늦가을이었다. 서울에 올라온 후로는 처음
이었으니 11년 만이었다. 정희의 무덤은 아무리 찾아도 보이
지 않았다. 장소를 착각했는지, 비바람에 쓸려 사라져버렸는
지 알 수가 없었다. 구덕고개에서 낙동강 가는 길도 안 보였

다. 한없이 이어졌던 논과 밭이 흔적도 없었다. 지붕이 낮은 집도, 갈대로 엮은 울타리도, 구불구불 이어지면서 아스라이 사라지는 흙 길도 보이지 않았다. 눈에 보이는 것이라곤 아스팔트와 수많은 차량, 아파트와 건물들이었다. 그 길은 어디로 사라졌을까? 세상에서 가장 먼 그 길은. 눈도 코도 귀도 입도 없는 아이를 보면서 혼잣말하듯 중얼거렸다.

　낙동강 모래밭에 누워 있던 아이의 푸르스름한 몸은 그를 평생 따라다닌 불가사의한 암호였다. 그가 재첩잡이 놀이를 하는 아이들을 경멸하고 저주하지 않았다면 그 아이가 죽지 않았을지도 모른다는 생각은, 아이의 죽음에 대한 정희의 아름다운 몽상이 그를 안심시켰음에도 결코 사라지지 않았다. 아이의 죽음이 운명의 결과였다면 갈대숲 풍경이 불러일으킨 불길한 힘은 운명의 예고였는지 모른다. 그렇다면 운명은 왜 나를 택하지 않고 그 아이를 택했는가. 그 아이의 죽음이 정희의 죽음으로 연결되지는 않았을까. 내 몸이 산산조각 나지 않았던 것은 정희의 죽음이라는 대가가 있었기 때문이 아닐까. 이런 생각들은 정희의 아름다운 몽상과 치열하게 싸웠다. 이미 일어난 일은 눈에 보이지만, 정희의 몽상은 눈에 보이지 않는다. 정희의 몽상이 지닌 치명적 약점은 여기에 있었다. 갈대숲 풍경과 아이의 푸르스름한 몸은 몽상의 치명적 약점 속으로 집요하게 파고들었다. 그가 소심하고 소극적인 성격을 갖게 된 것은 그 사실과 무관하지 않았다. 그럼에도 그는

정희의 몽상을 사랑했다. 좋지 않은 일이 생기면 본능적으로
정희의 몽상을 끌어들였다. 정희의 몽상은 그로 하여금 나쁜
일에 상응하는 좋은 일을 생각하게 했다. 그것은 세상을 바라
보는 그의 시선에까지 영향을 미쳤다. 부자의 안락은 빈자의
비참이 만든 것이며, 운명의 축복은 운명의 고통이 만든 것이
라고 믿었다. 아내가 처음 유산했을 때 정희의 몽상으로 상처
를 달랬다. 두번째 유산 때도 그랬다. 돌이킬 수 없는 불행
앞에서 그가 매달릴 데라곤 정희의 몽상밖에 없었다. 하지만
딸이 유산했을 때는 달랐다. 손자를 잃은 고통과 함께, 딸의
고통이 그에게 불러일으키는 고통은 그전의 고통과는 달랐다.
나이 탓이었을까. 고통은 한층 더 깊숙하고 예리했다. 정희가
임신했다는 것을 알았을 때 정말 기뻤다. 정희는 일찍 죽었으
나, 똑같은 이름을 가진 딸이 건강하게 자란 것은 물론 아이
까지 낳게 된다니, 믿어지지가 않았다. 자신의 살과 뼈와 피
가 섞인 생명이 딸의 몸 안에서 자라고 있다고 생각하면 가슴
이 설렜다. 그 설렘과 기쁨이 무참하게 짓밟혔을 때 의구심이
일었다. 자신의 피를 받은 아이의 잇단 죽음은 자신의 몸을
산산조각 내는 과정이 아닐까, 하는. 그 의구심 앞에서 정희
의 몽상은 그전처럼 힘을 발휘하지 못했다. 지나간 삶이 허망
했고, 살아가야 할 세월이 무서웠다. 삶의 버팀목이었던 정희
의 몽상이 허물어지고 있었다. 어젯밤에는 물에 빠져 허우적
거리는 꿈을 또 꾸었다. 간신히 눈을 뜨니 캄캄한 밤이었다.

화랑을 나와 네거리 쪽으로 걸었다. 머리를 뒤로 묶은 한 청년이 노천에서 기타를 치며 노래하고 있었다. 어디서 들었던 적이 있는 것 같은 선율이었다. 사랑이라는 말이 귀를 스치고 지나갔다. 몸속으로 추위가 파고들었다. 늙음의 슬픔은, 젊은 시절에 갈구하고 쟁취하고자 했던 사랑 혹은 자유가 결국은 어떤 보이지 않는 고삐에 매여 있는 사랑이고 자유였음을 깨닫는 데에서 시작된다. 나이를 많이 먹어야만 늙은이가 되는 것은 아니다. 지나간 삶이 어둡고 막막한 바다 위에 희미하게 떠 있는 몇 점의 불빛에 불과하다는 것을 아는 자가 늙은이다. 그는 청년을 물끄러미 바라보다가 발걸음을 뗐다.

인사동을 빠져나와 탑골공원 담을 끼고 걸었다. 공원의 겨울 숲에서 차갑고 축축한 안개가 흘러나왔다. 종로로 들어서자 거리가 번잡했다. 그는 우두커니 서서 흐린 하늘을 쳐다보았다. 딱히 갈 데가 없었다. 집에는 들어가고 싶지 않았다. 아내 앞에서 허물어진 마음을 감추기가 쉽지 않았다. 털어놓으면 괴로움이 조금이라도 줄지 않을까, 하는 기대가 없지는 않았으나 충격에서 벗어나지 못하고 있는 아내를 더 힘들게 할지 모른다는 우려가 앞섰다. 아내에게 약한 모습을 보이는 것도 싫었다. 정희에게는 더 그랬다.

주위를 두리번거리다가 종로3가 쪽으로 방향을 잡았다. 날씨가 좋지 않아서인지 행인이 그다지 많지 않았다. 간혹 다리가 휘청거렸다. 길이 미끄럽기 때문만은 아니었다. 차가운 바람을 꽤 쐬었음에도 취기가 좀처럼 가시지 않았다. 단성사가 보이는 건널목에서는 하마터면 넘어질 뻔했다. 그만 차를 탈까, 생각하면서도 계속 걸었다. 정희한테 전화가 온 것은 종묘 앞에서였다. 방금 집에 들어왔다면서 고모 이야기를 들어서인지 마음이 많이 편해졌다고 말했다. 통화를 끝내고 한참 동안 서 있었다. 눈시울이 뜨거워지고 있었다. 눈에 덮인 종묘의 담이 다정하게 보였다. 매표소로 가서 표를 샀다. 천 원이었다. 안으로 들어갔다. 평일인 데다 날씨가 춥고, 해가 서녘으로 기울어지는 시각이라 관람객이 거의 없었다. 한 개의 문을 통과했을 뿐인데 거리의 소음이 씻은 듯이 사라졌다. 가만히 섰다. 길이 보였다. 돌로 이루어진 길이었다. 돌로 이루어진 길은 눈에 덮여 있었다. 햇살처럼 흰 눈이었다. 길 옆에는 숲이 있었다. 엷은 안개에 싸인 겨울나무들이 길을 굽어보고 있었다. 발을 함부로 놀리지 마래이. 여긴 혼령이 댕기는 길인 기라. 어머니의 목소리가 귓전을 맴돌았다.

종묘의 길은 일상의 길과 다르다. 사람이 다닐 수 없는 길이 있다. 신로(神路)가 그것이다. 신로는 신여(神輿)가 다니는 길이다. 그것은 종묘가 죽은 자를 위한 공간임을 새삼 일깨운다. 신로는 종묘의 핵심 공간인 정전(正殿)으로 이어진다. 정전의 출입구인 신문(神門)은 신여가 드나드는 문이다.

어머니가 종묘에 가고 싶다고 말한 것은 뜻밖이었다. 지병인 관절염과 노환으로 거동이 불편해 외출을 삼가고 있을 때였다. 이유를 묻는 그에게 어머니는 그냥 가고 싶다고 했다. 햇살이 화사했던 늦가을 어느 날이었다. 그날이 정희가 죽은 날임을 어머니는 말하지 않았다. 그도 입을 다물었다.

어머니가 걸었던 길은 신로였다. 신로에서 신문까지는 먼 거리가 아니다. 하지만 어머니에게는 한없이 멀었다. 허리가 구부정한 노인이 가쁜 숨을 몰아쉬며 한 발자국 한 발자국 힘겹게 걸어갔다. 금방이라도 쓰러질 것 같았다. 그럼에도 부축을 못 하게 했다. 부축하려는 그의 손을 뿌리쳤다. 어머니는 길만 보고 걸었다. 늦가을의 숲은 아름다웠다. 노랗게 물든 나뭇잎들이 눈부셨다. 하지만 어머니는 눈길조차 주지 않았다. 검고 깡마른 어머니의 얼굴은 어딘가에 깊숙이 몰입되어 있는 것처럼 보였다. 신문에 다다랐을 때 어머니의 몸이 잠시 비틀거렸다. 간신히 몸을 지탱한 어머니는 손수건을 꺼내 이마에 송골송골 맺힌 땀을 닦았다. 길이 참 향기롭구나. 방금 걸어온 길을 물끄러미 보면서 어머니가 혼잣말처럼 말했다.

그는 어머니가 걸었던 길을 따라갔다. 다른 데는 보지 않았다. 눈 덮인 길만을 뚫어지게 보았다. 바람이 일면 눈가루가 하얗게 날렸다. 어머니가 걸었던 길은 혼령의 길이었다. 어머니는 산 자의 발걸음으로 혼령의 길 안에 들어섰다. 하지만 그곳은 산 자의 공간이 아니었다. 보이지 않는 존재가 흔적도 없이 걸어가는 공간이었다.

저게 혼령의 집인 기라. 어머니는 가을 햇살에 잠긴 정전을 보며 속삭이듯 말했다. 기와지붕이 눈처럼 희었다. 처마 아래는 그림자에 잠겨 어슴푸레했다. 지붕이 하늘에 떠 있는 것처럼 보이는 것은 그림자 때문이었다. 어머니는 오랫동안 혼령의 집을 응시했다. 몸의 움직임이 전혀 없었다. 적막이 어머니의 작은 몸을 에워싸고 있었다. 적막에 에워싸인 어머니의 몸은 견고했다. 언제까지라도 그렇게 서 있을 것 같았다. 어머니의 목소리가 들린 것은 그림자 속을 떠도는 희미한 빛을 보고 있을 때였다. 눈에 간신히 보이는 희미한 빛은 먼 별빛처럼 아득했다. 우리 정희는 잘 있나 모르겠네. 중얼거리는 듯한 어머니의 목소리는 그림자 속을 떠도는 희미한 빛과 뒤섞이고 있었다. 어머니가 돌아가신 것은 그해 12월이었다. 종묘를 다녀온 지 한 달이 조금 넘어서였다.

겨울 오후의 어스름 속에서 지상 위로 솟아오른 혼령의 집은 푸르스름한 빛에 싸여 있었다. 푸르스름한 빛은 눈 쌓인 지붕의 흰빛 속으로도 스며들었다. 지붕 후면의 나무들도 푸르스름했다. 그러나 처마 아래는 어두웠다. 기둥도 툇간도 문짝도 어둠에 묻혀 보이지 않았다. 처마 아래로 떨어지는 그림자는 깊었다. 그가 보고 싶은 것은 뒤틀린 문짝이었다. 뒤틀린 문짝의 틈으로 혼령이 드나든다고 했다. 뒤틀린 문짝을 보려면 묘정을 건너 월대(月臺)로 올라서야 한다. 월대는 천상으로 이어지는 공간이다. 그곳으로 오르는 계단 소맷돌에 구름을 새긴 것은 천상의 세계임을 알리기 위함이다.

어머니가 돌아가신 후 꿈속의 길이 뒤섞이곤 했다. 구덕고개에서 낙동강 가는 길을 어머니가 걷고 있었다. 그 먼 길을 허리가 구부정한 노인이 힘겹게 걸었다. 가쁜 숨소리가 또렷이 들렸다. 금방이라도 쓰러질 것 같았다. 그럼에도 부축을 할 수가 없었다. 아무리 팔을 뻗어도 손이 어머니의 몸에 닿지 않았다.

*

월대는 고요했다. 깊은 고요였다. 고요가 몸에 닿았다. 낙동강 모래밭에서도 그랬다. 기억 속에 또렷이 남아 있는 그 정적에 대해 오랫동안 궁금해했다. 삶과 죽음이 뒤섞일 때 세계가 잠시 침묵하는지도 모른다. 고요가 몸 안으로 스며들었다. 몸 안으로 스며드는 고요는 물처럼 흘렀다. 그의 몸은 물의 고요로 차오르고 있었다. 물의 고요 안에서 웃음소리가 들렸다. 아이들의 웃음소리였다. 한 아이가 아니었다. 두 아이…… 세 아이…… 네 아이. 네 아이라고 생각하는 순간 한 아이가 더 보였다. 모두 다섯 아이였다. 푸르스름한 빛에 싸인 다섯 아이들은 들리지 않는 목소리로 속삭이며, 서로의 몸을 어루만지면서 투명하게 웃고 있었다. 아이들의 웃음소리는 고요를 깨뜨리지 않았다. 깨뜨리기는커녕 고요를 더욱 깊게 했다. 한 아이의 얼굴이 어렴풋이 보였다. 푸르스름한 빛에 잠긴 얼굴은 정희였다. 정희는 다른 아이들에게 둘러싸여 해맑게 웃고 있었다. 해맑은 웃음소리가 또렷이 들렸다. 그의 눈에 눈물이 고이고 있었다.

그는 누구인가

1

그를 만난 것은 덴마크의 작은 도시 홀스테브로에서였다.
그는 광장의 길쭉한 나무 의자에 앉아 있었다. 늦은 오후였
다. 처음에는 그를 보지 못했다. 눈은 뜨고 있었지만 실은 아
무것도 보고 있지 않았다. 풍경과 사물들이 짙은 안개에 묻힌
것처럼 흐릿했다. 어디로 가고 있는지에 대한 의식이 없었다.
그때 나는 혼란에 휩싸여 있었다. 그 혼란을 설명하기가 쉽지
않다.

내가 홀스테브로로 간 것은 공연 때문이었다. 연극제가 시
작된 도시에는 국적과 피부색이 다른 배우, 연출가, 극작가,
연극사가, 연극학과 교수, 연극학과 학생들이 모여들었다. 연
극제의 상징은 배였다.

사람과 사람 사이에는 강이 흐른다. 실천과 이론 사이, 체험과 기억 사이, 배우와 관객 사이에도 강은 흘러간다. 사람들이 다리를 놓는 것은 강의 이쪽과 저쪽을 연결하기 위함이다. 다리는 고정되어 있다. 고정된 진실은 이미 진실이 아니다. 진실이라는 꽃은 자유의 공간에서만 피어난다. 배는 강의 물살을 헤쳐 나가지만 건너편에 반드시 도달하지는 않는다. 물살에 뒤집힐 수도 있고, 엉뚱한 곳에 닿을 수도 있다. 그럼에도 저쪽에 닿기 위해 항해를 계속한다. 배를 연극제의 상징으로 한 까닭은 여기에 있었다. 한 편의 연극은 한 척의 배였다.

광장 중앙에 길이 15미터 모형 배를 높이 올려놓았다. 그 도시 출신의 유명 건축가가 설계한 배는 새의 형상을 하고 있었다. 가만히 보고 있으면 금방이라도 하늘로 날아갈 듯했다. 사람들은 즐겁게 배를 탔다. 배가 새가 되고, 새가 배가 되는 변신의 세계가 불러일으키는 즐거움이었다.

내가 출연한 작품은 「햄릿」이었다. 나는 햄릿의 가면만 쓰고 무대에 오르고 싶지 않았다. 나를 통째로 햄릿과 바꾸고 싶었다. 내 뼈를 햄릿의 뼈로 바꾸고 싶었고, 내 피를 햄릿의 피로 바꾸고 싶었다. 내 살을 햄릿의 살로 바꾸고 싶었고, 내 눈과 혀를 햄릿의 눈과 혀로 바꾸고 싶었다. 나는 내 기억과 생애를 깡그리 잊고 싶었다. 내가 원한 것은 햄릿의 기억과 생애였다. 나는 나를 지우기 시작했다. 뼈를 지우고, 피를 지우고, 살을 지우고, 눈과 혀를 지우고, 기억과 생애를 지웠다. 햄릿은 천천히, 조심스럽게 다가왔다. 그의 육신은 검은 옷에 싸여 있었다. 얼굴은 창백했고, 머뭇거리며 다가오는 모습이 불안정했다. 그는 뭐라고 말을 하고 싶은 듯 입을 벌렸다. 하지만 잿빛 입김만 피어올랐을 뿐 목소리는 들리지 않았다. 그가 몸 안으로 들어왔을 때 숨 쉬기가 힘들었다. 어떤 차가운 것이 몸 안으로 파고들고 있었다. 그것이 고통임을 깨닫기까지 약간의 시간이 필요했다. 그것은 형언할 수 없는 고통이었다. 형언할 수 없는 고통은 몸의 가장 깊은 곳까지 파고들었다. 그것은 나의 고통이 아니었다. 햄릿의 고통이었다. 햄릿의 고통을 견디고 있는 육신은 내 육신이 아니었다. 햄릿의 육신이었다. 나는 햄릿의 육신을 끌고 엘시노 성의 밀폐된 공간을 배회했다. 육신의 그림자는 무거웠다. 텅 빈방에서, 미로와도 같은 복도에서 그림자를 떼어내려고 애를 썼다. 그림자는 좀처럼 떨어지지 않았다. 무대 바깥에서도 햄릿의 그림자를 질질 끌고 다녔다. 햄릿의 눈에 비친 세계는 낯설고 공허했다. 낯설고 공허한 세계 속에서 사람들이 유령처럼 움직이고 있었다. 아버지의 유령이 햄릿의 눈에 보인 것은 당연했다.

그와 마주친 것은 마지막 공연이 끝난 직후였다. 무덤 속 같은 극장을 나와 거리로 들어섰다. 걸음이 자주 비틀거린 것은 햄릿의 그림자를 끌고 다녔기 때문이다. 그림자는 구부정했다. 햄릿의 몸 안을 흘러다니는 시간은 낮도 아니고 밤도 아니다. 낮도 아니고 밤도 아닌 시간 속에서 정처 없이 걸었다. 무대에서 채 뱉어내지 못한 말들이 몸 안에서 덜거덕거렸다. 금방이라도 뛰쳐나갈 듯했다. 내가 걸음을 멈춘 곳은 광장이었다. 어떤 길을 거쳐 광장에 이르렀는지 지금도 모른다. 걸음을 멈춘 것은 무언가가 눈에 걸렸기 때문이다. 짙은 안개에 싸인 듯한 흐린 풍경 속에서, 흐린 풍경과 다른 무엇이 얼핏 보였다. 나는 눈을 깜박였다. 남자의 얼굴이 시선에 들어왔다. 잿빛을 띤 얼굴은 핏기가 없었고, 뺨은 움푹 들어가 있었다. 광장에는 수많은 사람들이 있었다. 수많은 사람들 가운데 왜 유독 그만 눈에 보였는지 알 수가 없었다. 나이를 헤아리기가 어려웠다. 청년처럼 보이는가 하면, 노인처럼 느껴지기도 했다. 청년의 얼굴과 노인의 얼굴이 뒤섞여 있는 것 같았다. 남자는 길쭉한 나무 의자에 앉아 있었는데, 입가에 실낱같은 미소를 지으며 나를 올려다보고 있었다. 야릇한 슬픔이 느껴지는 미소였다. 가슴이 덜컹했다. 그가 유령이었다면 그토록 놀라지 않았을 것이다. 어쩌면 그냥 지나쳤을지도 모른다. 내가 놀란 것은 그의 모습이 불러일으키는 이상한 낯섦 때문이었다. 눈에 보이면 안 될 어떤 것을 본 듯한 느낌이었다. 그 느낌은 금방 두려움으로 바뀌었다. 황급히 고개를 돌리고는 다시 걷기 시작했다. 그의 시선에서 벗어나야 한다는 조바심으로 가능한 한 빨리 걸었다. 뛰고 싶은 마음이 굴뚝같았으나 그에게 뛰는 모습을 보이기가 싫었다. 햄릿의 그림자는 무거웠다. 걸음을 멈추었을 때는 온몸이 땀으로 질척였다. 주위를 둘러보았다. 들판이었다. 들판 위에는 선사 시대의 돌들이 미묘한 형태로 흩어져 있었다. 강을 끼고 있는 홀스테브로는 선사 시대의 촌락 자리에 건설된 도시였다.

해 저문 들판은 어스레했다. 돌 위에 앉아 있던 새 한 마리가 일몰의 하늘로 솟구쳐 올랐다. 새의 길은 아득했다. 선사 시대의 돌 앞에 섰다. 돌의 형태는 명료했다. 시간의 오랜 축적이 만든 명료함이었다. 명료함의 바탕은 부동성이었다. 돌은 움직이지 않음으로써 명료한 형태를 획득하고 있었다. 하지만 돌의 내부에서는 수많은 불명료한 것들이 흘러다니고 있을 것이다. 명료함이란 수많은 불명료한 것들이 모여 이루어지는 어떤 형태라는 생각이 틀리지 않다면. 아무리 형태가 견고해도 시간의 흐름은 견디지 못한다. 지상에서 궁극적인 부동성이 존재할 수 없는 까닭은, 부동성의 질료가 불명료한 것들이기 때문일 것이다.

명료함의 질료가 불명료함이라면, 불명료함의 질료도 명료함이지 말라는 법은 없다. 연기가 그렇다. 연기에 있어서 움직임의 토대는 부동성이다. 부동성이라는 토대가 없는 움직임은 허약하다. 느슨하고 공허하다. 손가락 끝으로 살짝 밀기만 해도 허물어진다. 움직이지 않는 배우의 몸 안에는 수많은 움직임들이 들끓고 있다. 몸 안의 들끓는 움직임이 없는 배우의 정지된 몸은 통나무와 조금도 다를 바 없다. 연기만 그런

게 아니다. 무용수가 춤을 멈추는 순간, 몸 안에서는 새로운 춤이 시작된다.

이상했다. 광장에서 보았던, 알 수 없는 두려움을 불러일으킨 남자의 얼굴이 생각나지 않았다. 아무리 애를 써도 헛수고였다. 남자의 얼굴이 머릿속에서 홀연 사라져버렸다. 그를 만난 사실조차 모호해지고 있었다. 꿈을 꾼 것 같았다. 들판에 누웠다. 들판의 흙은 차갑지 않았다. 따뜻했다. 따뜻함 속에서 죽음의 냄새가 났다.

그이는 죽었어요, 가버렸어요.

머리에는 초록빛 잔디가 깔려 있고,

발끝에는 묘석이 있어요.

가느다란 여인의 노랫소리가 먼 곳에서 희미하게 들려왔다. 눈을 감았다. 손에 류트를 들고 어깨를 축 늘어뜨린 채 슬픈 목소리로 노래를 부르고 있는 여인이 보였다. 오필리아였다. 머리는 헝클어져 있었고, 눈에는 초점이 없었다. 그런 그녀를 누군가가 내려다보고 있었다. 나이기도 했고, 햄릿이기도 했다. 나이기도 하고 햄릿이기도 한 그의 눈에는 눈물이 그렁그렁했다. 내가 소스라치게 놀란 것은 눈물 그렁그렁한 얼굴이 어느새 광장에서 마주친 남자의 얼굴로 바뀌어 있었기 때문이다.

2

"내가 어린아이였을 때 어떤 마술사를 만난 적이 있었소. 늙은 그리스인이었는데, 그가 보여준 마술 가운데 가장 인상적인 것은 나비 마술이었소."

헝가리 출신의 늙은 배우는 갈색 머리칼을 쓸어 올리며 느리게 말했다. 그의 술잔은 거의 비어 있었다.

"늙은 마술사의 팔뚝에 나비 문신이 있었소. 아주 정교한 문신이었소. 금방이라도 날아갈 것 같았소. 놀라지 마시오. 그는 실제로 나비를 날려 보냈소. 팔뚝에 새긴 나비 문신을 말이오. 황금빛 날개를 펄럭이며 날아오르는 나비는 정말 아름다웠소. 나비가 내뿜는 광채에 눈이 멀 지경이었소. 그날 이후 가슴속에 하나의 꿈이 새겨졌소. 황홀한 나비를 다시 보는 것이었소. 꿈이 이루어지리라는 것을 조금도 의심하지 않았소. 어린아이였으니까."

오필리아 역을 맡은 여배우가 그의 빈 잔에 흑맥주를 부었다. 그녀의 뺨은 발갛게 부풀어 있었다. 그는 자신의 잔을 그녀의 잔에 가볍게 부딪쳤다. 웨이터가 완두콩이 가득 담긴 접시를 테이블에 놓았다. 홀은 사람들로 가득했다. 테이블마다 빈 술병이 쌓였다. 공연이 끝난 날은 술과 함께 밤을 지새우기 마련이다.

"꿈이란 이루어질 수 없는 어떤 것임을 깨달았을 때, 난 이미 어린아이가 아니었소. 성장을 한다는 것은 삶의 남루함 속으로 들어가는 과정이라는 사실을 어린아이가 어찌 알았겠소. 알다시피 삶의 남루함을 견디기란 쉽지 않소. 내가 청년이었을 때 자주 자살 충동에 사로잡힌 것은 삶의 남루함을 견디기가 힘들었기 때문이었소. 그럴 땐 이런 생각을 간혹 했었소. 나비를 보지 않았다면 내 삶이 달라졌을까, 하고 말이오. 하지만 난 나비를 본 것을 후회하지 않았소. 그 시간으로 다시 돌아간다 해도 나비를 보았을 것이오. 그런데 말이오."

그의 눈이 빛나고 있었다.

"자살 충동에 사로잡힌 내 앞에 어느 날 갑자기 나비가 나타났소. 어린아이였을 적에 보았던 나비가 말이오. 그 순간의 놀라움이란……"

그는 당시를 회상하듯 눈을 잠시 감았다 떴다.

"나비의 정체가 연극이었군요."

"잘 맞추었소."

그가 빙그레 웃으며 맥주 한 모금을 마셨다.

"실체가 무엇이오? 현존한다는 것이 무엇이오? 마술사의 팔뚝에 새겨진 나비 문신이 실체이오? 하늘로 날아오르는 나비가 실체이오? 하나가 실체면 다른 하나는 허구일 수밖에 없소. 모두가 실체일 수는 없지 않겠소. 처음에는 나비 문신이 실체였소. 하지만 문신에 생명이 깃드는 순간 실체가 하늘로 날아오르는 나비로 바뀌었소. 우리의 삶이 세계의 표면에 새겨진 문신일 뿐이라면 얼마나 남루하겠소."

그의 앙상한 손이 주름진 뺨을 더듬고 있었다.

"내 유일한 소원은 늙은 마술사가 되는 것이오. 어린아이가 만났던."

"아직 되지 않았습니까?"

"내 안에 있는 어린아이는……"

그는 쓸쓸한 표정으로 눈을 내리깔았다.

"여전히 그리워하고 있소. 처음 본 나비를."

"무서운 아이군요."

"정말 무서운 아이요."

중얼거리는 듯한 목소리였다.

"그런 아이가……"

그는 눈을 치켜뜨며 나를 보았다.

"당신에게도 있지 않소?"

"글쎄요."

"이번 무대에서 당신과 처음 만났지만, 그걸 강하게 느꼈소. 당신이 보여준 햄릿의 모습 속에 아이가 어른거리고 있었소. 뭐라고 할까, 상처받은 아이라고 할까. 그렇지 않소?"

"글쎄요."

조금 전과 똑같은 목소리가 목구멍에서 새어 나왔다.

"내 눈에는 보였소. 노인처럼 쭈글쭈글하고, 눈물에 젖은 아이의 얼굴이 말이오. 이상하게 생각하지 마시오. 배우를 오래하다 보면 예지력이 생기는 법이오."

그의 눈가에 가느다란 주름이 잡혔다.

"그 아이의 절망, 그 아이의 허기, 그 아이의 헐벗은 꿈이 어디로 가겠소? 그건 운명이오. 운명과 맞설 수 있는 것은 아무것도 없소. 죽음 이외에는. 그렇지 않소?"

그는 거듭 묻고 있었다. 나는 말없이 그의 눈을 들여다보았다. 그의 암갈색 눈동자는 고요했다.

"무대에서의 당신 모습은 산 자도 아니고 죽은 자도 아니었소. 산 자와 죽은 자 사이에서 서성거리는 존재였소. 당신의 서성거리는 모습은 한 아이가 자신을 둘러싸고 있는 절망과 허기에서 벗어나게 할 꿈의 열쇠를 찾기 위해 두리번거리는 모습과 흡사했소. 문제는 그 열쇠가 어디에도 없다는 것이오. 아이가 그 사실을 알겠소? 모르오. 아이이기 때문에 모르는 것이오. 얼굴이 아무리 쭈글쭈글해도 아이는 아이요. 하지만 어른은 알고 있소. 어른이니까. 아이를 품고 있는 어른의 비극은 여기에 있소. 그가 할 일이란 무엇이겠소? 있는 척하는 것이오. 없음에도 있는 척하기. 연기의 본질은 여기에 있지 않겠소."

건너편 테이블에서 웃음소리가 터져 나왔다. 호레이쇼 역을 맡은 남자 배우가 여자 목소리를 내고 있었다. 누군가의 목소리를 흉내 내는 모양이었다.

"내가 연출가였다면 당신을 거트루드의 치마 속으로 들어가게 했을 것이오. 아이가 찾고 있는 열쇠는 어머니의 몸 안에 있소. 어머니의 몸 안으로 들어갈 수 있는 유일한 방법은 태아가 되는 것이오. 난 오래전부터 상상해왔소. 햄릿이 태아로 변신하는 장면을 말이오. 무대를 아름답고 비통하게 꾸며야 하오. 이 세상에서 그것만큼 아름답고 비통한 여행이 어디 있겠소. 이제 그만 일어나야겠소. 좋은 연극을 보고 나면 잠을 빨리 자고 싶소. 꿈을 꾸어야 하거든. 연극의 장면들이 꿈 속에 나타나 휘황하게 펼쳐지오. 그것은 세상에서 본 연극과 다르오. 꿈이 연출하는 연극은 기가 막히오. 당신이 어떤 모습으로 나타날지 벌써 궁금하오. 어쩌면 태아로 변신하는 장면을 볼 수 있을지도 모르겠소."

그는 테이블에 벗어놓은 모자를 썼다. 밤색 베레모는 그에게 썩 잘 어울렸다. 그가 일어서자 홀에 있는 모든 사람들이 일어섰다. 우리는 그가 암 선고를 받았고, 의사의 진단으로 몇 개월밖에 살지 못한다는 사실을 알고 있었다. 그는 엷은 미소를 지으며 팔을 머리 위로 추켜올리더니 손가락들을 가볍게 움직였다. 희고 창백한 손이 흐린 불빛 속에서 새의 날개로 변해 팔랑거렸다. 그의 작은 마술은 그가 우리들에게 건네는 마지막 작별의 예식이었다. 우리는 그것을 느끼고 있었다. 누군가가 박수를 쳤고, 곧이어 홀은 박수 소리로 덮었다. 나는 팔을 들어 올린 채 홀을 빠져나가는 그의 뒤를 따랐다.

출입문 바깥 테라스에 꽃 파는 여자가 있었다. 그는 장미 한 묶음을 사더니 나에게 내밀었다.

"이건 감사의 표징이오."

내가 당황하자 그는 받으라는 눈짓을 했다.

"좋은 연극을 보면 감사하고 싶어지오."

그의 말에 꽃을 받았다. 그가 손을 내밀었다. 그의 손은 새의 날개처럼 따스했다.

"당신은 이 사실을 아시오?"

거의 속삭이는 듯한 목소리였다.

"지금 당신의 눈빛이 여전히 햄릿의 눈빛이라는 사실을 말이오."

그의 입가에 미소가 번지고 있었다.

"조금 전까지만 해도 나는 당신이 햄릿을 선택한 줄 알았소. 이제 보니 그게 아니오. 햄릿이 당신을 선택했소."

그는 나의 어깨를 툭 치고는 돌아섰다.

3

나는 멀어져가는 그의 뒷모습을 오랫동안 보고 있었다. 어둠에 잠긴 거리에는 달빛이 넘실거렸다. 그가 나에게 던진 마지막 말이 귓전을 맴돌았다. 말은 스스로 움직이면서 무언가를 그렸다. 나는 그것을 조심스럽게 들여다보았다. 거기에는 내가 애써 외면하고 있었던 얼굴이 있었다. 광장에서 마주쳤던 얼굴이었다. 들판에 누워 오필리아의 슬픈 노래를 듣고 있을 때, 오필리아를 내려다보는 이의 얼굴이 왜 그 남자의 얼굴로 바뀌었는가를 비로소 알 것 같았다. 어쩌면 그때 이미 알았는지 모른다. 그것을 인정하기가 두려워 시선을 슬며시 돌렸을 뿐이다. 들판에서 돌아올 때 광장을 일부러 피한 이유도 두려움 때문이었다. 그랬다. 나는 그를 두려워하고 있었다. 그렇다고 해서 그의 정체를 확신한 것은 아니었다. 나의 생각이 틀릴 수가 있었다. 인간의 감각이 얼마나 불완전한가를 생각하면 그럴 가능성은 충분했다. 그의 정체를 확인하고 싶은 충동이 일었다. 그가 어디에 있는지는 알 수 없지만, 마음만 먹으면 찾을 수 있을 것 같았다. 그의 정체에 대한 호기심은 강렬했다. 하지만 나는 그렇게 하지 않았다. 호기심보다는 두려움이 훨씬 컸다. 술자리로 다시 돌아왔다. 두려움에서 벗어나고 싶었던 것일까. 나는 술잔을 빠르게 비웠다. 주는 대로 마셨고, 주지 않으면 내가 따라 마셨다. 취기 속에서 노래를 불렀다. 춤도 췄다. 누군가를 껴안기도 했고, 넘어지기도 했다. 의자에 올라가 보이지 않는 오케스트라를 지휘하는가 하면, 오필리아의 대사를 햄릿의 목소리로 읊조렸다.

이것은 로즈메리 꽃. 저를 생각해달라는 표시예요. 저를 기억해주세요. 팬지 꽃도 있어요. 팬지 꽃을 보면 부디 저를 기억해주세요.

오필리아의 대사를 읊조리는 햄릿이 보였다. 그는 남자가
아니었다. 여자도 아니었다. 남자도 여자도 아닌 그를 둘러싸
고 있는 세상은 검푸른 바다였다. 햇살이 닿지 않는 검푸른
바다 속에서 사람들은 해초처럼 흐느적거리며 어딘가로 가고
있었다. 그들의 얼굴은 수척했다. 수척한 그들의 얼굴을 누군
가가 내려다보고 있었다.

언제부터 의식을 놓아버렸을까. 내가 무슨 말을 하는지 모
르고, 타인의 말도 듣지 못하고, 나와 타인과의 경계를 잊어
버리고, 나와 타인이 뒤섞이고, 마침내 내가 누구인지 모르게
되는. 내가 거트루드 역을 맡은 여배우의 치마 속으로 들어가
려 했을 때는 어떤 상태였을까. 처음에는 여배우가 소스라치
게 놀랐다고 했다. 하지만 내 몸짓과 표정을 유심히 들여다보
더니 나를 껴안고는 어머니가 아이를 달래듯 등을 토닥거렸
다고 동료 배우가 말했다. 내가 어떤 몸짓을 했고, 어떤 표정
을 지었는지 물론 나는 모른다. 동료 배우가 말해주지 않았다
면 여배우의 치마 속으로 들어가려고 했다는 사실조차 몰랐
을 것이다. 그의 말에 따르면, 내가 잠든 것은 여배우가 내
등을 토닥거리고 있을 때였다. 너무나 쉽게, 금방 잠이 들어
신기했다고 그가 말했다.

눈을 떴을 때는 다음 날 새벽이었다. 창으로 스며드는 푸르
스름한 달빛이 보였다. 처음에는 그것이 달빛인지 몰랐다. 물

216

처럼 느껴졌다. 누워 있는 곳이 물속이라고 생각했다. 왜 물속에 누워 있는지, 의문이 들지 않았다. 의문은커녕 당연하게 여겼다. 마음이 평온했다. 얼마나 평온했으면 내 생애가 기억나지 않았을까. 나는 어떤 삶도 산 적이 없었다. 물속에서 방금 태어난 느낌이었다. 내 몸이 한 송이 수련이었다 해도 조금도 놀라지 않았을 것이다.

평온에 균열이 생긴 것은 사물들이 어렴풋이 보이기 시작하면서부터였다. 처음 눈에 들어온 것은 거무스레한 물체였다. 나는 꼼짝도 않고 그것을 응시했다. 물속에 있는 것들은 부드럽고 가볍고 따뜻해야 한다. 한 송이 수련처럼. 거무스레한 물체는 그렇지 않았다. 그것은 딱딱하고 무겁고 차가운 느낌을 불러일으켰다. 나는 머뭇거리며 다가가 물체의 표면을 조심스럽게 더듬었다. 느낌은 틀리지 않았다. 거무스레한 물체는 견고하고 육중한 장롱이었다. 장롱 중앙에는 둥그런 거울이 있었다. 나는 부들부들 떨며 거울 앞에 섰다. 검푸른 거울 표면에 무언가가 비쳤다. 그것은 수련의 얼굴이 아니었다. 차가운 땅에 못 박힌 자의 얼굴이었다. 그 얼굴 뒤에는 영원한 밤이 검은 날개를 펼친 채 몸을 뒤척이고 있었다. 나는 주춤주춤 물러났다.

4

광장의 나무 의자는 텅 비어 있었다. 나는 텅 빈 의자를 물끄러미 내려다보았다. 무슨 까닭으로 남자가 여기에 있을 것이라고 생각했는지 알 수 없었다. 참으로 터무니없는 생각이었음을, 텅 빈 나무 의자는 비웃듯이 보여주고 있었다.

장롱의 거울을 들여다보고 있을 때 나를 내려다보는 시선이 있었다. 광장에서 마주친 남자였다. 두려움에 휩싸여 거울로부터 주춤주춤 물러났을 때도 그의 시선은 사라지지 않았다. 내가 두려워한 것은 그의 시선만이 아니었다. 거울에 비친 얼굴도 두려웠고, 얼굴 뒤에서 검은 날개를 펼치며 몸을 뒤척이고 있었던 영원한 밤도 두려웠다. 그의 시선은 이 모든 것을 꿰뚫고 있었다. 거울에 비친 얼굴을 꿰뚫고 있었고, 두려움에 사로잡힌 나를 꿰뚫고 있었고, 영원한 밤을 꿰뚫고 있었다. 그를 만나고 싶은 욕구가 인 것은 그 순간이었다. 광장으로 가면 그를 만날 수 있을 것이라고 생각했다. 지극히 비논리적인 생각이었음에도 전혀 의심하지 않았다. 나는 유령처럼 걷고 싶었다. 유령의 모습으로 그와 마주하고 싶었다. 하지만 햄릿은 유령이 아니다. 유령은 그의 아버지다. 내가 햄릿이면 그는 누구인가? 아니다. 나는 햄릿이 아니다. 햄릿역을 한 배우일 뿐이다. 그런데 그는 왜 나를 보며 그런 미소를 지었을까.

나는 나무 의자 주변을 서성거렸다. 서성거리면서 그가 어떤 모습으로 앉아 있었는지, 기억해내려고 애를 썼다. 등은 기대고 있었는지, 두 손을 어디에 두었는지, 다리 모양은 어떠했는지를 하나하나 짚어나갔다. 하지만 아무것도 생각나지 않았다. 그가 입은 옷도 기억이 안 났다. 얼굴마저 어슴푸레했다. 그의 정체에 대해 불쑥 의심이 들었다. 의심이 아주 황당한 것만은 아니었다. 그와 마주쳤을 때 내 의식은 햄릿의 의식과 뒤섞여 있었다. 그를 본 이가 내가 아니라 햄릿이었다면, 그의 정체를 의심해볼 필요가 있다. 햄릿의 눈에는 유령도 보인다.

달빛이 또렷해지고 있었다. 하늘을 올려다보았다. 달이 구름에서 막 나오고 있었다. 달의 뒤편에는 별들이 가물거렸다. 달빛이 물처럼 흘러내렸다. 광장 중앙에 올려놓은 배가 달빛 위로 둥실 떠올랐다. 어디로 갈까. 나는 몸을 비스듬히 하며 중얼거렸다. 가고 싶은 곳이 떠오르지 않았다. 숙소로 돌아가기는 싫었다. 텅 빈 나무 의자에 앉았다. 눈을 감고 다시 한번 그의 얼굴을 생각해보았다. 여전히 어슴푸레했다. 혹, 하고 불면 연기처럼 사라질 것 같았다. 야릇한 슬픔이 느껴지는 미소가 보고 싶었다. 그에게 물어볼 것이 많았다.

얼마나 시간이 지났을까. 기척이 느껴졌다. 미세한 기척이었지만 몸은 또렷이 그것을 느꼈다. 가까운 곳에 그가 있다고 몸이 속삭였다. 나는 고개를 끄덕였다. 눈을 뜰 수가 없었다.

눈을 뜨면 그가 사라질 것 같았다. 두려움도 일었다. 그를 만나고 싶기도 했지만 두렵기도 했다. 눈을 감고 있는 것도 힘들었다. 눈을 감고 있는 동안 그가 사라질지 모른다는 생각도 들었다. 그는 나를 보고 있는데, 나는 그를 못 보고 있다는 것에 대한 불안도 컸다.

눈을 떴다. 그의 모습이 시선에 어렴풋이 들어왔다. 달빛에 싸인 그의 몸은 은회색이었다. 나무 의자에서 일어났다. 그에게로 다가가야 할지, 그냥 서서 기다려야 할지 알 수가 없었다. 첫인사를 어떻게 해야 할지도 몰랐다. 그가 눈앞에 있다는 사실을 받아들이는 것만으로도 힘겨웠다. 그는 생각보다 키가 크지 않았다. 그럼에도 그의 머리가 하늘에 닿아 있는 것 같았다. 그가 팔을 추켜올리면 별을 만질 수도 있을 것 같았다. 그에 비해 나는 형편없이 작게 느껴졌다. 아무리 발버둥 쳐도 내가 할 수 있는 것이란 햄릿의 그림자를 질질 끄는 일뿐이었다. 나는 그에게 묻고 싶었다. 내가 누구인가를, 등 그런 거울 안에 비친 얼굴에 어떤 시간들이 덧칠되어 있는가를, 거울 속의 얼굴과 영원한 밤이 어떻게 이어지는가를. 나는 그에게로 천천히 다가갔다. 그와 나와의 거리가 좁혀지고 있었다. 너무 좁혀지면 그가 사라지지 않을까, 가슴이 조였다. 그와 악수할 수 있는 위치에서 걸음을 멈추었다. 그의 긴 머리가 바람에 살랑거렸다. 그는 검은색 재킷을 입고 있었다. 빛바랜 셔츠의 칼라가 재킷 바깥으로 나와 있었다. 얼굴은 처음 보았을 때처럼 잿빛이었고, 핏기가 없었다. 청년의 얼굴과 노인의 얼굴이 뒤섞인 듯한 인상도 여전했다. 손을 내밀고 싶었으나 어떻게 받아들일지 몰라 머뭇거렸다. 그가 빙긋 웃으며 손을 내밀었다. 그의 손은 차갑지 않았다. 들판의 흙처럼 따뜻했다.

"당신이…… 앞에…… 있다는 게…… 믿어지지가…… 않는군요."

내가 몹시 더듬거리자 그는 다시 빙긋 웃었다.

"저 배를 보시오."

배를 가리키는 그의 손이 창백했다.

"내가 저 배를 타고 왔다면 믿겠소?"

"저 배는 움직일 수 없습니다."

"달빛이 물로 변한다면 움직일 수 있지 않겠소. 누군가가 저 배에 새의 생명을 불어넣으면 배가 날 수 있지 않겠소."

"그건…… 그렇지요."

나는 애매한 표정으로 대답했다.

"저 배를 만든 이가 진정한 장인이었다면 달빛을 헤쳐 나가는 배의 모습을 꿈꾸었을 것이오. 별과 별 사이로 날개를 너울거리며 날아오르는 새의 모습도 꿈꾸었을 것이오. 그 꿈이 어디로 가겠소? 배 안으로 스며드오. 꿈이 깊으면 깊을수록 중심을 향해 깊숙이 스며드오. 당신도 꿈꾸지 않았소? 햄릿이 되는 꿈을 말이오."

그랬다. 나는 햄릿을 꿈꾸었다.

"그런데 말이오. 중심에 고인 꿈이 흘러나오는 순간이 있소. 시간이 구부러지는 어떤 지점에서 뭐라고 표현할 수 없는 틈이 생기면서 꿈이 흘러나오는 것이오. 그러면 배가 달빛을 헤쳐 나가고, 새가 되어 별과 별 사이를 날아가오. 당신에게도 꿈이 이루어지는 순간이 있지 않았소?"

나는 고개를 끄덕였다. 내가 햄릿으로 완전히 변신하는 순간이 있었다. 햄릿이 된 나는 나를 기억하지 못했다. 짧은 시간이긴 했지만, 나의 생애를 깡그리 잊었다.

"그렇다면 내가 저 배를 타고 올 수도 있지 않겠소."

"하지만 당신은……"

꾹 눌러왔던 말을 뱉기가 힘들었다.

"극 속의 인물입니다."

"그뿐이 아니오. 극 속에서 죽었지요. 독을 바른 칼에 찔려."

그는 나를 응시하며 속삭이듯 말했다.

"독이 온몸으로 퍼져나갈 때 내가 흩어지는 느낌을 받았소. 그건 막연한 느낌이 아니었소. 실제로 그렇게 되고 있었소. 내가 갈기갈기 찢기면서 허공으로 흩어지고 있었소. 흩어진 조각들은 나를 기억하지 못했소. 무언지 알 수 없는 희미한 잔상만이 어른거리고 있었을 뿐이오. 나는 그런 모습으로 허공을 떠돌고 있었소. 형태 없이, 색채도 없이, 빛도 그림자도 없이, 시작도 끝도 없이……"

그의 목소리에는 아련한 슬픔이 묻어 있었다.

"그러던 어느 날이었소. 그곳에서는 시간을 나타내는 말을 쓸 수가 없소. 시간이 흐르지 않으니까. 그럼에도 어느 날이라는 말을 쓰는 것은, 그곳으로 시간의 물결이 흘러 들어왔기 때문이오. 참으로 놀라운 일이었소. 흘러 들어온 시간은 강력한 힘으로 나의 조각들을 끌어당겼소. 허공에 흩어져 있었던 나의 조각들이 시간의 물결 속으로 빨려 들어갔소. 조각들을 온전히 모은 시간의 물결은 죽음의 세계를 빠져나갔소."

"그건 부활이군요."

나직한 나의 목소리에 그는 고개를 끄덕였다.

"누군가가 나를 꿈꾸었던 것이오. 깊이, 아주 깊이. 그 꿈이 죽음의 세계 속으로 파고들어 허공에 흩어진 나를 불렀던 것이오."

"그렇다면……"

"맞았소. 내가 여기에 나타난 것은 당신의 꿈이 나를 불렀기 때문이오."

나는 멍한 상태 속에 있었다. 생각해야 할 것이 많았으나 무슨 생각부터 해야 할지 알 수가 없었다. 머릿속이 텅 비어 버린 것 같았다.

"하지만……"

목소리가 겨우 나왔다.

"내 안에 있는 햄릿은……"

나는 간신히 말하고 있었다.

"머지않아 사라질 것입니다. 공연이 끝났으니까요."

그가 미소를 지었다. 처음 마주쳤을 때 보았던 미소였다.

"나도 사라질 것이오. 당신의 꿈과 함께…… 꿈 너머로."

몽롱한 그의 눈은 먼 곳을 향하고 있었다.

"당신의 부활은 일회적이 아니군요. 수많은 배우들이 당신을 꿈꾸었고, 꿈꾸고 있고, 앞으로 꿈꿀 테니까요."

"수많은 배우들이 꿈을 꾸지만 죽음 속으로 파고들 만큼 깊이 꿈꾸는 이들은 희귀하오."

"죽음 앞에서 꿈을 꾸는 건, 쉽지 않지요."

"죽음의 바람을 가로지르기 위해서는 유령이 되어야 하오."

그의 눈은 여전히 몽롱했다.

"당신은 유랑자군요. 세상을 떠도는."

"가장 깊은 유랑은……"

그는 눈을 가늘게 떴다.

"삶과 죽음 사이를 떠도는 유랑이오. 당신도 그렇게 생각하지 않소?"

"글쎄요."

"나는 당신이 유랑자임을 알고 있소. 나를 꿈꾸려면 나와 똑같은 유랑자가 될 수밖에 없소."

"나의 유랑은 변신의 유랑이지요."

"변신의 궁극은 삶과 죽음 사이를 건너는 것이오. 죽음 없이는 탄생이 불가능하오. 당신의 죽음이 없었다면 내가 어떻게 태어날 수 있었겠소."

"정말 죽을까 봐 두려웠습니다."

"하지만 당신은 견뎠소."

"견디지 않을 수 없었으니까요."

"왜 견디지 않을 수 없었소?"

"그건…… 나도 모릅니다."

바람이 불었다. 바람은 이상하리만치 따뜻했다.

"당신은 왜 나를 애타게 불렀소? 허공 속에서 형체 없이 떠도는 나를 무엇 때문에 불러내어 육신을 부여했소?"

"나를 잊고 싶었습니다."

"왜 당신을 잊고 싶어 하오?"

"불행을 느끼기 때문입니다."

"왜 불행을 느끼오?"

"난 늘 내가 어딘가에 갇혀 있는 기분을 느낍니다."

"당신의 운명에?"

"그렇게 말할 수도 있겠지요."

"그렇다면 당신이 원하는 것은 운명으로부터의 자유이오. 그렇지 않소?"

"그렇군요."

"죽을 수밖에 없는 존재의 궁극적인 운명은 죽음이오. 당신이 죽음을 견딘 것은 죽음을 넘어서고자 했기 때문이 아니오?"

나는 대답을 못했다. 대답을 하고 싶었으나 적절한 말이 떠오르지 않았다.

　"지금 내 귀에는 강물 소리가 들리오. 인간의 심연보다 더 깊은 것이 시간의 심연이오. 이제 나는 떠나야 하오. 시간의 그림자들과 함께, 그림자들의 부서진 꿈을 끌고 먼 곳으로 떠나야 하오. 여긴 참 좋은 곳이오."

　그러면서 광장을 찬찬히 둘러보기 시작했다. 무언가를 보기 위해서라기보다는 작별 인사를 하기 위함인 것 같았다. 달빛에 싸인 배를 올려다볼 때는 입가에 가느다란 미소가 번졌다.

　"우린…… 잘 맞지 않았소?"

　그가 나를 보며 물었다. 내가 고개를 끄덕이자 그는 희미하게 웃었다. 나에게서 멀어져가는 그의 걸음은 빠르지도 느리지도 않았다. 몸을 비스듬히 하고 걷는 게 약간 이상해 보였다. 작별의 고통이 엄습한 것은 그의 모습이 사라지고 난 후였다. 고통은 혼자 오지 않았다. 내가 어떤 세계에 살고 있는지 전혀 모르고 있다는 절망과 함께 왔다. 고통은 가차 없이 내 몸속으로 파고들었다. 무릎을 꿇었다. 압도적인 고통의 무게 앞에서 무릎을 꿇지 않을 수 없었다. 무릎을 꿇고 별들이 수정처럼 박힌 하늘을 올려다보았다. 별들의 무게에 짓눌린 것 같았다.

5

헝가리 출신의 늙은 배우로부터 편지를 받은 것은 그와 헤어진 지 한 달이 조금 넘어서였다. 그가 편지를 보내리라고는 전혀 생각을 못 했기에 어리둥절하면서도 반가웠다. 햇살이 스며드는 정원 의자에서 편지를 읽었다. 미색 종이에 만년필로 또박또박 쓴 글씨는 정갈했다.

당신에게 편지를 쓰려고 펜을 들었을 때 두 가지 사실과 맞닥뜨려 잠시 상념에 빠져 있었소. 첫째는, 내가 당신을 전혀 모른다는 것이오. 아는 것이라고는 당신의 국적과 배우 이력뿐이오. 우리가 만난 것은 딱 한 번뿐이었으니 그럴 수밖에 없지 않겠소. 둘째는, 그럼에도 나는 당신을 너무나 잘 알고 있다는 사실이오. 당신과 비교하면 30여 년을 같이 산 아내는 차라리 낯선 사람이오. 여기에 대해 약간의 설명이 필요하리라 여겨지오.

내가 당신을 처음 본 것은 극장에서였소. 나는 관객의 입장에서 햄릿 역을 연기한 당신을 보았소. 그리고 공연이 끝난 날 저녁, 주점에서 당신과 마주 앉아 한 시간가량 대화를 나눈 것이 우리가 만난 전부이오. 내가 당신을 너무나 잘 알고 있다고 한 것은 당신이 나에게는 햄릿이었기 때문이오. 나도 햄릿 역을 여러 차례 했지만 내가 햄릿 자체로 변신한 적은 한 번도 없었소. 그런데 당신은 완벽한 변신을 하고 있었소. 관객과 배우의 입장은 물론 다르오. 어쩌면 당신은 그렇지 않다고 나에게 말하고 싶을지도 모르오. 하지만 나의 눈에는 당신은 햄릿 그 자체였소. 그러니 내가 당신을 샅샅이 알 수밖에 없지 않겠소. 고백하자면, 나는 지금 햄릿에게 편지를 쓰고 있다는 설렘에 빠져 있소. 이 고백이 당신을 언짢게 한다면 용서를 빌겠소.

인간은 모르는 것에 공포를 느끼오. 인간이 미지의 대상 앞에서 굶주린 짐승처럼 변하는 것은 공포를 피하기 위함이오. 하지만 아무리 발버둥 쳐도 알 수 없는 것이 있소. 죽음이오. 당신이 요릭의 해골을 어루만지며, 오필리아의 차가운 시신을 들여다보며 알고 싶어 한 것은 죽음이었잖소. 그 무참한 생명의 잔해 앞에서 깊고 영원한 어둠의 세계를 엿보고 싶은 욕망에 사로잡히지 않았소. 당신도 알고 있으리라 짐작되지만, 나는 지금 투병 중이오. 암이 워낙 깊이 진행되어 어떻게 할 수 없다고 의사가 말했소. 나는 내가 머지않아 죽으리라는 것을 알고 있소. 배우의 직감은 정확하오. 그러니 내가 공포에 빠지지 않을 재간이 있겠소. 그런 상태에서 당신이 출연한 연극을 본 것이오. 그날 저녁 당신과 흑맥주를 나눈 시간은 내 생애의 마지막 축제였소. 되풀이해서 말하지만, 당신의 변신은 놀라웠소. 그때 나는 무대에서 연기하는 배우를 보고 있었던 것이 아니라 햄릿이라는 어둡고 불행한 한 인간을 보고 있었소. 끔찍한 진실을 보아버린 인간이 행복해진다는 것은 불가능하오. 광기, 음울한 유머, 요설, 끊임없는 독백, 격정, 행동의 질주 등은 햄릿이 끔찍한 진실을 견디는 방식들이오. 햄릿에 관심 있는 사람이면 누구나 아는 사실이오. 당신이 출연한 연극도 여기에서 크게 벗어나지 않았소. 그럼에도 당신의 모습은 그전에 내가 보았던 햄릿과는 달랐소.

배우는 연출가가 요구하는 인물을 만들어내야 하오. 그러니까 배우가 창조하는 인물이란 연출가의 머릿속에서 그려진 인물에 대한 해석의 결과물이오. 배우의 해석에 따라 인물의 모습이 달라진다는 것은 말할 나위가 없소. 견고한 인물을 만들기 위해서는 해석이 절대적으로 필요하오. 그런데 놀랍게도 당신의 햄릿은 해석의 결과물이 아니었소. 나의 판단으로는 당신은 햄릿을 해석하지 않았소. 판단이라기보다는 직감이오. 해석이란 작업이 없었음에도 어떻게 그런 인물이 나올 수 있었는지 무척 궁금했소. 궁금증은 당신과 헤어질 때 풀렸소. 그때 내가 한 말을 기억하오? 당신이 햄릿을 선택한 것이 아니라, 햄릿이 당신을 선택했다고 말이오. 여기에서 나는 배우의 선조가 샤먼이라는 사실을 상기하고 싶소. 샤먼은 변신의 달인이오. 그의 육신은 다른 존재의 혼을 받아들이기 위한 그릇이오. 샤먼이 되기 위해서는 고통이라는 통과제의를 거쳐야 하오. 살을 저미고 발라내며, 뼈를 깎는 참혹한 고통이오. 나는 당신의 연기를 보면서 당신의 고통을 느꼈소. 노인처럼 얼굴이 쭈글쭈글한 아이의 고통을 말이오. 당신은 샤먼이었소. 그래서 당신의 육신을 비울 수가 있었고, 텅 빈 육신 안으로 햄릿이 들어온 것이오. 당신이 아무리 햄릿을 원했어도, 햄릿이 당신을 원하지 않았다면 당신의 육신은 결코 채워지지 않았을 것이오.

당신은 이 사실을 알고 있소? 당신이 무대에서 홀로 걸을 때 몸이 기울어진다는 사실을 말이오. 처음에는 연기의 일부인 줄 알았소. 햄릿의 실존적 위태로움을 표현하기 위해 일부러 비스듬히 걷는다고 생각했소. 그런데 그게 아니었소. 비스듬한 모습은 햄릿의 걸음 자체였소. 그러니 내가 유심히 볼수밖에 없지 않겠소. 햄릿 옆에는 누군가가 있었소. 보이지 않는 누군가에게 자신의 몸을 기대며 걷고 있었던 것이오. 그가 없으면 햄릿은 걸을 수 없소. 그가 누구인지 당신은 알 것이오. 고통이었소. 햄릿은 고통에 기대어 세상 속을 걷고 있었소. 고통마저 없었다면 대지 위에 서 있을 수조차 없었을 것이오. 정말 놀랍지 않소? 고통이 햄릿을 부축하고 있다는 사실이 말이오. 그것은 햄릿이 나에게 보여준 기막힌 마술이었소. 그 마술 앞에서 나는 넋을 잃었소.

여기서 다른 이야기를 조금 해야겠소. 공연이 있는 날이면 배우에게 어김없이 찾아오는 손님이 있소. 공포라는 손님 말이오. 당신도 알겠지만 그건 변신에 대한 공포이오. 배우에게 변신은 숙명이오. 나와 타인 사이에는 심연이 있소. 심연이 불러일으키는 공포는 당신이 더 잘 알 것이오. 내가 타인으로 변신하려면 심연을 건너야 하오. 그 공포를 견디지 못하면 진정한 배우가 될 수 없소.

나는 지금 일생에서 딱 한 번밖에 할 수 없는 변신을 앞두고 있소. 어떤 배우라도 딱 한 번밖에 못하오. 산 자에서 죽은 자로의 변신이오. 이 일생일대의 연기를 앞두고 나는 공포에 떨고 있소. 그런데, 놀라지 마시오. 나는 이 공포를 사랑하고 있소. 그가 없으면 제대로 걸을 수 없을 만큼 사랑하오. 햄릿의 마술이 만든 사랑이오. 내가 당신에게 깊이 감사하는 이유는 여기에 있소. 어떻게 감사를 표해야 할지 모르겠소.

참으로 오랜만에 내 안의 아이가 설레는 마음으로 나의 마술을 기다리고 있소. 마지막 변신의 마술을 말이오. 아이의 눈에 비친 나비가 부디 아름다웠으면 좋겠소.

그의 죽음을 들은 것은 편지를 받은 지 20여 일 후였다. 극단 연습실에 혼자 있는데, 단원 한 사람이 들어와 그 소식을 전했다. 그는 이야기를 더 하고 싶어 했으나 내 표정을 보고는 소리 없이 나갔다.

천장이 어둑했다. 해가 지고 있었다. 창가에 섰다. 아이가 보였다. 흐릿한 갈색의 대기 속에서 아이의 얼굴은 얇고 투명했다. 부피가 느껴지지 않았다. 아이의 눈에 무언가가 비쳤다. 나비였다. 나는 기원했다. 아이의 꿈이 이루어졌기를.

폭력의 형식

1

영희가 자살을 시도한 것은 오후 3시 조금 넘어서였다. 그때 광호는 고객 물건을 배송하고 있었다. 날씨가 흐렸다. 금방이라도 비가 내릴 것 같았다. 길이 유달리 막혔다. 광호가가야 할 곳은 양재동 주택가였다. 급한 서류라고 했다. 착불고객이라 신경이 많이 쓰였다. 조금이라도 틈이 보이면 오토바이를 밀어 넣었다. 신호등 불빛이 바뀌면 제일 먼저 치고나갔다. 차도가 막히면 인도로 올라갔다. 그런데도 늦었다. 집이 무척 컸다. 대문이 고급스러웠고, 담장이 높았다. 초인종을 눌렀다. 인터폰에서 누구냐는 목소리가 흘러나왔다. 나이가 든 여자 목소리였다. 퀵서비스라고 했다. 덜컹, 하는 소리와 함께 문이 열렸다. 넓은 정원이 보였다. 잔디가 융단처럼 깔려 있었다. 개가 으르렁거렸다. 덩치가 몹시 큰 개였다. 얼굴도 사나웠다. 다행히 줄에 묶여 있었다. 광호가 머뭇거리고 있는데 늙수그레한 여자가 현관문을 열고 나왔다. 여자는 광호에게 들어오라는 손짓을 했다. 개의 눈치를 보며 조심스럽게 들어갔다.

건장하게 보이는 중년의 남자가 거실 소파에 앉아 골프채를 닦고 있었다. 남자는 광호가 내려놓는 물건을 힐끗 보더니 왜 늦었느냐고 물었다. 도로가 많이 막혔다고 했다. 막히면 차가 막히지 오토바이가 왜 막히느냐면서 남자는 광호를 빤히 쳐다보았다. 광호는 가만히 있었다. 남자는 다시 골프채를 닦기 시작했다. 손놀림이 느리지만 세심했다. 전화벨 소리가 났다. 남자가 수화기를 들었다.

어, 반가워.

남자는 다리를 꼬았다.

집사람이 뉴욕에 갔어. 딸애가 거기서 공부하잖아. 막내놈을 데리고 갔어. 집이 텅 비었지. 홀가분해. 일하는 아주머니가 오니까 불편한 건 없어. 나, 운동 많이 해. 거의 매일 왕복 10킬로 뛰어. 어디긴, 양재천이지. 우리 집 옆이잖아. 구청에서 잘 만들어놨어. 컴컴할 때 나가. 불 켜진 새벽 외등 보는 맛도 괜찮아. 언제? 그럼, 좋지. 오랜만에 손맛 좀 볼까. 내기 한번 하지. 조금 세게 말이야. 필드는? 알았어. 그동안 연습 많이 해둬.

남자는 소리 내어 웃으며 전화를 끊었다. 그러고는 광호를
빤히 쳐다보았다.

왜 안 가고 서 있어?

목소리가 퉁명스러웠다. 광호는 말없이 남자를 내려다보았다.

지금 돈 받으려고 서 있는 거야?

남자의 눈꼬리가 치켜올라갔다.

약속을 어겨놓고 무슨 염치로 돈을 받으려고 해. 나, 함부
로 돈 쓰는 사람 아니야.

광호는 입을 꽉 다물었다. 가슴이 뛰었고, 숨 쉬기가 힘들
었다. 팔과 다리가 뻣뻣해지면서 머릿속이 꽝꽝 울렸다. 누군
가가 망치로 머리를 치는 것 같았다. 몸 안에서는 알 수 없는
무엇이 꿈틀거리고 있었다. 광호가 입을 꽉 다문 것은 그것이
튀어나올 것 같았기 때문이었다. 자주 그랬다. 그런데도 겪을
때마다 낯설었다. 처음부터 입을 다물지는 않았다. 몇 번 겪
다 보니 절로 그렇게 되었다. 입만 다문 게 아니었다. 두 손
을 꽉 쥐었다. 그렇게라도 손을 묶어두지 않으면 불안했다.

넌 본래 말이 없냐?

남자는 골프채로 광호의 팔을 툭툭 치면서 물었다. 광호가
여전히 가만히 있자 남자는 픽 웃으며 주머니에서 지갑을 꺼
냈다.

나에겐 돈을 주지 않을 권리가 있어. 이건 내가 특별히 선
심을 쓰는 거야.

남자는 돈을 탁자에 던지듯 놓았다. 배송료의 반액이었다.

그거라도 갖고 가. 싫으면 그냥 가든지.

광호는 입을 꾹 다물고 돈을 집었다. 여자가 현관문을 열고 나가는 광호를 물끄러미 지켜보았다.

핸드폰 벨 소리가 난 것은 잠실에 위치한 백화점으로 가고 있을 때였다. 오토바이가 달릴 때는 벨 소리를 못 듣는다. 신호등에 걸려 잠시 서 있을 때 벨 소리가 났다. 받을 수가 없었다. 장갑을 벗기가 힘들었다. 신호등 불빛도 곧 바뀔 것이었다. 끈질기게 울리던 벨 소리가 오토바이의 굉음에 묻혔다.

백화점 입구에서 출입을 제지당했다. 지하 주차장 엘리베이터를 이용하라고 했다. 안전복을 입은 광호의 모습이 백화점 고객들의 심기를 건드리는 모양이었다. 물건을 건네고 핸드폰에 찍힌 번호를 보았다. 큰어머니였다. 전화를 한 번만 한 게 아니었다. 세 번이나 했다. 통화 버튼을 눌렀다. 큰어머니의 목소리가 나왔다. 병원이라고 했다. 목소리가 많이 갈라져 있었다. 영희가 지금 중환자실에 있다면서, 상태가 좋지 않다고 했다. 무슨 일로 중환자실에 있느냐고 물었다. 영희가 몸에 칼질을 했는데, 피를 너무 많이 흘린 것 같다고 큰어머니가 말했다.

병원으로 향하는 도중에 경찰의 검색을 받았다. 사당역 근처였다. 날치기한 물건이 있는지 확인하는 것 같았다. 경찰이 검색하는 동안 광호는 입을 꽉 다물고 있었다. 입을 다물고 있을 때 광호의 머리에 떠오른 것은 남자가 만지작거리고 있던 골프채였다. 은색의 금속은 살아 있는 생명체처럼 반짝였다.

2

광호가 인천의 한 고아원에 들어간 것은 1998년 초여름이었다. 열한 살 때였다. 영희의 작은 손이 광호의 손을 꽉 쥐고 있었다. 낯선 곳에 대한 불안과 두려움 속에서 세 살 어린 동생이 불러일으키는 보호 본능은 광호에게 큰 힘이 되었다.

1994년 10월 21일 오전 7시 38분, 성수대교 북단 다섯번째와 여섯번째 교각 사이 상판 50여 미터가 내려앉았다. 북쪽 상판 이음새가 먼저 끊어지고, 이어 남쪽 상판이 떨어져 나갔다. 버스 한 대와 승합차 한 대, 승용차 넉 대 등 모두 여섯 대의 차량과 함께 마흔아홉 명의 탑승자가 강물로 추락했다. 이 사고로 서른두 명이 사망하고 열일곱 명이 부상했다. 사망자 가운데 한 사람이 광호 아버지였다. 광호 아버지가 탄 버스는 끊긴 다리 끝부분에 뒷바퀴가 걸려 한 바퀴를 빙글 돌면서 떨어졌다. 심장이 좋지 않았던 광호 어머니는 시름시름 앓더니 1년 반 만에 강북삼성병원에서 숨을 거두었다. 고아가 된 광호 남매를 거둔 이는 광호의 큰아버지였다. 그가 광호 남매를 맡은 것은 혈육으로서의 도리와, 광호 아버지가 남긴 재산이 어우러진 결과였다. 그는 동생이 남긴 재산으로 조카 둘을 충분히 키울 수 있다고 판단했다. 그러나 1997년 말에 터진 IMF 사태로 그가 경영하던 사업체가 도산했다. 도산을 막으려 하다가 그의 재산은 물론 광호 부모가 남긴 재산 전부를 날렸다.

영희는 고아원에서 자주 울었다. 오줌을 자주 쌌고, 다른 아이와의 싸움도 잦았다. 광호는 한밤중에 잠을 자다가도 영희의 울음소리에 벌떡 일어나곤 했다. 진짜 울음소리일 경우도 있었고, 환청일 경우도 있었다. 이듬해 봄, 이모가 영희를 데려갔다. 이모는 나이가 마흔이 다 되어가는데도 아이가 없었다. 광호에게는 형편이 좋아지면 데리러 오겠다고 했다. 광호와 함께 가는 줄 알고 좋아했던 영희가 화들짝 놀라며 광호의 손을 그러쥐었다. 영희가 광호의 손을 놓지 않으려고 하는 바람에 한참 동안 애를 먹었다.

광호가 영희를 다시 만난 것은 외할머니 장례식장에서였다. 헤어진 지 4년 만이었다. 영희는 많이 변해 있었다. 키가 훌쩍 큰 데다 얼굴이 어딘지 모르게 달라져 있었다. 낯선 여자아이 앞에 서 있는 느낌이었다. 영희는 광호를 보더니 어색한 웃음을 흘렸다. 그 순간, 무엇인지는 알 수 없지만 영희와 함께 간직하고 있었던 어떤 소중한 것이 사라졌다는 느낌에 사로잡혔다.

외할머니 장례식에 다녀온 지 두 달이 조금 지나서였다. 고아원 원장 책상에 있던 돈 20만 원이 없어졌다. 어떤 원생이 광호가 원장실에서 나오는 것을 보았다고 말했다. 원장이 광호를 불렀다. 정직하게 말하면 용서해주겠다고 했다. 훔치지 않았다는 광호의 말에 원장은 하나님이 너를 지켜보고 계신다고 하면서, 잘못을 뉘우치면 용서하시는 분이 하나님이라고 했다. 광호는 훔치지 않았다고 거듭 말했다. 광호의 얼굴을 주시하던 원장이 한숨을 쉬며 따라오라고 했다. 옥상에 올라간 그는 옥상 구석에 있는 쇠파이프를 들고 왔다. 너는 내 아들이다. 내 아들이 하나님 앞에서 거짓말하는 걸 용서할 수 없다. 원장은 그렇게 외치며 쇠파이프를 휘둘렀다. 매질은 한 시간 넘게 계속되었다. 원장은 쇠파이프를 그냥 휘두르지 않았다. 눈물을 철철 흘리며 휘둘렀다. 광호는 너무 아파 자신이 훔쳤다고 말했다. 돈은 다 썼다고 했다. 훔치지 않았으니 돈이 있을 리가 없었다. 원장은 무릎을 꿇고 광호의 손을 잡았다. 그리고 광호가 죄를 고백했으니 용서해달라는 내용의 기도를 했다. 기도하는 원장의 얼굴은 눈물로 범벅이 되어 있었다.

광호는 사흘 동안 고열 속에서 신음했다. 앉아 있을 수조차 없었다. 시커먼 멍으로 뒤덮인 몸은 흉측했다. 원장 부인이 죽을 떠 먹여주었다. 닷새 후 간신히 몸을 일으킨 광호는 구름 한 점 없는 말간 하늘을 보았다. 몸이 와들와들 떨렸다. 알 수 없는 생명체가 몸 안에 들어와 몸을 흔드는 것 같았다.

식은땀이 났고, 눈물이 흘렀다. 구토하고 싶은 느낌도 들었다. 그런데 두 손은 무언가를 끊임없이 찾고 있었다. 처음에는 그것이 무엇인지 몰랐다. 한참 후에 깨달았다. 그것은 텅 빈손을 가득 채울 어떤 사물이었다. 단단하고 날카로운 어떤 사물, 그러니까 쇠붙이 같은 것이었다.

맑은 가을날이었다. 대부분의 원생들이 들떠 있었다. 소풍 가는 날이었다. 광호는 원장에게 소풍을 못 가겠다고 말했다. 원장은 언짢은 표정을 지으며 이유를 물었다. 광호는 원장의 눈을 응시하면서 몸이 아프다고 말했다. 원장은 몸이 아프면 쉬어야지, 하면서 시선을 슬며시 돌렸다.

원생들이 없는 고아원은 정적에 싸여 있었다. 햇빛 가득한 마당에 웅크리고 앉아 있던 광호는 슬며시 일어나 옥상으로 올라갔다. 쇠파이프는 그대로 있었다. 광호의 눈이 충혈되면서 몸이 떨리기 시작했다. 숨 쉬기가 힘들었다. 늑골 밑에서 무엇이 꿈틀거리며 올라오고 있었다. 잠시 후 그의 입에서 괴상한 소리가 터져 나왔다. 비명과 울부짖음이 뒤섞인 그것은 광호가 한 번도 들어본 적이 없는 소리였다.

그날 밤, 잠자리에서 살며시 일어난 광호는 이불장 아래에 숨긴 것을 꺼냈다. 낮에 부엌에서 훔쳐온 칼이었다. 원장의 방은 불이 꺼져 있었다. 문을 살며시 열었다. 희미한 달빛 속에서 원장의 잠든 모습이 보였다. 칼을 움켜진 광호의 손은 무엇을 으깨는 듯한 동작을 쉼 없이 했다. 손바닥은 땀으로 끈적거렸다. 누군가의 시선을 느낀 것은 발이 이불자락에 닿았을 때였다. 원장의 시선이 아니었다. 원장 옆에 누워 있는 원장 부인의 시선도 아니었다. 시선은 위에서 내려오고 있었다. 천장에 누가 있을 턱이 없었다. 그럼에도 누군가가 위에서 내려다보고 있었다. 광호는 주춤주춤 뒤로 물러났다. 얼굴이 창백했고, 몸이 덜덜 떨렸다. 목이 조이는 듯한 느낌도 들었다. 허겁지겁 방으로 돌아온 광호는 몸을 숨기듯 이부자리 속으로 들어갔다. 칼을 어디에 버렸는지 알 수가 없었다. 다음 날 광호는 고아원을 도망쳐 나왔다.

3

영희는 중환자실에서 의식을 잃고 누워 있었다. 입안으로 연결된 인공호흡기가 이물스러웠다. 의사는 떨어진 혈압이 좀처럼 올라가지 않는다면서 조금 더 지켜보자고 했다. 혈압이 왜 떨어졌느냐는 광호의 물음에 피를 많이 흘리면 뇌로 피가 제대로 공급되지 않기 때문이라고 말했다. 칼날이 목의 경추동맥을 건드려 피를 많이 흘렸다면서, 그 부분은 부드러운 조직이라 칼이 쉽게 들어간다는 말을 덧붙였다. 혈압이 오르지 않으면 어떻게 되느냐고 광호가 다시 물었다. 식물인간이 되거나 죽는다고 했다. 의사의 얼굴에는 영희가 그렇게 될 것

이라는 표정이 담겨 있었다. 옆에 서 있던 큰어머니가 수심이
가득한 눈으로 광호를 보았다.

영희의 자살 시도는 처음이 아니었다. 이미 손목을 여러 차
례 그었다. 손목을 그어 죽기가 쉽지 않다는 것을 영희를 통
해 알았다. 치사량보다 훨씬 많은 양의 수면제를 삼킨 적도
있었다. 영희는 토사물 속에서 잠들어 있다가 깨어났다. 영희
에게는 자해의 습관이 있었다. 면도칼이나 부엌칼로 팔이나
허벅지를 스윽 그었다. 쿡 찌르기도 했다. 담뱃불로 살을 지
졌다. 그렇게 하면 기분이 좋아진다고 했다. 광호가 이해를
못 하자, 오빠는 오빠의 몸이 죽어 있는 것처럼 느껴질 때 어
떻게 하겠느냐고 반문했다.

영희가 이모부의 아이를 낳은 것은 열다섯 살 때였다. 영희
에게 아버지의 죽음은 어렴풋이 다가왔다. 고통이 어렴풋했
고, 슬픔도 어렴풋했다. 어머니는 달랐다. 자신과 어머니가
분리되지 않았다. 어머니가 죽자 몸의 일부가 뜯겨져 나간 것
같았다. 고아원에서 광호와 떨어지려고 하지 않았던 것은, 광
호의 팔과 다리를 꽉 붙든 것은, 광호가 뜯겨져 나간 몸의 대
리물이기 때문이었다. 이모부가 자신의 몸을 만지고 무언가
를 요구했을 때 처음에는 무척 기뻤다. 불안하고 혼란스럽기
는 했지만 아버지나 오빠처럼 느껴지는 이모부가 자신의 몸
과 접촉하기를 좋아하고 있다고 생각하면 가슴이 설렜다. 하
지만 이모부의 행위는 날이 갈수록 이상해지고 있었다. 기쁨

과 설렘의 감정이 사라지면서 불안과 혼란이 커졌고, 분노와 수치의 감정에 자주 휩싸였다. 자신의 몸이 조각조각 잘리는 듯한 느낌에 사로잡히기도 했다.

영희가 이모에게 이모부의 행위를 털어놓은 것은 외할머니 장례식이 끝난 다음 날이었다. 장례식장에서 오빠를 만났을 때 시선을 마주치기가 힘들었다. 세상에서 가장 가까운 이가 오빠였다. 먼 곳에 있는 오빠를 그리워하며 눈물을 흘리던 작은 아이가 어디로 갔는지 알 수가 없었다. 이모는 영희의 고백에 놀라지 않았다. 이모는 침착했다. 이모의 침착함에 영희가 오히려 놀랐다. 네가 좀 참아. 네가 참지 않으면 우리 모두가 불행해져. 잠깐의 침묵 후 이모는 그렇게 말했다.

영희가 낳은 아이는 아들이었다. 건강했다. 아이는 이모가 데려갔다. 두 달 후 이모와 이모부는 캐나다로 떠났다. 이민이었다. 그들이 영희에게 남긴 것은 작은 아파트 한 채와 은행 통장이었다.

영희는 비교적 담담하게 아이를 보냈다. 아이를 받아들이는 이모가 고맙기까지 했다. 마음 한구석이 허전하고 쓰라렸지만 시간이 지나면 나아질 것으로 생각했다. 자신의 앞길을 막아버리는 아이가 먼 곳으로 떠나 다행스러운 마음도 들었다. 하지만 그게 아니었다. 시간이 지날수록 상처가 커졌다. 떠나간 아이가 불러일으키는 상실감은 어머니를 잃은 상실감과 비슷한 것 같으면서도 많이 달랐다. 그전에는 어머니를 대

신할 수 있는 것을 끊임없이 찾았다. 무언가를 찾는다는 것은
삶에 대한 희망이 있기 때문이다. 희망이 무언가를 찾게 했
다. 그 희망이 아이와 함께 사라진 것이었다. 지금의 고통이
영원히 계속되리라는 확신 속에서는 희망이 깃들 수가 없었
다. 지푸라기라도 잡는 심정으로 학교에 들어갔으나 또래의
학생들이 낯설었다. 그들도 영희를 외계인 보듯이 했다. 몇몇
특별한 학생들이 영희에게 접근해왔다. 그들은 담배를 피웠
고, 술을 마셨고, 그들의 눈에 거슬리는 학생들을 괴롭혔고,
남자아이들과 섹스를 했다. 영희가 그들과 관계를 끊은 것은
그들이 영희에게 어떤 남자 선배와 섹스할 것을 요구했기 때
문이었다. 영희가 거절하자 그들은 영희를 집중적으로 괴롭
혔다. 영희는 그들 앞에서 면도칼로 자신의 가슴을 그었다.
신음 소리 한 번 내지 않았다. 피투성이가 된 영희는 병원으
로 옮겨졌다. 다음 날 학생들 사이에 소문이 쫙 퍼졌다. 당황
한 학교는 진상 파악에 들어갔고, 두 명의 학생을 징계했다.
영희는 징계를 당하지 않았으나 학교를 그만두었다.

　햇빛이 화사하던 어느 봄날, 영희가 광호에게 말했다. 자신
의 가장 큰 소원은 남자아이가 되는 것이라고. 영희가 혀에
구멍을 뚫고 온 날이었다. 영희의 몸은 구멍투성이였다. 귀는
물론 눈썹, 뺨, 입술, 배꼽에도 구멍이 있었다. 귀에는 구멍
을 세 개나 냈다.

　광호는 웃었다. 열여섯 살 계집애가 남자아이가 되고 싶다

고 했으니, 웃음이 나올 만했다. 하지만 얼른 웃음을 거둔 것은 영희의 눈 때문이었다. 영희는 광호를 보고 있지 않았다. 시선은 광호를 향하고 있는데도, 커다란 눈동자는 광호가 알 수 없는 먼 곳을 더듬고 있었다. 광호는 남자아이가 되고 싶은 이유가 무엇이냐고 물었다. 영희의 대답은 엉뚱했다.

충청북도 청원군에 두루봉이라는 동굴이 있어. 거기에서 남자아이의 유골이 발견됐어. 구석기 시대의 아이였어. 가족들은 아이의 죽음을 슬퍼하며 무덤을 만들었어. 넓고 평평한 석회암 낙반석을 먼저 깔았어. 그 위에 부드러운 흙을 덮어 죽은 아이를 반듯이 눕혔어. 그러고는 아이의 몸에 고운 흙과 함께 갖가지 꽃을 뿌렸어. 난 그 아이가 부러워. 정말 부러워. 내가 그 아이가 될 수 있다면 무슨 짓이든 하겠어.

4

영희의 방은 참혹했다. 피를 흘린 것이 아니라 뿌린 것 같았다. 침대 시트는 벌겋게 젖어 있었고, 방바닥에 고인 피는 말라서 적갈색을 띠고 있었다. 벽지 여기저기에 얼룩진 피들은 색깔이 조금씩 달랐다. 암적색이 있는가 하면, 회백색이 있었고, 푸른색도 있었다. 커튼에 겹겹이 묻어 있는 피는 녹회색에 가까웠다. 여태껏 영희의 피를 본 적이 없었다. 늘 피를 흘리고 있었지만 한 번도 보지 않았다. 방 안은 고요했다. 어떤 소리도 들리지 않았다. 방이 땅속 깊은 곳에 있는 것 같았다. 아무도 들어올 수 없는, 누구에 의해서도 침입당하지 않는, 세상과 완전히 단절된 곳에서 광호는 처음으로 영희의 피와 마주하고 있었다.

고아원을 도망쳐 나온 광호는 이모 집으로 가지 않았다. 이모가 자신을 반길 리 없다는 것을 잘 알고 있었다. 외할머니 장례식 때 느꼈던 영희의 낯섦도 한몫을 했다. 막연한 느낌이긴 했지만 영희도 반가워하지 않을 것 같았다. 광호가 찾아간 곳은 남가좌동에 있는 큰아버지 집이었다. 하지만 그 집에는 다른 사람들이 살고 있었다. 큰아버지와 잘 아는 사람의 집으로 갔다. 그는 큰아버지 공장으로 가보라고 했다. 공장은 의정부 외곽에 있었다. 버스에서 내려 한참 걸었다.

큰아버지의 공장은 폐허가 되어 있었다. 잡초가 우거진 공장 공터에는 쓰레기들이 어지럽게 쌓여 있었다. 공터 아래쪽에는 개 사육장이 있어 무척 시끄러웠다. 공장 창문들은 거미줄투성이였고, 비틀어진 문짝들은 녹이 슬어 있었다. 이런 곳에 큰아버지가 있을 것 같지 않았다. 하지만 큰아버지는 거기에 있었다. 큰아버지가 지내는 곳은 그전에 숙직실로 썼던 방이었다. 천장이 낮았고, 깨어진 창에는 비닐이 펄럭였다. 실내는 습기로 눅눅했다. 큰아버지는 혼자서 소주를 마시고 있었다. 술잔을 들 때 손을 덜덜 떨었다. 집과 연락을 끊은 지

오래되었다고 했다. 그날 저녁 어디론가 나갔다 들어온 큰아버지는 다음 날 광호를 데리고 의정부 시내에 있는 어떤 중국집으로 갔다. 거기가 광호의 첫 직장이었다. 잠은 주방에 딸린 쪽방에서 잤다. 어느 날 한밤중에 주방장이 술에 취해 들어와 광호의 바지를 벗기고는 항문에 성기를 쑤셔넣었다. 너무 아파 눈물이 줄줄 흘렀다. 그날 밤, 주방장의 거대한 성기가 광호의 입안으로 들어와 목구멍을 거쳐 내장을 뚫고 항문으로 튀어나오는 꿈을 꾸었다. 주방장은 쪽방을 자주 찾았다. 주방장의 눈에 벗어나면 쫓겨난다는 것을 광호는 잘 알고 있었다. 주방장은 광호에게 잘해주었다. 광호가 오토바이 배달을 할 수 있었던 것은 주방장 때문이었다. 주방장은 광호가 가끔 오토바이를 타고 큰아버지 공장으로 가는 것을 허락했다. 더 먼 곳으로 가고 싶었으나 겁이 나서 못 갔다.

큰아버지가 공장 안에서 목을 매고 죽은 것은 광호가 열여섯 살이 되던 해 2월이었다. 허공에 걸린 큰아버지의 몸을 보았을 때는 죽은 지 나흘이 지난 뒤였다. 큰어머니를 영안실에서 만났다. 큰어머니만 만난 게 아니었다. 이모도 만났다. 이모는 광호의 손을 잡고 집으로 가자고 했다. 광호가 놀라자 이모부가 허락을 했다고 말했다. 고아원을 찾은 이모가 영희만 데려갔을 때, 자신이 못 간 것은 이모부 때문이라고 생각했다. 무슨 근거가 있는 것은 아니었다. 막연한 생각에 불과했다. 이모부가 광호에게 어렵고 불편한 사람이기 때문인지도 몰랐다. 이모부는 표정이 어둡고 말이 없었다. 그전부터 그랬다.

이모가 사는 집은 2층 양옥이었다. 1층과 2층에 각각 방이
두 개 있었다. 광호는 영희의 방과 마주 보고 있는 2층 방을
썼다. 1여 년 만에 다시 본 영희는 여전히 낯설었다. 당황한
듯하면서도 슬퍼 보이는 영희의 표정이 광호에게는 수수께끼
였다. 열세 살 아이가 짓기에는 너무나 복잡한 표정이었다.
이모부는 생각과는 달리 광호에게 다정했다. 고아원 생활에
대해 관심을 보이는가 하면, 간혹 어깨를 툭툭 치거나, 볼을
가볍게 두드리며 친밀감을 나타냈다. 이모부가 그럴 때마다
아버지가 떠올랐다. 악착같이 잊으려고 한 기억이었다. 가슴
이 울렁거렸고, 눈물이 어렸다. 칼날 같은 것이 가슴을 긋고
지나갔다.

어느 날이었다. 이모부는 광호에게 검정고시를 해볼 마음
이 없느냐고 물었다. 학원비를 대주겠다고 했다. 거실에서 과
일을 먹고 있을 때였다. 고개를 푹 숙이고 있던 광호의 눈에
서 눈물이 뚝뚝 떨어졌다.

큰아버지의 죽음은 광호에게 악몽이었다. 죽음 그 자체는
악몽이 아니었다. 아버지의 죽음도 겪었고, 어머니의 죽음도
겪었다. 악몽은 허공에 대롱대롱 매달린 큰아버지의 몸뚱이
였다. 그것은 꿈속의 풍경이 아니었다. 눈앞에서 생생하게 살
아 움직이는 풍경이었다. 그 풍경 앞에서 광호의 몸은 얼어붙
었다. 무엇인가 끔찍한 일이 자신에게도 일어날 것 같았다.

주방장은 문제조차 되지 않았다. 세상 자체가 괴물이 되어 광호를 위협했다. 날카로운 이빨이 눈에 보였다. 광호는 덜덜 떨었다. 덜덜 떨고 있는 광호 앞에 이모가 나타났고, 이모부는 공부를 다시 하라고 말하고 있었다.

검정고시 학원을 다니면서부터 광호는 희망에 부풀었다. 희망의 힘은 강력했다. 공부를 열심히 했다. 공부는 힘들었지만 즐거웠다. 힘들면서도 즐겁다는 것이 참 신기했다. 영희에게로 다가가려는 노력도 많이 했다. 영희는 멈칫거리기는 했으나 광호의 노력을 모른 척하지 않았다. 세상이 밝아지는 것 같았다. 아버지의 죽음 이후 잃어버렸던 유년기의 천진한 미소가 광호의 입가에 나타나고 있었다. 그 미소 앞에서 영희는 간혹 눈부신 표정을 지었다. 눈부신 표정을 짓는 영희의 얼굴이 예뻤다. 광호의 천진한 미소는, 그러나 오래가지 못했다.

이모가 광호를 집으로 데려온 것은 이모부와 영희의 관계를 끊어보려는 의도에서였다. 이모의 그런 의도는 어긋나고 있었다. 이모부는 영희와의 관계를 숨기려는 노력을 거의 하지 않았다. 술에 취하면 광호의 존재를 잊어버리는 것 같았다. 어떤 날은 영희와의 행위를 광호에게 드러내고 싶어 하는 게 아닌가, 의심이 될 정도로 행동했다. 광호는 영희가 낯설게 느껴졌던 이유를 비로소 깨달았다. 눈을 가리고 귀를 막고 싶었다. 하지만 눈을 가리면 귀가 열렸고, 귀를 막으면 눈이 보였다. 광호에게는 손이 두 개뿐이었다.

광호가 영희의 비밀을 알게 되면서부터 이모와 이모부와의 싸움이 자주 일어났다. 말다툼으로 시작된 싸움은 자주 폭력으로 번졌다. 거울이 박살 났고, 전화기가 깨어졌다. 이모의 머리카락이 뽑혔고, 얼굴이 퉁퉁 부었다. 고막이 터졌고, 장이 파열되었다. 싸움이 끝나면 이모부가 찾는 곳은 영희의 방이었다. 집 안에서 광호는 없는 존재였다. 없는 존재가 자신을 드러낼 수 있는 유일한 방법이 증오였다. 광호에게는 그랬다. 광호가 증오한 대상은 이모부가 아니었다. 영희였다. 이모부는 자신에게 희망을 준 사람이었다. 희망을 준 사람을 증오한다는 것은 희망을 버리는 행위였다. 희망을 버리기에는 악몽이 너무 끔찍했다. 이모부와 가까이 있을 때 두 손을 꽉 쥐었던 것은, 흉기가 될 수 있는 물건을 보면 흠칫 놀란 것은, 자신의 손이 무슨 짓을 할지 모르기 때문이었다. 모든 증오를 영희에게 쏟았다. 그것은 황폐한 증오였다. 황폐할 수밖에 없었던 것은 증오의 원천이 절망과 공포였기 때문이었다. 그 황폐한 증오가 파괴적 형태로 분출된 것은 비가 내리는 6월 어느 날 밤이었다.

처음에 영희는 얼이 빠져 있었다. 자신에게 무슨 일이 일어나고 있는지 모르고 있었다. 단추가 뜯겨 나가고, 옷이 찢기고 있을 때 비로소 사태를 파악했다. 영희의 저항은 완강했다. 사지에 몰린 어린 짐승처럼 온몸으로, 눈을 부릅뜨고, 작은 이빨을 드러내며, 사납고 애절하게 저항했다. 영희가 광호의 팔을 물어뜯었을 때 광호는 고통을 느꼈다. 깊은 고통이었다. 고통 주위를 무언가가 달무리처럼 에워싸고 있었다. 희열이었다. 희열은 고통을 달무리처럼 에워싸면서 고통의 내부로 스며들었다. 광호는 고통과 희열에 휩싸여 영희의 몸을 유린했다. 영희가 저항을 포기했을 때 광호의 눈에서 가느다란 눈물이 흘러내렸다.

이모부가 문을 박차고 광호의 방으로 들어온 것은 그 일이 있은 지 보름이 채 못 되어서였다. 침대에서 가수 상태로 누워 있던 광호는 벌떡 일어났다. 뺨에서 불이 번쩍 했다. 이 쌍놈의 새끼. 이모부의 두꺼운 손바닥이 광호의 뺨을 연속적으로 후려쳤다. 광호는 비틀거리는 몸을 가누려고 애를 썼다. 앞이 잘 보이지 않았다. 개새끼. 이모부의 거친 목소리와 함께 주먹이 날아왔다. 몸이 휘청거렸다. 광호는 넘어지지 않으려고 손으로 침대 모서리를 짚었다. 거의 무의식적인 동작이었다. 광호는 전율에 휩싸여 있었다. 의식이 작동하기도 전에 몸을 휘감는 전율이었다. 그것은 영희와는 아무런 상관이 없었다. 이모부라는 존재 자체가 만들어내는 전율이었다.

이모부 앞에서 광호는 아무것도 아닌 존재였다. 그때 광호가 간절히 욕망한 것은 이모부에게 아무것도 아닌 존재가 되려면 어떻게 행동해야 하는지를 아는 것이었다. 그것을 모르고 있다는 사실이 광호에게는 공포였다. 그 공포에서 벗어날 수만 있다면 무슨 짓이든 할 것 같았다. 비명을 내지 않기 위해 입을 꽉 다물었다. 아무것도 아닌 존재가 비명을 지를 수 없었다. 방바닥에 쓰러진 광호는 몸을 둥글게 말았다. 덜 맞기 위함이 아니었다. 아무것도 아닌 존재가 되기 위해서는 몸을 최대한 작게 해야 했다. 광호의 몸을 지근지근 밟던 이모부는 책상 위에 있는 스탠드를 집어들어 내리치기 시작했다. 받침대와 갓은 플라스틱이었지만 연결대는 기다란 쇠였다. 그 쇠가 살 속으로 파고들면서부터 꿈쩍도 않던 광호의 몸이 움직이기 시작했다. 이모부는 쇠를 마구 휘둘렀다. 갓이 튕겨나가면서 연결대 끝부분의 뭉툭한 쇠가 광호의 옆구리로 파고들었다. 그 순간 광호는 몸속 깊은 곳에서 알 수 없는 무언가가 꿈틀거리고 있는 것을 느꼈다. 자신의 일부 같으면서도 자신과 전혀 무관한 어떤 생명체가 꿈틀거리며 빠르게 올라오고 있었다. 공처럼 말린 광호의 몸이 용수철처럼 튀어오른 것은 눈 깜짝할 사이였다. 광호의 두 손이 이모부의 목을 움켜쥐었다. 워낙 빨라 피할 틈이 없었다. 이모부의 덩치는 무척 컸다. 그에 비하면 광호의 몸은 형편없이 작았다. 몸이 삐쩍 말랐고, 키도 크지 않았다. 그럼에도 이모부는 힘을 쓸 수가 없었다. 광호의 눈빛 때문이었다. 흐린 눈동자에서 뿜어져나오는 빛이 이상하게도 그를 무기력하게 만들었다. 목으로 파고드는 손의 감촉도 섬뜩했다. 너무나 차가워 사람의 손이 아닌 것 같았다. 이모가 달려와 소리를 지르며 광호의 팔을 잡아당겼다. 하지만 목을 조르는 광호의 손은 꿈쩍도 하지 않았다. 이모부의 안색을 보면 금방 숨이 끊어질 것 같았다. 다급해진 이모가 광호의 팔을 물었다. 광호가 흠칫하며 이모를 보았다. 몽롱한 눈빛이었다. 시선은 이모를 향하고 있었으나, 이모를 보는 것 같지 않았다. 얼굴은 표정이 전혀 없어 딱딱한 껍질에 싸여 있는 듯했다. 목을 조르던 광호의 두 손이 툭 떨어졌다. 광호의 손아귀에서 벗어난 이모부는 뒤로 물러섰다. 얼굴이 새파랗게 질려 있었다. 광호의 눈에서 초점이 모이기 시작했다. 몽롱하던 눈빛이 살아나면서 딱딱한 껍질에 싸인 듯한 얼굴에서 움직임이 보였다. 어딘지 뭉쳐 있는 느낌을 주던 표정이 풀어지고 있었다. 눈이 깜박거렸고, 입술에서 미세한 경련이 일었다. 뭐라고 중얼거리는 것 같았으나 알아듣기가 힘들었다. 광호의 두 팔은 축 늘어져 있었다.

다음 날, 광호는 이모 집을 나왔다. 배웅하는 이는 아무도 없었다. 터벅터벅 걷던 광호는 걸음을 멈추고 뒤를 돌아보았다. 6월의 햇살에 싸인 집은 희게 빛나고 있었다. 희게 빛나는 집을 보면서 광호는 어젯밤 희망의 목을 조른 이가 누구인지를 생각했다. 아무리 생각해도 누구인지 알 수가 없었다.

5

광호의 무릎이 꺾였다. 등이 구부러졌고, 고개가 숙여졌다.

방바닥에 고인 영희의 피가 한층 가깝게 보였다. 갈증이 났다. 입안이 바짝 말라 있었다. 그러나 광호는 꼼짝도 않고 영희의 피를 응시했다. 적갈색 피에서 엷은 광택이 났다. 눈물이 떨어지고 있었다. 뚝뚝 떨어졌다. 눈물은 방바닥에 고인 피와 섞였다. 말라버린 적갈색 피가 풀어지면서 색이 엷어지고 있었다. 적갈색 속으로 잿빛이 스며들었다. 눈을 감았다. 종이처럼 창백한 영희의 얼굴이 어렴풋이 떠올랐다. 그 얼굴 위로 누군가가 고운 흙을 덮었다. 꽃도 뿌렸다. 광호는 고개를 흔들었다. 세상에는 그런 흙과 꽃이 없었다. 그가 살아온 세상은 그랬다. 영희는 단지 꿈을 꾸었을 뿐이었다.

이모 집을 나와 한동안 거지처럼 살았다. 잠은 아무 데서나 잤다. 서울역 대합실이나 전철역 지하도에서 자기도 했고, 공원이나 빈 건물에서 자기도 했다. 밥은 무료 급식하는 데서 먹었다. 하루 세 끼 먹는 날은 극히 드물었다. 허기를 견디는 방법은 가만히 누워 있는 것이었다. 가만히 누워 있으면 시간은 말없이, 가볍게 스쳐 지나갔다. 몸은 시체처럼 무거운데, 멀어져가는 시간은 새처럼 가벼웠다. 쉼 없이, 가볍게 사라져가는 시간을 보고 있으면 간혹 눈물이 났다. 여름이 지나갈 무렵 단속에 걸려 경찰서로 끌려갔다. 경찰은 광호를 청소년 보호소로 보냈다. 그곳에서도 먹고 자기만 했다. 자지 않는 시간에는 그전처럼 죽은 듯이 누워 있었다. 보호소 아이들이 광호를 몇 번 건드렸지만 반응이 없자 내버려두었다. 한 달여

를 그렇게 보낸 후 사회복지사가 소개해준 주유소에서 일을
했다. 잠은 주유소 건물 안에서 잤다. 얼마 후 주유소에서 눈
이 맞은 여자아이와 동거를 했다. 그 아이는 동거 중에도 나
이 든 남자를 만나러 다녔다. 주로 PC방에서 인터넷 채팅을
이용했다. 재수가 좋은 날에는 10만 원짜리 수표 두서너 장을
갖고 왔다. 동거는 여자아이가 경찰의 단속에 걸려든 바람에
석 달도 채 못 돼 깨졌다.

  큰어머니 집을 찾은 것은 이듬해 3월이었다. 영희가 궁금
했다. 큰어머니가 영희의 소식을 알지는 모르겠으나, 찾아갈
데라고는 거기밖에 없었다. 큰어머니는 광호가 이모 집을 나
간 것도 모르고 있었다. 그동안 어떻게 살았느냐고 꼬치꼬치
물었다. 광호의 듬성듬성한 대답에 눈물을 훔치던 큰어머니
가 광호에게 오토바이를 탈 줄 아느냐고 다시 물었다. 광호가
탈 줄 안다고 했더니 어떻게 배웠느냐고 궁금해했다. 의정부
중국집 이야기를 하자 큰어머니는 어디론가 전화를 했다. 며
칠 후, 큰어머니가 광호를 데리고 간 곳은 퀵서비스업을 하고
있는 남동생의 사무실이었다.

  오토바이는 광호의 몸에 맞았다. 길 위를 달릴 때면 생각이
사라졌다. 오토바이가 생각을 하지 않듯 그의 머릿속도 지워
졌다. 광호가 꿈꾼 것은 자신의 몸이 사물로 변하는 것이었
다. 그는 기억과 욕망이 두려웠고, 기억과 욕망을 끊임없이
증식시키는 자신의 몸이 두려웠다.

이모가 광호를 찾은 것은 영희의 출산이 임박했을 무렵이었다. 큰어머니는 영희의 임신을 이미 알고 있었다. 광호에게 말을 하지 않았던 것은 이모로부터 당분간 숨겨줄 것을 부탁받았기 때문이었다. 이모가 영희의 임신을 어렵게 끄집어내었을 때 광호는 잘 알아듣지 못했다. 광호에게 영희는 아이였다. 아이가 아이를 뱄다는 사실을 받아들이기가 쉽지 않았다. 광호는 자신이 영희에게 얼마나 엄청난 짓을 했는가를 비로소 깨달았다.

이모 내외가 캐나다로 떠난 후 영희를 만났다. 얼굴이 부어 있었다. 부어 있는 영희의 얼굴이 늙어 보였다. 열다섯 살 아이의 늙은 얼굴 앞에서 광호가 쓸쓸해하자, 영희는 눈물을 글썽였다. 영희는 광호와 함께 지내기를 원했다. 광호가 거절한 것은 두려움 때문이었다. 자신의 몸 안에 무엇이 살고 있는지 알 수가 없었다.

영희의 침대로 올라가 누웠다. 시트에 묻어 있는 영희의 피가 느껴졌다. 옷을 벗었다. 윗도리를 벗고 바지를 벗고 내의를 벗었다. 영희의 피가 맨살에 닿았다. 영희의 몸이 보였다. 가늘고 푸르스름했다. 가늘고 푸르스름한 몸이 어디론가 흘러가고 있었다. 흙도 꽃도 없는 허공 속에서 축축한 바람에 실려 어디론가 하염없이 흘러가고 있었다. 바람 속에서 새 울음소리가 났다. 가느다란 새 울음소리가 적막한 허공을 희미한 무늬처럼 떠돌았다. 성기를 쥐었다. 성기는 빳빳이 서 있었다. 빳빳이 선 성기를 쓸어내렸다. 영희의 애잔한 신음 소리가 들렸다. 몸이 부풀고 있었다. 정액이 솟구쳐올랐다. 솟구쳐오른 정액은 침대 시트의 핏자국으로 스며들었다.

눈을 떴다. 주위가 어슴푸레했다. 몸을 일으켰다. 침대 시트는 피와 정액으로 얼룩져 있었다. 시계를 보았다. 5시가 조금 넘어 있었다. 창가로 갔다. 새벽의 텅 빈 거리가 어렴풋이 보였다. 창문을 열었다. 비릿한 냄새가 났다. 세상의 냄새였다. 잔혹한 생명의 냄새이기도 했다. 옷을 입었다. 방바닥에 고인 영희의 피가 바짝 말라 잿빛을 띠고 있었다. 창문을 닫고 영희의 방을 나왔다. 복도 위로 그림자가 길게 비쳤다. 걸음을 멈추고 그림자를 내려다보았다. 그림자는 흐리고 밋밋했다. 고통과 갈증이 동시에 일었다. 고통은 갈증을 자극하고, 갈증은 고통을 자극했다. 단단한 무언가를 쥐고 싶었다. 텅 빈 손안을 가득 채우는 단단한 어떤 것. 눈이 충혈되고 있었다. 두 손은 무엇을 반죽하는 것처럼 꿈틀거렸다. 근육이 경련하고 있었다. 아파트 마당 가장자리에 세워둔 오토바이를 향해 빠르게 걸었다. 새벽의 어스름 속에서 오토바이가 짐승처럼 웅크리고 있었다.

6

양재동 주택가 골목길이 보였다. 광호의 걸음이 빨라지고 있었다. 오토바이는 조금 떨어진 곳에 있는 공사장 터에 세워 두었다. 오토바이용 장갑을 벗고 얇은 장갑을 꼈다. 헬멧도 벗었다. 검은색 야구 모자를 썼다. 동녘 하늘에서 희미한 빛이 생기고 있었지만, 거리는 여전히 어둑했다. 공기는 축축했고, 바람이 약간 불었다. 골목길로 들어설 때까지 한 사람도 마주치지 않았다. 인기척이 없는 거리는 적막했다. 자신이 유령처럼 느껴지기도 했고, 세상이 유령처럼 느껴지기도 했다. 어쩌면 지금 여기가 꿈의 한 모퉁이일지도 모른다는 생각도 들었다. 걷고 있는 길이 다리가 끊어지듯 뚝 끊어진다고 해도 조금도 놀라지 않을 것 같았다. 다리는 강물로 떨어지지만, 길은 어디로 떨어지는지 궁금했다.

낯익은 집이 보였다. 대문 앞에 섰다. 송진 냄새가 났다. 대문을 밀어보았다. 잠겨 있었다. 초인종을 눌렀다. 20초 정도 기다렸지만 인터폰에서 아무런 소리가 나지 않았다. 초인종을 다시 눌렀다. 개 짖는 소리가 났다. 그러나 인터폰은 조용했다. 이번에는 초인종을 오래 눌렀다. 30초가 지났음에도 인터폰은 여전히 조용했다. 대문을 살폈다. 문고리에 발을 걸치기만 하면 대문을 타고 넘을 수 있을 것 같았다. 뒤를 돌아보았다. 어스레한 빛에 싸인 길이 눈에 들어왔다. 지금 저 길로 되돌아가면 안 될까, 하는 생각이 머리를 스쳤다. 그것이 불가능하다는 것을 광호는 금방 깨달았다. 왜 불가능한지는 알 수 없지만, 불가능하다는 사실만은 몸에 명확히 박혔다. 대문 기둥의 홈에 발을 딛고 오른손을 뻗었다. 손이 대문 끝에 닿았다. 팔 힘으로 몸을 끌어올리면서 발을 문고리에 걸쳤다. 왼손을 뻗으니 대문 끝이 잡혔다. 두 손으로 몸을 지탱하면서 발을 대문 위로 올렸다. 개 짖는 소리가 커지고 있었다. 마당으로 뛰어내렸다. 정원수들이 거무스레했다. 현관을 향해 빠르게 걸었다. 개가 펄쩍펄쩍 뛰며 맹렬히 짖었다. 힐끗 개를 한 번 보고는 계단으로 올라섰다. 현관문은 예상했던 대로 잠겨 있지 않았다. 남자는 지금 양재천변을 달리고 있을 것이다. 새 울음소리가 들렸다. 고개를 돌렸다. 새는 보이지 않았다. 어둡지도 밝지도 않은 하늘만 보였다. 안으로 들어갔다. 거실은 어두웠다. 방 안을 들여다보았다. 아무도 없었다. 2층 방도 마찬가지였다. 거실로 다시 내려왔다. 골프백은 현관 입구의 수납장 안에 있었다. 골프채만 꺼내고 다시 넣었다. 냉장고에서 생수병을 들고 와 소파에 앉았다. 골프채는 옆에 두었다. 병째로 물을 마셨다. 개 짖는 소리가 멈추었다. 침침한 광선이 거실 창에 달라붙고 있었다. 등을 소파에 깊숙이 묻었다. 어둑한 천장이 보였다. 어둠이 금방이라도 떨어질 것 같았다. 눈을 감았다. 지난날들이 떠올랐다. 아버지의 환한 얼굴과 어머니의 미소, 생일 케이크 앞에서 불렀던 노래와

영희의 높은 웃음소리, 아버지가 누워 있는 관의 정적과 문상
객들의 침울한 움직임, 어머니의 어둡고 축축한 두 눈, 묘지
로 가는 길의 피로와 공포, 고아원 원장의 쇠파이프와 기도
소리, 폐허의 공장과 싸늘한 주검, 희망과 치욕, 증오와 절망
과 공허, 영희의 애잔한 목소리와 피투성이 방, 흙도 꽃도 없
는 허공과 새 울음소리. 이 모든 것들이 메마른 파편의 형태
로 나타났다가 사라졌다. 너무 메말라 부스러질 것 같았다.

　광호가 눈을 뜬 것은 어떤 기척 때문이었다. 몸에 닿을 듯
말 듯한, 깊은 정적이 아니라면 느낄 수 없는 미세한 기척이
었다. 몽롱하던 정신이 조금씩 깨고 있었다. 눈앞에 누군가가
서 있었다. 남자였다. 창으로 비스듬히 스며드는 빛에 남자의
얼굴이 흐릿하게 보였다. 남자는 이마를 찌푸리며 광호를 내
려다보고 있었다. 눈썹이 비틀어졌고, 눈꺼풀은 위로 올라가
있었다. 툭 튀어나온 회색빛 볼이 얼룩처럼 보였다. 두꺼운
목과 둥근 어깨는 푸른 그늘에 잠겨 있었고, 검은 물이 괴어
있는 듯한 옷에서 누르스름한 손이 삐죽 나와 있었다. 누르스
름한 손이 들고 있는 것은 골프채였다. 남자는 골프채를 꽉
쥐고 있었다. 광호가 조금만 움직여도 골프채를 휘두를 기세
였다. 남자의 근육은 긴장되어 있었다. 그는 광호가 돌발 행동
을 했을 때 효과적으로 대처할 수 있는 위치에 서 있었다. 남
자가 무어라고 말했으나 광호의 귀에는 들리지 않았다. 광호
의 귀에 들리는 것은 적막한 허공을 떠도는 새 울음소리였다.

7

광호는 자신이 지금 등을 어딘가에 기대고 비스듬히 누워 있다는 것을 알았다. 이마가 뜨거웠고, 눈꺼풀이 무거웠다. 땀이 눈꺼풀을 덮고 있는 것 같았다. 눈앞이 흐린 이유가 눈꺼풀을 덮고 있는 땀 때문인지도 몰랐다. 물체들의 윤곽이 불분명했고, 색깔들은 잿빛이었다. 머릿속도 흐리멍덩했다. 몸 안이 텅 빈 것 같기도 했다. 구토를 하고 난 후의 기분과 흡사했다. 그럼에도 청결한 느낌이 드는 것은 굴욕감이 사라졌기 때문이었다.

광호는 자주 굴욕을 느꼈다. 느꼈다기보다 굴욕에 짓눌려 있었다. 굴욕에 짓눌린 자신의 모습을 애써 외면했다. 그렇게라도 하지 않으면 사람들 틈에서 살아갈 수가 없었다. 굴욕감에서 벗어나는 순간은 오토바이를 타고 있을 때였다. 속도계가 가파르게 상승하면 눈앞의 세상이 기우뚱해진다. 기우뚱한 세상이 희미해지고, 마침내 형체를 잃고 어떤 물결이 되어버릴 때, 그 물결을 가로지르는 광호의 몸은 홀로 빛났다. 홀로 빛나는 광호의 몸 안에 굴욕감이 머물 수 있는 곳은 어디에도 없었다. 하지만 지금은 오토바이를 타고 있는 것이 아니었다. 무기력하게 누워 있을 뿐인데도 굴욕이 느껴지지 않았다. 굴욕은커녕 오히려 누군가를 버렸다는 느낌이 강하게 들었다. 이상한 것은 누군가를 버렸음에도 버림받은 느낌이 동시에 든다는 사실이었다.

이제 그만 일어서고 싶었다. 하지만 어떻게 해야 일어설 수 있는지, 막막했다. 갓난아기가 되어버린 것 같았다. 팔꿈치와 무릎이 뻣뻣해 움직이기가 힘들었다. 어깨도 쑤셨다. 무거운 짐을 지고 먼 길을 걸어온 느낌이었다. 뒤돌아보면 자신이 걸어온 길이 보일 것 같았다. 눈물이 주르르 흘렀다. 그전에도 간혹 눈물을 흘렸지만 이번 눈물은 낯설었다. 다른 사람의 눈물 같았다. 눈물이 멈출 때까지 가만히 있었다. 소매에 검은 얼룩 같은 것이 어른거렸다. 피였다. 색깔이 처음으로 선명하게 보였다. 누군가가 쇠파이프를 휘두르고 있는 광경이 떠올랐다. 쇠파이프가 은빛으로 반짝였다. 쇠파이프를 휘두르는 몸뚱이는 그림자보다 더 희미했다. 속이 메슥거렸다. 이제는 정말 일어서야겠다고 생각했다. 손으로 바닥을 짚었다. 장갑을 꼈는데도 바닥이 차가웠다. 억지로 무릎을 일으켜 세웠다. 자세가 엉거주춤했다. 앉아 있는 것도 아니고 서 있는 것도 아니었다. 어지럼증이 났다. 넘어질 것 같아 몸을 웅크렸다. 어지럼증이 가라앉고 있었다. 손바닥을 무릎에 받치고 가까스로 일어섰다. 벽지의 꽃무늬가 시선에 들어왔다. 꽃무늬들 사이에 붉은 얼룩이 있었다. 피였다. 피는 거기만 있는 것이 아니었다. 소파에도 있었고, 탁자에도 있었다. 금이 간 화병에도 있었고, 넘어진 스탠드 갓에도 있었다. 양탄자를 적신

피는 방으로 이어졌다. 핏자국을 따라갔다. 문이 반쯤 열려
있었다. 걸음을 멈추었다. 손잡이에도 피가 묻어 있었다. 문
턱에는 톱니 모양의 핏방울들이 흩어져 있었다. 방 안에서 무
슨 소리가 나는지 귀를 기울였다. 아무 소리도 나지 않았다.
들리는 것이라고는 자신의 숨소리뿐이었다. 안을 살며시 들
여다보았다. 발은 들여놓지 않았다. 남자의 몸이 보였다. 남
자는 엎드린 자세로 비스듬히 누워 있었다. 무엇에 짓눌린 것
처럼 보이는 남자의 얼굴이 납 빛깔이었다. 남자의 머리에서
흘러내린 피가 방바닥에 흥건히 고여 있었다. 남자의 몸뚱이
에는 어떤 움직임도 없었다. 푸르죽죽한 물체 같았다. 천장을
흘낏 보았다. 피가 튀었는지 천장에도 피가 묻어 있었다. 광
호의 입가에 미소가 번졌다. 골프채는 채광창 아래에 있었다.
광호의 눈이 반짝였다. 은색의 금속은 채광창으로 흘러들어
오는 빛에 반사되어 광채를 띠고 있었다.

폭력을 해체하는 인문학적 소설 쓰기

홍정선

　태초부터 지금까지 이 세상에는 다양한 형태로 수많은 종류의 폭력이 존재해왔다. 개인의 영혼에 내면적 고통을 주는 언어적 폭력으로부터 육체에 심각한 고통을 주는 물리적 폭력에 이르기까지, 개인들 사이의 일상적 관계에서 생기는 사소한 물리적 충돌로부터 집단이나 국가 사이의 사회적 이념적 갈등 관계에서 생기는 끔찍한 학살에 이르기까지 이 세상에는 수많은 종류의 폭력이 존재해왔다. 그리고 이러한 폭력 중에는, 나치스의 유태인 학살처럼, 비이성적인 집단이나 국가가 이념과 법률의 이름을 빌려 특정한 부류의 사람들에게 합법적으로 폭력을 자행하는, 알베르 카뮈가 '윤리적 살인'이라고 이름 붙인 가공할 만한 폭력도 있었다. 이렇듯 인류 역사 속에 존재해온 다양한 폭력의 세목을 여기에서 일일이 작성해 보이는 것은 불가능하다. 빈곤과 같은 경제적인 상황으로부터, 부모와 자식 사이처럼 가족 관계로부터, 개인과 국가와 같은 피할 수 없는 권력 관계로부터, 우리를 둘러싼 관습 혹은 이데올로기처럼 집단적 믿음으로부터 야기되는 폭력의 목록들을 이 자리에서 모두 열거해 보이는 것은 필요한 일도, 가능한 일도 아니다. 그렇지만 분명한 것은, 과거에 있었던 그 폭력들이 지금도 가족 속에서, 사회 속에서, 국가 속에서 시대에 따라 그 모습을 바꾸었을 뿐 계속되고 있다는 사실이며, 강한 자에게 짓밟히는 약한 자의 비명 소리와 강요된 이념과 제도 아래에서 신음하는 개인들의 울음소리는 세계의 도처에서 오늘도 울려 퍼지고 있다는 사실이다.

정찬의 이번 소설집은 그의 이전 소설집들과 마찬가지로 이 같은 폭력의 문제를 진지하고 끈질기게 탐구하고 있다. 실제의 폭력을 증언의 형식으로 보고하거나 고발하는 수준이 아니라 폭력의 의미와 본질을, 폭력의 탄생 과정을, 폭력을 행사하는 사람과 폭력의 피해자가 된 사람의 내면세계를 참으로 집요하게 해부해 보여주고 있다. 한 편의 소설 속에서는 집요하게, 그가 지금까지 발표한 소설의 목록에서 볼 때는 변함없이 줄기차게, 폭력의 문제를 물고 늘어지는 모습을 보여주고 있다. 그렇기 때문에 그가 소설을 쓰는 태도는 요즘 많은 작가들이 소설을 쓰는 태도와 확연하게 다르다.

김주연은 동인문학상 수상작으로 정찬의 「슬픔의 노래」를 뽑으면서 그 선정 이유로, 이 작품에는 "이즈음 갈수록 경박해져가는 소설의 풍조에 하나의 경각이 될 수 있는 중요한 메시지"가 담겨 있다는 사실을 들었다. 그리고 이 작품에 담겨 있는 메시지는 "문학의 품위를 지켜주는 정신의 견고함과 지향점"이라고 말했다. 나는 정찬 소설에 대해 김주연이 내린 이러한 평가가 비단 「슬픔의 노래」 한 작품에만 해당되는 것이 아니라, 그가 지금까지 쓴 소설 모두에 해당되는 것이라고 생각한다. 「슬픔의 노래」를 요즘의 경박한 소설들과 구별 지어주는 것은 이 작품이 신과 인간, 권력과 폭력, 삶과 예술의 문제를 탐구의 대상으로 삼고 있기 때문이며, 이것들은 정찬의 소설을 일관하는 핵심적 주제들일 뿐만 아니라, 인간의 자유와 행복을 추구하는 인문학의 본질적 주제들이기 때문이다.

정찬의 소설은 이처럼 인문학이 오랫동안 탐구의 대상으로 삼아왔던 문제들을 특유의 방식으로 소설화시키고 있다는 점에서 요즘 많은 작가들의 소설과 선명하게 구별된다. 그의 소설은 이유도 없이 질릴 정도로 길게 늘어진 소설, 말의 장난기 어린 의미와 그 의미를 뒷받침하는 표피적인 소리에 매달리며 이야기를 만들어나가는 소설, 인생을 성찰의 대상이 아니라 오로지 즐김의 대상으로 간주하며 전개되는 부박한 소설 들과는 성격이 다르다. 그의 소설은 가볍게 즐거움을 얻기 위해 집어들 수 있는 소설이 아닌 것이다. 그의 소설에는 폭력의 문제와 같은 무거운 주제가 특유의 진지한 문체로 서술되어 있기 때문에, 가볍게 그의 소설을 집어든 독자들을 괴롭고 불편하게 만든다. 정찬은 「슬픔의 노래」에서 이렇게 말했었다. "예술가는 축복보다 형벌에 민감한 사람이다. 그리고 그 형벌을 견뎌야 한다. 견디지 못하는 자는 단언하건대 예술가가 아니다"라고. 정찬이 쓰는 소설은 이러한 자세와 정신의 산물이다. 그러므로 그의 소설을 읽는 독자들에게도 작가와 마찬가지로 일종의 의미 있는 형벌을 견디는 자세가 은연중에 요구된다.

또 정찬의 그러한 자세와 정신이 만들어낸 당연한 결과이겠지만, 그가 구사하는 소설 언어에는 삶의 무게를 벗어던지고 가볍게 비상하는 요즘의 소설 언어들과는 달리 세계의 무게가 실려 있어서 독자들을 질릴 정도로 진지하게 만든다. 그의 소설은 폭력의 문제와 같은 인문학적 관심사를 소재의 차원에서 스쳐 지나가는 방식으로 다루는 것이 아니라 학문적 연구에 버금갈 정도로 작품 전체를 통해 일관되고 밀도 있게 물고 늘어지는 까닭에, 마치 한 편의 좋은 논문을 읽는 것처럼 사람들을 진지하게 만드는 측면이 있는 것이다.

그래서 그의 소설은 즉각적인 즐거움을 주는 것이 아니라, 페이지를 차근차근 넘기는 독자들에게 점차 강한 흡인력을 발휘하기 시작하며 끝까지 읽은 사람에게는 오랫동안 사라지지 않는 여운을 선사한다. 그의 소설은 마지막 페이지를 넘긴 독자들에게 인간에 대한 이해와 성찰이 더욱 깊어지고 높아졌다는 뿌듯함을 안겨주는 것이다. 이런 점에서 우리는 정찬의 소설을 인문학으로서의 문학에 충실한 소설, 소설이 인문학에서 차지해야 할 본연의 자리에 걸맞게 인간에 대한 탐구를 본격적으로 수행하는 소설이라 말할 수 있다.

정찬의 이번 소설집에 수록된 작품 수는 모두 7편으로, 그 중 「두 생애」 「희생」 「폭력의 형식」, 이 세 작품이 본격적으로 폭력의 문제를 다루고 있다. 그리고 이 세 작품은 편수로 보았을 때는 절반에 미달하지만, 소설집의 전체 분량으로 보았을 때는 절반을 훨씬 넘어선다. 이 같은 작품들이 폭력의 문제를 다루고 있으며, 소설집에 수록된 작품들 중 가장 뛰어난 작품군을 이루고 있다는 것은 정찬이 폭력의 문제를 소설화하는 데에 익숙하다는 사실과 함께 이 문제를 소설화하는 수법이 날로 원숙해지고 있다는 사실을 말해준다. 교황의 위대한 삶과 이름 없는 한 아이의 비참한 삶을 대비시키면서 상이한 두 사람의 삶에 대한 심층적 이해를 도모하고 있는 「두 생애」, 권위주의 시대의 한국 사회를 떠올리게 만들면서 치욕스런 폭력의 희생자들이 만들어 보이는 아름다운 화해의 행로를 가슴 찡하게 서술하고 있는 「희생」, 한 인간이 그를 둘러싼 성장 환경 때문에 어쩔 수 없는 힘에 이끌려 폭력적 인간으로 바뀌는 모습을 설득력 있게 파헤치고 있는 「폭력의 형식」, 이 세 작품은 이번 소설집에서 소설가 정찬의 본질과 능력을 유감없이 보여주는 빼어난 작품들이다.

그러면 정찬은 이 세 작품 속에서 폭력의 문제를 통해 무엇을 이야기하고자 하는 것일까? 폭력의 희생자를 통해, 유년기에 겪은 폭력이 어떤 상처를 남기는가를 통해, 폭력의 희생자가 다시 폭력적인 인간으로 바뀌는 모습을 통해, 감당하기 어려운 폭력의 희생자가 새로운 희생자를 만들지 않기 위해 노력하는 모습을 통해, 정찬은 무엇을 말하려 하는 것일까? 이러한 질문에 대한 손쉬운 대답 중의 하나는 어떤 폭력도 없는 세상, 인간의 존엄성과 자유의지가 존중받는 세상을 열망하는 것이라 말하는 것이다. 틀리지 않은 말이다. 그러나 유사한 문제를 다루는 소설 어디에나 적용될 수 있는 이 같은 대답으로 과연 충분할까? 이러한 대답은 틀린 대답은 아니지만 정찬의 소설에 대한 충분한 대답도 성실한 대답도 아니다. 이러한 대답은 정찬의 고통스러운 소설 쓰기에 대한 대답으로는 지나치게 성의가 없는 대답이다. 따라서 우리가 일직선으로 그 대답에 도달할 수 없는 이유를 알기 위해, 그의 '형벌'로서의 소설 쓰기가 보여주는, 대답에 이르는 길고 어려운 과정 속에 숨어 있는 시사점들을 엿보기 위해, 우리는 정찬의 소설을 자세히 분석해볼 필요가 있다.

이번 소설집에 수록된 「폭력의 형식」 「희생」 「두 생애」, 이

세 작품은 각도를 달리하면서 폭력의 문제에 접근하고 있다. 「폭력의 형식」은 광호라는 한 아이를 둘러싼 친인척들과 주변 환경이 그를 폭력적 인간으로 만들어가는 과정을 추적하고 있다는 점에서 실존적 폭력의 발생 과정을 탐구한 작품이라 할 수 있으며, 「희생」은 「폭력의 형식」과는 반대로 사회적이고 제도적인 폭력에 짓찢긴 한 여성이 이 세상을 미워하기보다 끌어안고 살아가려는 지난한 노력을 보여준다는 점에서 폭력의 종식을 위해 우리 인간들이 취해야 할 새로운 시각을 제시한 작품이라 할 수 있다. 그리고 「두 생애」는 교황의 영광스러운 삶과 한 소년의 비참한 삶이 노정하는 극단적 괴리에 대해 분노하던 화자가, 연민의 눈물을 흘리며 고통을 함께 나누는 교황의 모습을 통해 그 괴리감을 극복하기 시작한다는 점에서 폭력 없는 세상을 만들기 위해서는 이 세상 사람들이 먼저 무엇에 어떻게 공감해야 하는지를 보여준 작품이라 할 수 있다.

이와 같은 세 작품 중 「폭력의 형식」은 한 인간이 어떤 과정을 통해 자신의 내면에 또 다른 폭력적 분신을 키우게 되는지 설득력 있게 그려낸 작품이다. 충분히 정상적인 사람으로 살아갈 수 있었던 젊은이가 번번이 희망을 짓밟히며 어느 순간 폭력적 인간으로 변신할 수 있게 되는 모습, 우리의 본성에 숨어 있는 야수성을 자극하고 키워서 폭력적인 인간이 될 수 있는 가능성을 증대시켜나가는 모습을 정찬은 이 작품에서 우리에게 제시해 보여주는 것이다.

이 소설의 주인공 광호는 유년기에 고아원에서 원장의 폭력에 시달리며 일찍부터 폭력에 대한 공포와 인간에 대한 절망을 맛본 청소년이다. 그에게 희망은 언제나 드물고 미약하게 다가왔고, 절망은 항상 자주 강력하게 다가왔다. 예컨대 그는 고아원에서는 원장이 휘두르는 쇠파이프에 절망했고, 희망을 키웠던 이모부의 집에서는 이모부가 누이동생 영희에게 드러내놓고 저지르는 성폭행에 절망했으며, 직장 생활을 하던 중국집에서는 주방장이 그에게 강요하는 동물적인 섹스에 절망했다. 그는 그들 남매보다 훨씬 강한 자들이 가하는 이런 폭력을 겪을 때마다, 자신도 모르는 사이에 폭력에 맞서는 다른 폭력이 내면에서 꿈틀거리는 것을 느낀다.

이런 주인공을 두고 정찬은 희망이 없는 세상은 황폐하며, 황폐한 세상에서 황폐한 증오가 파괴적 형태로 분출되면 폭력이 된다고 말한다. 우리에게 희망을 준 사람을 증오하지 않는다고 말하는 것도 같은 맥락이다. 주인공 광호 역시 지속적으로 희망의 빛을 보았다면 폭력적 인간이 아니라 정상적인 인간이 되었을 것이라는 암시인 것이다. 그래서 광호는 자신에게 희망의 빛을 준 이모부를 증오하지 않을 수 없게 만든 영희를 증오한다. 이런 점에서 증오는 사랑보다 전염성이 강하다.

모든 증오를 영희에게 쏟았다. 그것은 황폐한 증오였다. 황
폐할 수밖에 없었던 것은 증오의 원천이 절망과 공포였기 때
문이었다. 그 황폐한 증오가 파괴적 형태로 분출된 것은 비가
내리는 6월 어느 날 밤이었다. (p.252)

광호가 이모부에게 지속적으로 성폭행을 당하고 있던 누이
동생 영희를 성폭행한 것은 "6월 어느 날 밤"이다. 광호의 이
런 폭력은 방향을 찾지 못한 황폐한 증오의 소산이다. 이모부
의 황폐한 폭력이 그에 맞서는 광호의 황폐한 증오를 불러온
것이다. 자신을 마치 '없는 인간'처럼 취급하며 움직이는 세
상, 자신을 무시하며 짓밟는 세상이 그는 밉다. 그런 세상을
향해 광호처럼 '없는 인간'이 자신을 드러내 보일 수 있는 방
법은 증오이다. 광호는 그 때문에 그와 영희에게 가해지는 무
차별적이고 비이성적인 폭력에 맞서 그 자신 또한 그렇게 되
기 시작한다. 아니, 자신을 짓밟는 폭력보다 좀더 강하고 무
서운 폭력을 행사하기 시작한다. 그래야만 상대의 폭력을 이
길 수 있기 때문이다.

이모부 앞에서 광호는 아무것도 아닌 존재였다. 그때 광호
가 간절히 욕망한 것은 이모부에게 아무것도 아닌 존재가 되
려면 어떻게 행동해야 하는지를 아는 것이었다. 그것을 모르
고 있다는 사실이 광호에게는 공포였다. 그 공포에서 벗어날

수만 있다면 무슨 짓이든 할 것 같았다. 〔……〕 이모부는 쇠를 마구 휘둘렀다. 갓이 튕겨나가면서 연결대 끝부분의 뭉툭한 쇠가 광호의 옆구리로 파고들었다. 그 순간 광호는 몸속 깊은 곳에서 알 수 없는 무언가가 꿈틀거리고 있는 것을 느꼈다. 자신의 일부 같으면서도 자신과 전혀 무관한 어떤 생명체가 꿈틀거리며 빠르게 올라오고 있었다. (pp. 253~54)

정찬은 이 소설에서 이러한 일련의 과정을 거치면서 광호의 살인 행위가, 다시 말해 '폭력의 형식'이, 그 형태를 갖추어나가는 모습을 독자들에게 설득력 있게 제시한다. 그렇게 함으로써 그는 우리가 어떻게 폭력적 인간을 생산해내는지를 보여주고 싶었던 것이다. 이런 점에서 이 소설이 보여주려는 것은 폭력의 끔찍함보다 폭력을 생산하는 구조이며, 멀쩡한 사람을 폭력적 인간으로 키우는 환경이다.

「희생」은 이웃과 세상의 폭력에 대응하는 방식에서 「폭력의 형식」과 구별되는 새로운 이야기를 들려준다. 이번 소설집에 수록된 소설 중 가장 아름다운 감동을 주는 연가풍의 이 소설은, 읽는 사람의 마음을 여주인공 희우가 당한 수난 때문에 아리게 만들고, 변함없는 사랑과 그리움으로 살아간 그녀의 생애 때문에 우리를 한스러운 아름다움 속으로 몰아넣는다. 그러나 화자인 나를 일방적으로 떠났던 희우가 간절한 그리움이 담긴 편지를 통해 차근차근 밝혀주는 사건의 전모는 앞의 소설에서 살펴본 폭력의 문제와 무관하지 않다. 이 소설을 읽어나가는 과정에서 우리로 하여금, 가슴 설레는 아름다움이 아니라, 1980년대의 우리나라를 상기시키는 끔찍한 폭력적 현실과 마주치게 만드는 까닭이다.

이 소설의 형식은 연가풍의 편지이지만, 편지가 밝혀주는 감추어진 사건은 체제가 휘두른 폭력, 권력이 휘두른 폭력 앞에서 한 여성이 겪어야 했던 가혹한 수난의 실상이다. 화자의 연인이었던 희우가 화자를 떠난 이유는, 어느 날 갑자기 형사들에게 끌려가 여성으로서는 감당하기 어려운 치욕스런 고문과 성폭행을 당하고, 얼굴도 기억나지 않는 남자의 아이까지 가지게 된 데에 있다. 이 수난은 너무나 끔찍해서 우리 모두는 이런 수난에 대해 눈감고 싶고, 외면하고 싶다. 그럼에도 이 소설에서 우리가 외면하고 싶은 수난을 통과하여 마지막에 직면하는 세계는 눈부신 아름다움의 세계이다. 인간의 인간다움, 인간의 훌륭함에 대한 신뢰가 살아 있는 세계이다. 여기에 정찬 소설의 묘미가 있다. 그것은 왜일까? 이 소설의 핵심적 전언이 인간에 대한 증오가 아니라, 연민이며 슬픔이기 때문이다. 폭력에 폭력으로 맞서는 인간의 모습이 아니라, 폭력을 종식시키기 위해 슬픔과 연민의 길을 걷는 한 여성의 모습이기 때문이다. 정찬은 소설의 형식을 빌려 그가 독자들에게 하고 싶었던 핵심적 전언을 다음처럼 쓰고 있다.

〔……〕폭력에는 분노해야 해요. 폭력에 분노하지 않는다는 것은 폭력을 인정하는 행위나 마찬가지예요. 그 분노를 껴안으면서, 분노를 넘어서는 감정이 슬픔이에요. 분노가 또 다른 폭력으로 치닫지 않게 하는 고귀한 감정이지요. 세상은 폭력으로 가득 차 있지만 그럼에도 세상이 아름다운 것은 슬픔에 감싸여 있기 때문이에요. 예수를 보세요. 예수가 가시 면류관을 쓴 순간 그는 여성적 존재로 변화했어요. 그가 십자가에 못 박히는 순간 눈부시게 아름다운 여성적 존재로 변화했어요. 그 여성적 존재에서 흘러나오는 슬픔의 눈물이 세상을 적셨어요. 그러니 세상이 아름다울 수밖에요. (p.120)

정찬은 르네 지라르와 마찬가지로 폭력에 대항하는 폭력은 폭력을 종식시키지 못한다는 사실을 잘 알고 있다. 폭력에 대항하는 폭력은 결국 어떤 식으로건 기존의 폭력에 대한 모방이 되기 마련이다. 또 폭력의 모방은 상대보다 더 향상된 폭력을 원하며 폭력의 악순환을 되풀이하게끔 만든다. 경쟁하는 폭력은 이렇게 하여 생겨난다. 더구나 피해자가 증오심에 못 이겨 폭력자로 변신하면 가해자가 되고, 가해자는 피해자가 된다. 폭력의 가해자가 피해자가 되고, 폭력의 피해자가 가해자가 되는 이런 악순환이 몇 차례 되풀이되면 사람들은 옳고 그름조차 구별할 수 없는 혼란 속에 빠진다. 그리고 세상은 갈수록 살벌해진다.

르네 지라르가 예수의 죽음을 가리켜 폭력을 영원히 끝장
낼 수 있는 최초의 가장 확실한 방법이었다고 말한 것은 그
때문이다. 예수는 상대를 모방하는 폭력을 단호히 거부했다.
그 대신 그는 자신을 희생자로 만들었다. 자신에게 폭력을 휘
두른 사람들에게 증오의 눈길을 던진 것이 아니라 슬픔과 연
민의 눈길을 보내면서 묵묵히 수난의 길을 걸었다. 이런 점에
서 「희생」의 여주인공 희우가 걸어간 길은 예수의 생애에 방
불하다. 소설 속에서 희우는 다음처럼 말한다.

　　황홀한 당신에게 제 자랑을 조금 할게요. 전 오래전부터 긴
　급 구호 단체의 일원으로 난민 돌보는 일을 해왔어요. 난민은
　비참한 희생자들이에요. 제가 난민 구조에 뛰어든 것은 희생
　자의 슬픔이 얼마나 고귀한지 알기 때문이에요. (p.121)

희우는 희생자이기 때문에 희생의 아픔을 안다. 자기가 겪
은 희생의 아픔을 넘어서서 타인의 희생에 아파하는 사람이
되는 것은 범인에게 어려운 일이지만, 소설 속의 희우는 그
길을 걸어 보인 여자이다. 자신에게 끔찍한 일을 저질러서 사
랑하던 사람으로부터 떠나지 않을 수 없게 만든 사람을 증오
하는 대신, 그녀는 의사가 되어 난민 구조에 뛰어든 사람이
다. 그리고 폭력의 산물로 태어난 아이를 미워하여 다시 폭력
의 씨앗으로 자라게 만든 것이 아니라 그 아이 역시 희생자라

는 사실에 가슴 아파하며 연민과 사랑으로 아이를 건강하게 키웠다. 이런 점에서 희우의 삶은 흠 없는 순결한 희생의 삶이다.

그래서 희우가 걸어간 길은 예수의 길만큼이나 보통 사람으로서는 걷기 어려운 길이다. 폭력을 종식시킬 수 있는 방법, 폭력의 순환을 영원히 종식시킬 수 있는 방법은 「희생」에서 말하는 것처럼 그 당사자가 스스로를 희생양으로 만드는 길이겠지만 일상적 인간이 그렇게 하는 것은 쉽지 않다. 윤동주가 "행복했던 사나이 예수 그리스도에게처럼 십자가가 허락된다면"이라고 쓴 것은 그 때문이다. 하나님의 분신인 예수 그리스도와 구별되는, 인간인 자신의 한계를 절감했기 때문에 '처럼'을 특별히 강조하여 별도의 행으로 처리하면서 자신의 흔들리는 감정을 다스리려 했던 것이다. 이렇듯 복수의 칼날을 거두고 온순하게 폭력의 희생자가 됨으로써 온몸으로 폭력이 되풀이되어서는 안 된다는 증거를 만들어 보이는 길은 참으로 어려운 길이다.

그럼에도 정찬이 「희생」에서 희우라는 여성이 그런 어려운 길을 걷게 만든 것은 소설이 인문학의 하나라는 것을 잊지 않고 있기 때문이다. 인문학은 인간학이며 자유롭고 행복하게 살 수 있는 세계에 대한 탐구이다. 인간의 존엄함, 인간이 짐승과 구별되는 이유를 소설은 잊지 말아야 한다. 정찬이 짐승처럼 본능적으로 상처를 다스려서 일어서는 인물이 아니라,

고통을 뼈저리게 인식하며 넘어서는 아름다운 인간의 모습을 그려놓은 것은 아마도 인간은 인간다운 세상을 만들어야 한다는 이 당연한 말을 하고 싶어서였을 것이다.

「두 생애」는 폭력을 다룬 세 작품의 논리적 연쇄 관계를 따진다면 「희생」의 앞에 놓일 수 있는 작품이다. 「폭력의 형식」이 세상의 폭력에 맞서 폭력적 인간으로 성장하는 모습을 그리고 있다면, 「두 생애」는 신의 정의가 실현되지 못하는 이 세상에서 교황을 수상쩍게 생각하던 화자가 인간들의 고통에 대한 교황의 간절한 기도와 눈물을 보며 그를 이해하기 시작하는 모습을 그린 작품이고, 「희생」은 앞에서 살펴본 것처럼 이 세상의 폭력을 순결한 희생으로 받아들이는 모습을 그림으로써 폭력을 종식시킬 수 있는 가능성을 모색한 작품인 까닭이다. 그렇지만 세 작품 중 「두 생애」와 「희생」이 눈물을 흘리며 슬퍼하는 인간, 고통을 함께 나누는 연민의 눈길을 가진 인간만이 이 세상의 폭력을 없앨 수 있다는 공통된 메시지를 독자들에게 전달하고 있다는 점에서 좀더 친연성이 강한 작품들이라고 할 수 있다.

이 소설의 화자인 '나'는 방송국 PD로 무신론적 실존주의자에 가까운 면모를 가진 인물이다. 이 세상의 고통에 대해 침묵으로 응답하는 하나님을 의심하는 사람이고, 그 무력한 하나님의 위세를 빌려 장려하고 숭엄한 행차를 벌이는 교황의 선택된 생애에 심한 거부감을 느끼는 사람이다. 그 거부감

의 모습은 이 소설 속에 나오는 화자의 다음과 같은 말로 알
수 있다.

교황의 일련의 고백은 나로 하여금 그를 더욱 수상쩍은 시선
으로 보게 했다. 나는 그에게 묻고 싶었다. 당신의 고통이 은
총의 결과라면 선택받지 못한 대다수 사람들의 고통은 무엇의
결과인지. 고통을 당하는 자에게 고통은 악의 실체다. 〔……〕
고통을 통해 신을 느끼는 자는 선택된 인간뿐이다. 선택받지
못한 인간은 오히려 신을 잃어버린다. (pp.16~17)

이 같은 생각이 발단이 되어 화자가 만들고 싶어 한 프로그
램이 '두 생애'이다. 요한 바오로 2세의 생애와 이름 없는 열
다섯 살 소년의 생애를 대비시키는 것이 원래 그의 의도였던
것이다. "그의 고통과 나의 고통은 전혀 다른 세계에 속해 있
었다. 두 세계는 어떤 연관도 없었다"(p.34)라는 생각에서
신의 대리자인 교황의 영광스런 길과 신에게서 버림받은 비
참한 소년의 모습을 대비시키는 프로그램을 만들기 시작한
것이다.

그럼에도 두 생애가 아니라 하나의 생애만이 만들어진 이
유는 무엇일까? 아니, 화자 자신까지 합쳐서 세 사람의 생애
가 하나로 만들어진 이유가 무엇일까? 그것은 세 사람 모두
고통을 가진 인간이었기 때문이다. 화자인 나는 "학살의 핏

물은 지워지지 않았고, 진실은 은폐"된 1980년대 한국 사회에서 고통을 당한 사람이며, 교황은 아우슈비츠의 고통을 목도하며 자란 사람이고, 열다섯 살 소년은 짐승 같은 아버지로부터 끔찍한 고통을 당하며 자란 사람이다. 이 고통이란 공통점이, 당신의 고통과 나의 고통은 차원이 다르다고 생각했던 화자를 변화시킨 것이다. 그 첫번째 변화는 나와 아이의 관계에 대한 것으로, 소년의 죽음에 대한 소식을 들은 후 다음과 같은 식으로 일어난다.

〔……〕사랑을 불러일으킨 것은 고통이었다. 소년의 고통 속에서 나의 고통을 발견하지 않았다면 사랑의 감정이 생길 수 있었을까. 나는 소스라치게 놀랐다. 나에게 아무런 의미가 없었던, 오직 악이었을 뿐인 나의 고통이 소년을 사랑하는 데 있어서 중요한 역할을 한 것이었다. (p.38)

아이의 죽음에 대해 고통스러워하는 자신의 모습을 보면서 화자는 문득 고통이 사랑의 감정으로 변하고 있음을 깨닫는 것이다. 그리고 두번째 변화는 나와 교황의 관계에 대한 것으로, 이 역시 고통스러워하는 교황의 모습을 발견하면서 일어난다.

사도의 성당에서 마침내 늙고 쇠약한 그의 육신을 보았을 때 내 눈이 젖어든 것은, 그의 고통 속에서 나의 고통을 어렴풋이 느꼈기 때문이었다. 그것을 어떻게 설명할 수 있을까. 그의 고통 속에서 나의 고통을 어렴풋이 느끼고 있을 때 내 몸에 닿은 시선에 대해. 그것은 아이의 시선이었다. [……] 아이의 얼굴은 한 얼굴이 아니었다. 내 가슴속 아이의 얼굴이기도 했고, 바도비체의 골목길을 걷고 있는 아이의 얼굴이기도 했다. (pp.40~41)

위에서 말하는 아이의 얼굴은 각자 다른 방식으로 유년기의 고통을 가진 소년의 얼굴이자, 교황의 얼굴이고, 화자 자신의 얼굴이다. 참혹한 고통을 겪은 열다섯 살 아이의 얼굴이자, 아우슈비츠에서 죽어간 아이의 얼굴이며, 광주에서 죽어간 우리 이웃의 얼굴이다. 가족의 폭력에, 가난이란 폭력에, 정치적 폭력에 희생당한 사람들의 얼굴이다. 이 아이의 얼굴을 통해 화자는 마침내 나의 고통과 교황의 고통은 다르다는 생각을 수정하게 되는데, 그것은 "내가 가장 보고 싶었던 것은 눈물에 젖은 한 아이"라는 바람이 "그의 고통과 나의 고통을 잇는 끈이"(p.35) 되어 주었기 때문이다. 그리하여 나의 갈등은 끝나고 나와 소년과 교황의 삶이 하나로 어우러진다. 또 그 결과 '두 생애'를 담으려 했던 화자의 프로그램은 한 사람의 생애만을, 아니, 하나가 된 세 사람의 생애를 담게 된다.

정찬의 소설은 동일한 주제의 끊임없는 변주라고 볼 수 있는 측면이 있다. 그의 소설은 이전의 소설과 현재의 소설이 크게 다르지 않다. 최초의 작품으로부터 현재의 작품에 이르기까지 마치 동심원을 그리는 원처럼 유사한 주제를 중심으로 점점 넓어지면서 깊어지는 것이 그의 소설이라 할 수 있다. 여기에 대해서는 지금까지 살펴본 세 편의 작품이 좋은 예가 될 수도 있을 것이다. 그런데 최근 정찬의 소설은 집중적으로 탐구하던 주제로부터 다소 벗어나는 모습을 보여주고 있다. 이전의 소설집 『희고 둥근 달』 등에서 그 모습을 보이기 시작한 이 같은 변화의 징조는 이번 소설집에서도 한 인간의 분열된 자의식을 탐구하는 「바비 인형」「그는 누구인가」「그 남자는 왜 거기에 서 있었을까」와 같은 작품으로 나타나고 있다. 그러나 이와 같은 변화는 필자 생각으로는 근본적인 전환이라기보다는 관심의 확산으로 보는 것이 옳을 것 같다. 지금까지 특정한 인간의 한정된 성격이나 모습에 초점을 맞추던 그의 작품이 관심을 좀더 일반적인 인간에게로 폭을 넓혀가는 모습이라고 보아야 올바를 것 같다. 그것은 예컨대 이들 변화된 작품에 나타나는 다음과 같은 동질성 때문이다.

"내 눈에는 보였소. 노인처럼 쭈글쭈글하고, 눈물에 젖은 아이의 얼굴이 말이오. 이상하게 생각하지 마시오. 배우를 오래하다 보면 예지력이 생기는 법이오."

그의 눈가에 가느다란 주름이 잡혔다.

"그 아이의 절망, 그 아이의 허기, 그 아이의 헐벗은 꿈이 어디로 가겠소? 그건 운명이오. 〔……〕"(pp.211~12)

내 눈에 눈물이 고이고 있었어. 처음엔 몰랐어. 눈물이 뺨을 타고 흐르자 비로소 내가 눈물을 흘리고 있다는 것을 알았어. 왜 눈물이 나왔을까? 무엇이 열네 살 아이로 하여금 눈물을 흘리게 했을까? 그가 위태롭게 보였기 때문이었어. (p.61)

이런 구절들이 우리에게 익숙하게 느껴지는 것은 우리가 이미 앞의 세 소설에서 상처받은 아이의 이미지와 여러 차례 마주쳤기 때문이다. 이처럼 상처받은 아이의 이미지가 달라진 소설 속에서 반복하여 나타난다는 것은 정찬이 이 이미지가 폭력의 희생자라는 의미를 넘어, 운명처럼 자신의 외로운 생애와 험난한 길을 살아가는 사람들의 생애 밑바닥에도 각인되어 있다고 생각한다는 것을 뜻한다. 또한 폭력의 문제를 정면으로 다루지 않고 있는 소설들이 상처받은 아이의 이미지를 밑바닥에 깔고 있다는 것은 이 이미지가 폭력의 문제를 넘어 인간의 실존적 측면과 타인과의 관계 등으로 발전하고 있다는 것을 뜻한다. 이러한 점들은 이 작품들 역시 소설의 본질적 전언에서 앞의 폭력을 다룬 세 작품과 크게 다르지 않다는 것을 말해주고 있다.

정찬의 소설 속에는 작품 사이에 존재하는 문체의 유사성을 넘어서는 근원적인 유사성이 있다. 그것은 인간의 본질에 대한 정찬의 생각과 태도이다. "나는 인간이 가진 능력 중 가장 귀중한 것이 슬퍼하는 능력이라고 생각한다"는 그의 인문적 관점이 그의 소설 속에는 늘 확고하게 관철되고 있는 것이다. 그 결과 자주 되풀이되는, 슬퍼하는 아이의 이미지를 담고 있는 구절과 같은 장면들이 나타나게 되었을 것이다. 동시에 그런 그의 생각이 시대의 폭력, 가난의 폭력, 한 아이가 겪는 소외와 외로움, 이런 문제들을 자주 천착하게 만들면서 그의 소설을 다른 어떤 작가의 소설보다도 인간의 인간다움을 추구하는 고행의 정신에 충만하도록 만들었을 것이다. 요즘의 한국 소설 속에서 찾아보기 힘든, 정치소설의 이 같은 진지한 인문적 정신이 지속적으로 발전하여 우리 소설사에 뚜렷한 각인을 남기게 되기를 기대해본다.

작가의 말

유랑의 흔적

인간은 유랑하는 존재다. 태어나고, 자라고, 늙고, 마침내 죽음에 이르는 인간의 생애 자체가 유랑이다. 시간은 유랑의 근원이자 바퀴다. 끊임없이 흘러가는 시간의 물결은 인간의 몸을 가만히 놔두지 않는다. 시간의 물결에 휩쓸린 인간의 몸은 여기에서 저기로, 저기에서 그 너머로 끊임없이 움직인다. 그러다가 어디론가 사라져버린다. 흔적도 없이. 이 책에 실린 소설들은 내 유랑의 작은 흔적이다. 내 몸은 흔적도 없이 사라져버릴 것이나, 유랑의 흔적들은 홀로 남아 여전히 세상을 떠돌 것이다.

2009년 8월
정찬

수록 작품 발표 지면

288